Down & Dirty: Slade

Edizione Italiana

Dirty Angels MC®
Libro 6

Jeanne St. James

Traduzione di
Well Read Translations

Traduzione italiana a cura: WellRead Translations
Copertina a cura: Golden Czermak at FuriousFotog
Modello di copertina: Andrew James

www.jeannestjames.com

Iscriviti alla newsletter per avere aggiornamenti sull'autrice e sulle nuove uscite:
www.jeannestjames.com/newslettersignup (in inglese)

Per rimanere aggiornati sulle novità di Jeanne, collegatevi al sito www.jeannestjames.com o iscrivetevi alla sua newsletter: http://www.jeannestjames.com/ newslettersignup (in inglese)

Link d'autore: Instagram * Facebook * Goodreads Author Page * Newsletter * Jeanne's Review & Book Crew * BookBub * TikTok * YouTube

La serie Dirty Angels MC®

Down & Dirty: Zak (Libro 1)
Down & Dirty: Jag (Libro 2)
Down & Dirty: Hawk (Libro 3)
Down & Dirty: Diesel (Libro 4)
Down & Dirty: Axel (Libro 5)
Down & Dirty: Slade (Libro 6)
Down & Dirty: Dawg (Libro 7)
Down & Dirty: Dex (Libro 8)
Down & Dirty: Linc (Libro 9)
Down & Dirty: Crow (Libro 10)

Capitolo uno

"Forza, fratello. Svegliati, cazzo."

Quando sentì quella voce fastidiosa che gli interruppe il tranquillo riposo, Slade emise un lamento.

"Slade. Dai, amico. Devi andartene da qui, cazzo."

Per qualche ragione, il disturbatore aveva la voce di Dawg. Perché diavolo il manager dello strip club avrebbe dovuto svegliarlo con modi tanto bruschi?

Slade aprì un occhio solo.

Probabilmente perché era collassato all'*Heaven Angels Gentlemen's club*. Di nuovo.

Quello che sentiva sotto la testa non era un cuscino. No. Era il grembo di una spogliarellista.

Alzò lo sguardo. Non si stupì di vedere che anche lei ronfava beatamente. La tipa aveva la testa poggiata sullo schienale del divanetto rosso trapuntato, il collo piegato di sbieco e la bocca spalancata.

In quel momento non era esattamente bellissima.

Ma probabilmente nemmeno lui era una visuale gradevole.

Con un gemito, Slade sollevò la testa dalle cosce della ragazza, avvolte nelle calze a rete. Sperò che non le dispiacesse quel po' di bava che gli era uscita dalla bocca aperta durante quel pisolino da paura.

Maledizione.

Si asciugò le labbra con il dorso della mano e grugnì.

"Sul serio, fratello, devi smammare, cazzo. Voglio chiudere il locale. Portatela con te, se proprio vuoi. Basta che ve ne andiate."

Slade sbatté le palpebre. Si sentiva il cervello in pappa.

Fece un respiro profondo, poi una smorfia.

Merda. Di sicuro non moriva dalla voglia di leccargliela.

Porca miseria. Che fetore mortale.

Si alzò più velocemente di quanto avrebbe dovuto e gli girò la testa. Anzi no, non era la testa, era il suo cervello completamente fritto.

"Vuoi che chiami una recluta per riportarti al club?"

Slade batté di nuovo gli occhi, nella speranza di schiarirsi la visuale. Si voltò e vide Dawg a circa un metro e mezzo di distanza, con le mani piantate sui fianchi e un'espressione non molto felice sul viso barbuto. Il motociclista alto un metro e novanta aveva gli occhi cerchiati di viola. Probabilmente, anche lui, dopo aver lavorato tutta la notte, non vedeva l'ora di schiacciare un bel pisolino.

Slade cercò di scuotere la testa, ma non fece altro che peggiorare la situazione. "No," riuscì a dire alla fine, con la voce rauca come quella di una rana malaticcia.

"O chiamo una recluta o chiamo Diamond. Scegli tu. Se fossi in te, opterei per la prima opzione. La seconda potrebbe urlare fino a farti scoppiare la testa e poi ridurti l'uccello in pezzi. Specialmente se viene a sapere che usi una delle mie ragazze come cuscino."

L'opzione numero uno sembrava la migliore. Probabilmente nei paraggi c'era ancora una recluta che avrebbe potuto trascinarlo al club.

Slade fece uno sforzo e chiese: "Dov'è Moose?"

"Sul retro, sta rifornendo gli scaffali. Tra qualche minuto gli farò riportare a casa questa tipa e, con l'occasione, anche te."

Slade fece per annuire, ma ci ripensò.

Si sentiva davvero il cervello in pappa; non aveva senso scuoterlo più del necessario per fare di sì con la testa.

"Non capisco perché vieni a sbronzarti qui ogni sera invece che al *The Iron Horse*. Lì berresti addirittura gratis, qui no."

Slade beveva lì perché lo strip club non era molto frequentato dagli altri membri del club. Non era un luogo in cui erano soliti incontrarsi. Preferivano bere al club o nel lato pubblico del bar, così da poter poi svenire in camera propria.

Se avesse avuto un po' di buon senso, anche Slade avrebbe dovuto fare lo stesso, ma dopo un turno di lavoro al *The Iron Horse*, a preparare drink per Hawk, vicepresidente del club e manager del bar, e a tenere sotto controllo i clienti più scapestrati, non gli andava di servirsi da solo. Per una volta, voleva sedersi dall'altra parte del bancone, rilassarsi e godersi una bevuta in santa pace.

Inoltre, anche l'occhio voleva la sua parte, e le ragazze di Dawg avevano le tette grosse.

Per non parlare delle loro morbide cosce sulle quali addormentarsi. E a volte, anche delle passere che non puzzavano di morte.

A ogni modo, non era quella l'unica ragione per cui frequentava quel posto. Assolutamente no.

Il motivo principale era perché lì riusciva a mantenere un

profilo basso. Poteva bere tranquillamente senza che quella stronza lo tormentasse.

Una stronza che non si era ancora nemmeno scopato.

Una stronza che aveva cercato di avvinghiarlo con gli artigli e piazzarsi sul retro del suo bolide.

Per amor del cielo, non era ancora pronto ad avere una signora.

Anche se lo fosse stato, non avrebbe mai scelto Diamond. Certo, si erano divertiti in estate, durante le corse in moto, ma era stato solo... puro divertimento, appunto. In un certo senso.

Almeno fino a quando lei non aveva cominciato a chiedere di più.

Il lato peggiore di Diamond era che non ascoltava, e Slade detestava essere contraddetto e sfidato.

Le avrebbe permesso di usare quelle unghie solo durante il sesso. Di certo non nella vita di tutti i giorni. Gli avrebbe fatto venire un mal di testa perenne. Peggio dei postumi della sbornia.

Diamond era sexy? Dannazione, sì che lo era.

Come molte delle delle donne del club dei Dirty Angels, aveva i capelli lunghi e scurissimi, perfetti per affondarci le dita. Occhi talmente azzurri che avrebbero potuto trafiggergli l'anima. Labbra carnose e rosa, ideali per avvolgergli l'uccello e succhiarglielo come un dannato aspirapolvere. E quelle tette... Porca miseria, Diamond gliele aveva premute un paio di volte sulla schiena durante i giri in moto. Slade non riusciva a dimenticare nemmeno quei suoi fianchi sinuosi, che si prestavano per essere afferrati durante il sesso, sia da dietro, sia con lei sopra come un'amazzone.

Tutte posizioni che aveva programmato di mettere in pratica con lei, finché non aveva scoperto che Diamond era una pazza. Le bastava un nanosecondo per diventare una stronza.

Forse era a causa del padre, Rocky, che stava scontando una pena per omicidio al carcere di massima sicurezza SCI Greene. Diamond era il tipo di donna che aveva bisogno di una mano ferma e, da quanto Slade ne sapeva, di certo non era stata la madre Ruby a usarla con lei. Per Diamond, l'unica figura paterna era stata Ace, e quel pover'uomo aveva già le mani occupate con i propri due figli, Diesel e Hawk, così come con i nipoti, Dex, Ivy e Bella.

In fondo, nemmeno Slade aveva avuto un padre presente.

Di certo non aveva intenzione di fare da padre a Diamond e darle lezioni di vita. Soprattutto considerato che la ragazza aveva quasi trent'anni.

No. Era fuori discussione.

Anche se... alcune di quelle cosiddette lezioni di vita avrebbero potuto rivelarsi divertenti. La sorella di lei, Jewel, ne aveva prese molte da Diesel, il *Sergeant at Arms* del club. Slade aveva visto più volte D gettarsi la propria signora alle spalle e trascinarsela a casa o al piano di sopra, nella propria stanza del club, per "farle una ramanzina".

Slade curvò le labbra in un sorriso. Quelle sì che erano le scopate migliori.

Non era sicuro che fosse quello di cui Diamond aveva bisogno. Ma in quel caso, non sarebbe stato lui a rimetterla in riga.

Sebbene, solitamente, gli piacessero le sfide, in quel momento voleva una vita tranquilla.

Niente capricci. Niente litigi. Voleva solo scopare, eiaculare e ronfare.

Ecco perché continuava a tuffarsi sulle ragazze di Dawg. Era l'opzione più facile. O comunque lo era per la maggior parte del tempo.

Dopo l'atto, le spogliarelliste sapevano che dovevano sparire.

"Come si chiama questa?" domandò Slade a Dawg, il quale stava arrivando dalla stanza sul retro con Moose alle calcagna. Slade si era talmente perso nei pensieri che non si era nemmeno accorto di essere rimasto solo.

Accidenti.

"Non credo che avrà importanza quando ti sveglierai domani mattina."

"*È già* domani mattina," puntualizzò la recluta.

"No, non appena si butterà a letto, dormirà per altre ventiquattr'ore."

Moose rise e annuì.

No, non doveva succedere. Slade era di turno al *The Iron Horse* la sera seguente... no, quella sera... o quando maledizione doveva. "Che ore sono?"

"Le tre."

"Cazzo," gemette Slade.

"Già, e anch'io vorrei andare a stendermi. Quindi, leva le tende, cazzo."

Slade inclinò la testa verso la spogliarellista ancora priva di sensi. "Non me la sono scopata, vero?"

"No. Non avete resistito nemmeno un secondo su quel divano, siete svenuti prima. Avete ballato goffamente una lap dance e poi siete crollati."

"Cazzo," mormorò di nuovo Slade.

"Sì, mi devi cento dollari."

Slade spalancò gli occhi. "Per la lap dance?"

"No, quelli li devi a *lei*. A *me* ne devi altri cento per le mance che abbiamo perso, dato che le hai fatto fare l'ultimo ballo sul palco."

"Merda."

Dawg annuì. "Già, è proprio una situazione di *merda*. Questa storia deve finire, fratello. Se vuoi sbronzarti fa' pure, ma almeno non coinvolgere le mie ragazze. Capisci cosa voglio dire?"

Slade trattenne il respiro. "Sì. Forte e chiaro."

"Portala via tu, Moose. Assicurati di accompagnarla fino a casa e che si chiuda dentro prima di andartene."

"Ricevuto, capo."

"E non provare nemmeno a toccarla, chiaro?" lo avvertì Dawg con un tono più alto del necessario che fece sussultare Slade.

La recluta ben piazzata sollevò i palmi delle mani davanti al capo. "Non mi approfitterò di una signorina priva di sensi."

Quando sentì la parola "signorina", Dawg sbuffò. A ogni modo, Dawg trattava sempre bene le sue "ragazze" e ci teneva che fossero al sicuro. Ecco perché sul palco non mancavano mai i talenti.

"È proprio per questo che ti pago bene, novellino. Ora portali entrambi fuori di qui così posso andare a svenire nel mio letto."

Moose si chinò, prese la spogliarellista tra le braccia come fosse una piuma, nonostante lei giacesse a peso morto, e Slade si alzò in piedi con riluttanza. Sentì la testa girargli per un secondo, ma dopo essersi stabilizzato, riuscì a seguire Moose verso la porta sul retro del club e poi fino al parcheggio dei dipendenti.

Tuttavia, fu costretto a fare un rapido pit stop nel piazzale per ripulirsi l'intestino.

Nonostante avesse vomitato, non si sentiva affatto meglio.

"I fatidici trenta!" urlò Jewel nell'orecchio di Diamond.

Diamond reagì con una smorfia al chiassoso entusiasmo

della sorella. Chi si sentiva mai così felice di compiere trent'anni? Di sicuro Diamond non moriva dalla voglia di raggiungere quel traguardo. Anzi, tutto il contrario. Quell'evento non faceva che ricordarle che era ancora single. Trent'anni, e non era ancora la signora di nessuno. Non andava a letto con un uomo in particolare. Trent'anni e a consolarla aveva solo un vibratore che consumava un sacco di batterie.

Si accigliò.

"Dunque, come pensi di festeggiare?" chiese Bella mentre si appoggiava con la schiena al bancone di *Sophie's Sweet Treats*.

Le donne del DAMC avevano improvvisato una riunione lì. In qualche modo, ogni volta che decidevano di vedersi, finivano sempre alla pasticceria di Sophie.

Beh, il motivo era semplice.

I cupcake incredibilmente buoni, dolcissimi e super abbondanti. Secondo Diamond, era la miglior pasticceria della Pennsylvania occidentale. A ogni modo, in quel momento erano pensieri irrilevanti.

Il punto era che le amiche volevano organizzarle qualcosa per il compleanno.

"Potremmo uscire solo tra donne!" cinguettò Kelsea.

"E dove potremmo andare?" domandò Ivy.

Kelsea scrollò le spalle. "In qualche discoteca trendy in centro a Pittsburgh?"

"Non ho intenzione di andare a ballare," mormorò Bella.

"Perché no? Sarebbe divertente!" esclamò Kelsea.

"Beh, io di sicuro non potrei venire," puntualizzò Sophie mentre si toccava il pancione. "L'ultima cosa che voglio è che mi si rompano le acque nel bel mezzo della pista da ballo."

Sophie, la signora di Zak, aveva l'aspetto di una donna che avrebbe potuto partorire da un momento all'altro. Diamond arricciò il naso. Quasi soffriva per lei nel vedere quel ventre gonfio, ormai lontano dalla forma originaria. Sembrava che sotto la maglietta premaman avesse nascosto un enorme pallone da spiaggia. Si chiedeva se il corpo di Sophie sarebbe tornato a essere sexy come un tempo.

La donna di Zak si avvicinò alla vetrina per cercare di estrarre un vassoio di cupcake da offrire alle altre e gemette.

"Oh!" esalò Sophie.

"Che succede?" urlò Kiki, con gli occhi spalancati.

Sophie si raddrizzò con una smorfia. "Penso di essermi pisciata un po' addosso. Questa peste mi sta cavalcando la vescica come se fosse una Harley."

"Lascia fare a me," si offrì Bella. Le mise una mano sulla schiena, la spostò delicatamente al lato e tirò fuori il vassoio di deliziosi cupcake.

"Cosa c'è dentro?" sussurrò Diamond, incantata dai dolcetti da picco glicemico.

Bella passò una mano sul vassoio con fare teatrale. "Impasto al cioccolato con ripieno di caramello e *marshmallow*, ricoperto di glassa al *marshmallow* tostato e biscotti sbriciolati."

Ivy sospirò senza togliere lo sguardo da quelle prelibatezze.

Anche Diamond rimase incantata. "Dammene uno subito!"

Bella rise e li porse alle altre. Quando tutte presero a fagocitare i cupcake roteando gli occhi al cielo, nel locale non si sentì altro che versi di goduria appassionati e schiocchi di labbra.

A un certo punto, si udì il tintinnio dei campanelli sopra la porta e tutte si voltarono in quella direzione.

"Come facevi a sapere che ci stavamo godendo il nuovo gusto?" Bella prese la parola.

Axel varcò la soglia, con indosso l'uniforme e un pesante

giubbotto di pattuglia, poiché era marzo e l'inverno si sentiva ancora molto a Shadow Valley. Lui sorrise e scrollò le spalle. Guardò il vassoio dei cupcake e poi Bella.

"Non ho pensato ad altro per tutta la mattina, soprattutto perché lo hai spifferato nel sonno."

"No, non è vero," ridacchiò Bella.

"Te lo giuro! Dammene uno." Axel si avvicinò alla vetrina e lei gli porse un cupcake.

Tutte le donne trattennero il respiro mentre lui toglieva il pirottino di carta blu dal fondo del cupcake: attendevano che leccasse la glassa con le sue solite movenze sensuali. Axel, però, deluse le loro aspettative e si limitò a dare un bel morso.

Tutte sbuffarono all'unisono.

"Ma che diamine, Bella! Da quando te lo porti a letto l'hai rovinato," le mormorò Ivy sottovoce.

Bella sorrise e fece spallucce.

Dopo aver ingoiato il boccone, Axel alzò un sopracciglio verso il gruppo di donne dietro il bancone. "Ho interrotto una riunione importante?"

"Sì, stiamo organizzando una festa, dato che tua cugina compirà trent'anni tra un paio di settimane. "

"Oh cazzo," mormorò Axel. "Che tipo di festa?"

"Una serata in discoteca o a vedere gli spogliarellisti." Kelsea scrollò le spalle. "Qualcosa di divertente."

Axel aggrottò la fronte. "Spogliarellisti?"

"Certo, perché no?"

Diamond notò l'occhiataccia che Axel lanciò a Bella. I due si parlarono con lo sguardo.

"Niente spogliarellisti," suggerì Bella dolcemente, arricciando le labbra verso l'interno per contenere il suo divertimento.

"E chi lo dice?" domandò Kelsea, delusa.

Normalmente, quando era scontenta, Kelsea pestava i

piedi per terra. Diamond si stupì che in quell'occasione non lo fece.

"Beh, io un'idea ce l'avrei." Axel posò lo sguardo su Jewel. "Diesel." Poi guardò Sophie. "Zak." Poi Ivy. "Jag." Poi, alla fine, fissò Kiki. "E anche Hawk. Ecco chi non sarebbe d'accordo."

"Ma non tu, giusto?" lo provocò Kiki, altrettanto divertita. "Non ti dispiacerebbe se Bella andasse a vedere uno spettacolo di spogliarellisti?"

Axel inalò visibilmente e gonfiò il petto mentre si tirava su la cintura di servizio. "Per me non ci sono problemi."

Le risate di Kelsea riempirono la pasticceria mentre lei si batteva il palmo della mano sulla coscia. "Ma certo!"

"Dico la verità. Bella è libera di fare ciò che vuole!" esclamò lui.

"Sì, come no," continuò Kelsea senza smettere di ridere.

Bella fece il giro del bancone per avvicinarsi ad Axel, poi gli infilò una mano nell'uniforme aperta e gliela piantò sul ventre. "Forse è meglio se ci lasci spettegolare in pace. Va' a indagare su qualche crimine, o qualcosa del genere."

Lui le stampò un rapido bacio sulle labbra prima di trangugiare il resto del cupcake. Annuì e deglutì l'ultimo boccone, poi le domandò: "Posso prenderne uno da portare via?"

Kiki prese un altro dolcetto e glielo porse. Lui allungò subito il braccio per afferrarlo e poi si sporse su Bella per sussurrarle qualcosa all'orecchio.

Diamond si chiese cosa le stesse dicendo, e sentì come una fitta di invidia. Non che le piacesse Axel, oh no, certo che no. Che diamine, era suo cugino. Era semplicemente invidiosa dell'amore che provavano l'uno per l'altra.

Porca miseria, era invidiosa di tutte le donne nella stanza, perché tutte avevano trovato il loro uomo. Tutte tranne lei. O meglio: lei e Kelsea.

Bella guardò Axel con occhi raggianti, lui le stampò un ultimo bacio sulla fronte e se ne andò.

Bella si voltò verso il gruppo che la stava fissando e batté forte le mani. "Bene, torniamo all'organizzazione del trentesimo compleanno di Diamond!"

Le donne esultarono e sollevarono i cupcake, come se fossero bicchieri di champagne.

"So solo che per questo traguardo voglio scopare," dichiarò Di con un cenno del capo.

"Per quello non c'è problema," intervenne Ivy mentre si leccava la glassa dal dito.

"No, dico sul serio."

"Ti crediamo, sorellina," la rassicurò Jewel. "Dobbiamo solo organizzare una bella rosticciata, e vedrai che ci sarà l'imbarazzo della scelta."

"Per esempio chi?" domandò Di e, prima che qualcuno potesse rispondere, aggiunse: "E non dite Slade."

"Va bene, va bene, non lo farò." Jewel aggrottò la fronte. "Intendo i soliti frequentatori del club. E poi... potremmo invitare i Dark Knights. Sono sicura che uno di loro sarebbe disposto a trascinarti di sopra per i capelli e sfondarti per bene."

"Come no, sono sicura che a nostro fratello piacerebbe vedere certe scene. Chissà cosa direbbe poi il tuo uomo."

Jewel agitò una mano in aria. "Allora non farlo al club. Portatene uno a casa tua."

Di inclinò la testa mentre rifletteva sul suggerimento della sorella.

"Va bene, ma dobbiamo ancora capire cosa diavolo fare," puntualizzò Kelsea.

"Credo che sia meglio se non festeggiamo al club,"

propose Kiki. "Dobbiamo organizzare qualcosa di speciale. I trenta arrivano una volta nella vita e non penso tu voglia celebrare l'evento con la solita festa al club."

"Vero," concordò Ivy, picchiettandosi il labbro inferiore con il dito.

"Quindi non è un'opzione nemmeno il *The Iron Horse*..." rifletté Kiki ad alta voce.

"No. In più, lì gli uomini potrebbero fare irruzione e guastarci la festa per assicurarsi che non facciamo qualcosa che non gradiscono," aggiunse Jewel, ricordando così a tutte quanto i membri del club potessero essere prepotenti.

"Beh... Pensavo che ti piacesse far arrabbiare il tuo uomo a tal punto da farti impartire certe lezioni..."

Jewel sorrise e le s'illuminarono gli occhi. "Sì, è così. Ma in questa occasione..."

"Hai ragione. Rovineranno tutto. Dobbiamo scegliere un altro posto."

"Quindi andremo a ballare in discoteca. È deciso," ribatté Kelsea.

"Ti sei *davvero* fissata con la discoteca," mormorò Kiki.

"Cos'altro potremmo fare?" domandò Kelsea, la più giovane di tutte le sorelle del club.

Dalla cucina della pasticceria si udì una voce brontolare: "Nessuna di voi andrà a ballare...".

"Oh, cazzo," mormorò Kelsea accanto a Di mentre Zak faceva il suo ingresso dalla porta sul retro.

"Scordatevi di andare in giro a sculettare e rischiare di imbattervi nei dannati Warriors."

"Di certo non li incontreremo in un locale a Pittsburgh," sbuffò Kelsea.

Z scosse la testa e fece ondeggiare i capelli scuri lunghi fino alle spalle, poi si avvicinò a sua moglie e le poggiò una mano alla base del ventre. "Come sta il piccolo?"

"*La piccola* sta bene," lo corresse Sophie.

"Perché non avete voluto sapere il sesso?" chiese Kiki con voce leggermente esasperata.

Sophie agitò una mano a mezz'aria, poi la posò su quella di Z. "Vogliamo che sia una sorpresa. E poi me lo sento che sarà una femmina."

"No, non è vero," brontolò Z.

Bella sbuffò, ormai stufa di quella diatriba che andava avanti da quasi nove mesi. Quei due stavano facendo impazzire *tutti*.

"Cosa hai intenzione di fare se sarà una femmina?" lo provocò Kiki, divertita dalla testardaggine di Zak.

Il futuro padre aprì la bocca e la richiuse subito. Strinse gli occhi e aggrottò la fronte, poi cambiò argomento: "Donne, se volete festeggiare il compleanno di Di, fatelo al club."

"Z! No!" gridò Kelsea.

"No, non lo faremo al club," concordò Jewel.

"Mi dispiace, ma non avete scelta."

"Col cazzo che non ce l'abbiamo!" controbatté Kelsea.

Z sollevò le sopracciglia e si voltò di scatto verso di lei con fare perentorio. "O al club o niente. Sono stato chiaro?"

"Che diamine," mormorò Kelsea. "Non dovremmo più incontrarci qui alla pasticceria."

Diamond era d'accordo con lei. Non era più un luogo adatto per le loro riunioni, dal momento che Z era sempre nei paraggi. Invece di lavorare in una qualsiasi altra attività del club, aveva deciso di aiutare a "gestire" la pasticceria, il che significava dare ordini alla moglie e, *di tanto in tanto*, occuparsi delle scartoffie.

Diamond sapeva che il vero motivo di Zak era tenere d'occhio e proteggere la moglie incinta.

Sophie gli accarezzò la guancia e gli sorrise. "Allora voi

uomini dovete promettere di restare fuori e far entrare gli spogliarellisti."

Zak scrutò la moglie con gli occhioni azzurri. "Cosa?"

"Hai sentito bene," mormorò Sophie, allargando le labbra in un bel sorriso.

Zak aggrottò la fronte in un evidente cipiglio. "Degli spogliarellisti?"

Quando, incredulo, pronunciò quella parola, Di dovette sforzarsi di non ridere.

"Sì, sai, come quelle che sono sempre presenti alle serate del club, solo che i nostri hanno l'uccello al posto della patata," aggiunse Kelsea, a braccia conserte. "Non dovrebbe essere un problema, vero? Sai, per la storia dell'uguaglianza e tutto il resto."

Z aggrottò le sopracciglia e la sua espressione divenne scura e tempestosa. "Uguaglianza? Vi ha forse dato di volta il cervello?"

"No, niente affatto. È ora che questo club entri nel ventunesimo secolo. Chiediamo uguaglianza," dichiarò Kelsea, battendo nervosamente il piede a terra.

Oh, di nuovo le solite discussioni.

Z fece una risata nasale, abbassò la testa e poi la scosse. "No, dev'essermi andato in pappa il cervello," mormorò, con lo sguardo fisso a terra. Poi lo sollevò verso la moglie. "Non andrai da nessuna parte con mio figlio nella pancia, capito?"

Sophie strinse le labbra e gli accarezzò il petto in modo rassicurante. "Prima di tutto, non andrò a ballare nel mio stato."

"Non ci saresti andata lo stesso," la corresse lui borbottando.

"E apprezziamo davvero la tua preoccupazione per la nostra sicurezza."

"Ben detto."

"Già. Dopotutto, ti capisco, tesoro," sussurrò lei. Poi lanciò un'occhiata al resto delle donne. "Ma è il trentesimo compleanno di Di e noi lo festeggeremo, che ti piaccia o no."

"Sul serio?"

"Sì, sul serio," ripeté Sophie con un cenno del capo.

Di arricciò le labbra per evitare di ridere di fronte alla scena. In quanto presidente del club e motociclista cazzuto, Zak non si piegava facilmente al volere di una donna, ma ormai Sophie lo teneva al guinzaglio, e in quel momento lo stava strattonando con decisione.

Le altre donne finsero di non notare il tutto. Diamond guardò Kelsea e sperò che la ragazza tenesse il becco chiuso e non spifferasse nulla.

Kelsea ricambiò lo sguardo e la fissò, come a volerle parlare in codice. Diamond le fece un leggero cenno del capo.

Alla fine, Zak sospirò. "Dirò a Hawk di chiudere il *The Iron Horse* al pubblico e a Dawg di prenotarvi gli spogliarellisti. Farò in modo che nessuno dei fratelli vi disturbi. Bevete pure, ballate, date un'occhiata a quegli uccelli e divertitevi. Basta che restiate al sicuro. Tutto chiaro?"

"Sì, chiarissimo," sussurrò Sophie, con gli occhi scintillanti.

"Invitate anche le ragazze di Dawg."

"No," rispose lei mentre scuoteva la testa con decisione.

Lui aggrottò la fronte. "I bei culetti?"

"No."

"Le donne dei Knights, allora," ribatté lui alla fine.

"D'accordo."

"Piazzerò delle reclute davanti al locale, a guardia della porta. Vi proteggeranno da eventuali guai."

"Va bene. Basta che non entrino."

Zak allargò le narici, frustrato. "E va bene," mormorò, poi

le diede un bacio sulla fronte e tornò nella direzione da cui era venuto. Nessuna fiatò finché non sentirono chiudere la porta della cucina sul retro. Le ragazze aspettarono ancora qualche secondo per assicurarsi Zak non potesse sentire più nulla.

Alla fine, si guardarono tra loro e sorrisero. Diamond si precipitò da Sophie e le diede il cinque. "Ottimo lavoro."

"Spero solo di non partorire prima della festa. Voglio vedere i risultati delle mie trattative."

"Ah, vuoi dare un'occhiata a quegli uccelli?" chiese Ivy in tono scherzoso, per citare Z.

"Oh, sì!" esultò Kelsea.

Ivy fece una risata nasale. "Per Dawg non dovrebbe essere un problema trovare una troupe itinerante di spogliarellisti con breve preavviso."

"Se ci affidiamo a lui, rischiamo che scelga i più brutti."

"Lo chiamerò e mi assicurerò che non lo faccia," ribatté prontamente Jewel. "E farò in modo che ce ne mandi molti. Almeno uno a testa."

"Oh, cielo. Sai che Z è stato solo il primo di innumerevoli ostacoli. Ognuna di noi dovrà superare il proprio," aggiunse Kiki.

"Ti riferisci a Hawk?" domandò Jewel.

"Già. E hai presente quel suo fratellone serio ed eccessivamente protettivo?" continuò Kiki con un sopracciglio inarcato.

"Come potrei mai dimenticarlo?" rispose la signora di Diesel con un cipiglio.

"Esatto, proprio lui."

"Ma no," si difese Jewel mentre agitava una mano a mezz'aria con fare sprezzante. "Ci passeranno sopra."

Diamond si sentì improvvisamente contenta di non avere un uomo possessivo di cui preoccuparsi. Era libera di godersi al massimo il proprio compleanno e la vista di quegli uomini nudi e sexy.

Avrebbe approfittato appieno della sua festa. Forse sarebbe persino riuscita a convincere uno spogliarellista a concederle un ballo privato. Magari a casa di lei. Entrambi nudi e distesi nel letto.

Non aveva nemmeno bisogno delle batterie.

Già, dopotutto le sembrava un'ottima idea.

Non vedeva l'ora.

Capitolo due

Slade sospirò, si portò il palmo sull'occhio e se lo strofinò forte. Stava per esplodergli la testa, e non aveva ancora nemmeno alzato le palpebre. Trattenne il respiro per un momento e si mise in ascolto.

Udì un respiro.

Non era il suo.

Aprì un occhio e fissò un soffitto macchiato che non era quello nella sua stanza del club.

Merda.

Aprì l'altro occhio e fece scivolare lo sguardo di lato senza voltare la testa, altrimenti gli avrebbe fatto un male tremendo.

Provò a fare una scansione mentale del proprio corpo. Era nudo. Accanto a lui c'era una forma di vita. Entrambi giacevano su una superficie morbida.

Forse un letto.

Slade tirò un respiro profondo per farsi coraggio e, alla fine, si voltò.

Maledizione.

La donna accanto a lui aveva il viso coperto da una marea

di capelli scuri. Oltre alla chioma, non c'era nient'altro. Era totalmente nuda, come lui.

Per un momento, sentì un tuffo al cuore al pensiero di poter essere finito a letto con Diamond.

Sarebbe stato un fottuto errore. Uno sbaglio madornale.

Metterglielo dentro sarebbe stato come infilare il dito in una di quelle trappole per dita cinesi. Più l'avrebbe tirato fuori, più stretta sarebbe diventata la trappola.

Con cura, allontanò una ciocca dal viso della ragazza e la osservò.

Dannazione. Come diavolo si chiamava?

Sarah? Sally? Sierra?

No. Era un nome più adatto a una spogliarellista. Sa- qualcosa.

All'improvviso, la donna sollevò le palpebre e lo fissò con quegli occhi azzurri. Slade ebbe un altro tuffo al cuore.

Capelli scuri, occhi azzurri...

Proprio come Diamond. *Oh, cazzo.*

Lei sbadigliò e si spinse verso di lui per rannicchiarsi al suo fianco.

Oh, diamine.

"Buongiorno, soldato," lo salutò con un sorriso e allungò la mano per far scorrere un'unghia dipinta di rosso sulle piastrine di Slade.

Era mattina?

"Non sono un soldato," borbottò lui, con voce rauca.

"Indossi delle targhette."

"Già," si limitò a grugnire lui. Doveva andarsene da lì, porca miseria. Abbassò lo sguardo sul proprio membro.

"Abbiamo scopato, vero?" le domandò.

La donna sgranò gli occhi, e Slade si rese conto che quelle gemme blu non erano profonde tanto quanto quelle di

Diamond. Santo cielo, non lo erano affatto. Quella ragazza aveva gli occhi un po' più spenti.

"Non te lo ricordi?"

"Ti arrabbieresti se ti rispondessi di no?"

Quando la donna assottigliò lo sguardo, Slade lo prese come un sì.

"E se non mi ricordassi nemmeno il tuo nome?"

Lei si allontanò da lui e si mise a sedere. "Davvero non sai come mi chiamo?"

Lui sospirò mortificato. "Sì che lo so. È solo che ho un vuoto. Il tuo nome inizia con una S."

Lei si morse il labbro inferiore, scrutò Slade e, dopo aver rilassato le labbra, rispose: "Savannah. Non mi sorprende che non te lo ricordi. Continuavi a chiamarmi Di o Diamond o qualcosa del genere."

Merda. "Quindi, abbiamo scopato?"

Lei annuì.

"Ho messo il preservativo, sì?"

Lei annuì di nuovo.

Oh, per fortuna! "Un momento. Quante volte l'abbiamo fatto?"

Lei sollevò tre dita.

Santissimi numi. "E ho messo la protezione tutte e tre le volte, sì?"

Lei annuì di nuovo.

Ah, grazie al cielo! "Questa è casa tua?"

"Già."

Slade diede uno sguardo alla stanza. Savannah non era una persona ordinata. C'erano vestiti, sia sporchi che puliti, ammucchiati ovunque. La superficie del comò era talmente piena di cianfrusaglie che non si riusciva a vedere nemmeno un centimetro del piano di legno. Nelle vicinanze c'era un bidone traboccante di spazzatura. Quel poco di spazio visibile sul comodino era ricoperto da uno strato di polvere. Quella donna non era affatto pulita.

Slade aveva paura di ispezionare le lenzuola e di trovarle macchiate.

Rabbrividì, si mise seduto e lasciò cadere le gambe sul lato del letto. "Devo andare."

"Non vuoi fare colazione con noi? I bambini stanno per alzarsi; posso fare dei pancake o qualcosa del genere."

Bambini.

Oh, meeerda.

Le lanciò uno sguardo da sopra la spalla. Da seduto, si rese conto di quanto assomigliasse a Diamond. Era solo la versione più sbattuta e volgare.

"Quanti figli hai?"

Lei sorrise, come se glielo avesse chiesto perché era davvero interessato. Non lo era. Anzi, tutto il contrario. Non avrebbe mai fatto da padre ai figli di qualcun altro.

"Quattro."

Porca miseria! Doveva andarsene da lì. Di certo non avrebbe voluto darle il quinto figlio. In cuor suo, sperava davvero che gli avesse detto la verità sull'uso del preservativo. A quanto pareva, la donna era piuttosto fertile.

"Hai quattro figli e fai ancora la spogliarellista?"

Lei scrollò le spalle. "Mi aiuta a pagare le bollette."

Slade si alzò in piedi e cercò i vestiti. Quando li trovò ripiegati sopra quello che sperava fosse un mucchio di vestiti puliti, tirò un sospiro di sollievo. Vide anche gli stivali lì vicino e il gilet appeso alla maniglia della porta. Almeno quello non era finito sul pavimento sporco.

Si vestì rapidamente.

"Allora... colazione?"

"Devo andare."

"Tornerai al club stasera?"

Oh, cazzo. "No, devo lavorare."

"Ma hai detto che hai lavorato ieri sera."

Slade si irrigidì per un momento mentre si infilava dalla testa la maglietta intima a maniche lunghe. "Già."

"Hai detto che eri passato al club dopo il lavoro."

Era vero. "Sì, ma stasera devo chiudere. Poi filo dritto a letto."

"Allora sarà per la prossima volta."

Slade si infilò la maglietta nei pantaloni e afferrò il gilet. "Già, alla prossima."

Si mise gli stivali senza preoccuparsi di allacciarli e aprì la porta.

"È stato divertente," gridò lei.

Anche se lo fosse stato, Slade non se lo ricordava. "Sì," grugnì lui, senza nemmeno voltarsi. Doveva tornare al club e farsi una doccia per lavarsi di dosso il sudiciume della spogliarellista. Per tutti quei mesi aveva evitato di scoparsene una. Si era fatto solo un paio di bei culetti per svuotarsi le palle, ma niente di più. Cercava di non andare a letto con le frequentatrici del club. Non aveva bisogno di certe seccature.

Dawg tendeva a portare le sue ragazze alle feste del club, ma Slade non era dell'umore giusto per assecondare le loro avances.

Molti bei culetti per lo meno conoscevano l'iter: se volevano frequentare il club, dovevano essere a disposizione dei membri. Slade non riusciva a spiegarsi perché mai una donna sana di mente avrebbe dovuto accettare un tale accordo. A ogni modo, anche lui ne approfittava, quando era stufo di farsi le seghe.

Tuttavia, a volte pensava che avrebbe fatto meglio a mettersi due preservativi. Nonostante molti fratelli fossero caduti nella trappola e avessero trovato una signora, molti altri erano ancora single e ci davano dentro. Peggio ancora, molti bei culetti desideravano poter diventare le loro signore.

Di certo nessuna ci sarebbe riuscita con Slade. Nemmeno per sogno. Non si sarebbe mai impegnato in modo permanente con una di quelle oche. Dannazione, non aveva intenzione di impegnarsi con nessuna donna in generale.

Nemmeno con Diamond Jamison.

Slade entrò nel club dal retro e sbuffò. S'imbatté subito in un paio di occhi azzurri incorniciati dalla lunga chioma scura.

Diamond si stava dirigendo con decisione verso di lui. Slade si preparò ad affrontarla, ma lei lo ignorò. Stava per passargli accanto come una furia, quando all'improvviso si fermò a pochi centimetri da lui, ma rivolta nella direzione opposta. Slade restò immobile. Poi, entrambi si voltarono e lo sguardo socchiuso di lei incontrò gli occhi spalancati e iniettati di sangue di lui.

Diamond arricciò il naso, si sporse verso di lui e lo annusò a fondo. "Puzzi di figa." Lui rimase fermo mentre lei si avvicinava ancora di più, con il naso a pochi centimetri dal suo collo. "E di profumo scadente. Ti piacciono le donne facili."

"Di certo non mi piacciono le rompipalle, principessa," mormorò lui.

"Non chiamarmi così."

"Come? Rompipalle o principessa?"

"Entrambe. Non sono una rompipalle."

Slade fece una risata nasale. "Come ti pare. Che ci fai qui?"

Lei lo guardò con un cipiglio. "Preparo la roba per la mia festa."

"Quale festa?"

"La mia festa di compleanno. Il *The Iron Horse* verrà chiuso al pubblico cosicché noi donne potremo festeggiare."

"Quand'è?" chiese lui, sorpreso dalla notizia.

"Giovedì sera. Non avremo bisogno dei tuoi servizi."

"Non avevo intenzione di offrirteli."

"Tutti i fratelli dovranno stare fuori. Gli unici uomini ammessi sono gli spogliarellisti."

Lui inarcò un sopracciglio. "Quali spogliarellisti?"

"I ballerini esotici che chiameremo."

"Ma che cavolo," mormorò lui. Quindi non solo Hawk avrebbe permesso alle donne di chiudere il *The Iron Horse* per una notte, ma avrebbe persino lasciato che invitassero dei gigolò? No, doveva essere uno scherzo. I fratelli non lo avrebbero mai permesso.

Mai e poi mai.

"Penso proprio che me ne porterò uno a letto," annunciò lei con sicumera.

Slade si portò due dita all'orecchio e se lo strofinò forte. Forse non aveva sentito bene: aveva davvero detto che si sarebbe scopata uno spogliarellista? "Che cazzo stai dicendo?"

"Che ho intenzione di farmi uno spogliarellista."

Slade sentì ogni singolo muscolo tendersi. Anche se Hawk e gli altri avessero davvero dato il permesso per invitare gli spogliarellisti... "Non succederà."

"Perché no?"

"Perché non fa parte del loro lavoro."

Diamond si mise le mani sui fianchi con sguardo visibilmente irritato. "Vorresti dirmi che non ti sei appena fatta una spogliarellista?"

Slade aprì la bocca, poi la richiuse di scatto.

Diamond emise un flebile verso. "Come pensavo."

"Sì, va bene," mormorò lui. "Hawk lo sa che li farai entrare nel club?"

"Sì."

Ma che cazzo? "Sai che sono tutti gay, vero? Nessuno di loro ti scoperà."

Diamond lo guardò con occhi maliziosi. "Perché ti preoccupi così tanto che mi portino a letto?"

"Che ti portino? Al plurale?"

"Sì, è il mio compleanno, potrei spassarmela con più di uno," ribatté lei sorridendo. Chi lo sa, si sarebbe anche potuta godere più di un uccello.

Slade strinse la mascella e fece un respiro profondo. "Non fare sciocchezze."

"Senti chi parla."

Lui si morse il labbro, in preda all'ira crescente. Era tentato dall'impartirle una di quelle "lezioni" che Diesel dava sempre alla sua signora. Peccato che sull'uccello avesse ancora i liquidi di un'altra donna, perciò avrebbe fatto meglio a trattenersi.

Quel pensiero gli ricordò che doveva andare a darsi una ripulita. "Devo farmi una doccia."

"Già, puoi dirlo forte."

Lui scosse la testa e si diresse verso le scale. "Non andare a letto con gli spogliarellisti, principessa," la ammonì da sopra una spalla.

"Forse dovresti seguire il tuo stesso consiglio."

Già, forse lei aveva ragione.

Capitolo tre

Stomp, stomp, stomp. I bassi assordanti provenienti dal *The Iron Horse* scossero il muro dietro il bancone del club.

"E che cazzo, sembra che la musica sia perfino più forte di quando suonano i Dirty Deeds," si lamentò Jag prima di buttare giù un sorso di whisky e asciugarsi la bocca con il dorso della mano. Sbatté poi il bicchierino sul bancone, il quale fu prontamente riempito da Hawk.

L'uomo riempì anche il proprio cicchetto che aveva appena svuotato, poi sollevò la bottiglia di Jack Daniel's per vedere quanto ne fosse rimasto.

Slade avrebbe dovuto andarsene, ecco cosa avrebbe dovuto fare, dannazione. Il *The Iron Horse* era chiuso al pubblico, per cui non c'era bisogno né di un barman né di un buttafuori. Non aveva motivo di restare.

Tuttavia, non aveva nemmeno voglia di andare al *The Heaven's Angels Gentlemen's Club*. Non era dell'umore giusto per incontrare Sierra... Sarah... *che diamine...* Savannah, o come diavolo si chiamava.

Nelle ultime sere si era tenuto a debita distanza dallo

strip club: aveva lavorato fino a tardi al bar di Hawk e poi se n'era andato a letto per recuperare le ore di sonno arretrate.

Eppure, maledizione, quella sera era lì, a bere con i fratelli del club, le cui donne erano nella sala accanto, intente a darci dentro con quegli *spogliarellisti*.

Erano solo dei gigolò. Ecco cos'erano.

Probabilmente indossavano quelle microscopiche mutandine a forma di banana, adatte a contenere i loro microscopici testicoli.

Porca miseria.

Slade tese di nuovo il bicchierino vuoto a Hawk, il quale ci versò dentro un altro po' di liquido ambrato.

Diesel era su di giri: faceva avanti e indietro alle spalle dei due fratelli e stringeva di continuo i pugni mentre borbottava tra sé e sé.

Slade doveva ammettere di non averlo mai visto così provato come in quel momento. A eccezione, ovviamente di quando quel Warrior, Black Jack, aveva rapito Jewel.

"Fratello, devi calmarti, cazzo. Nessuno toccherà la tua signora," gridò Hawk.

"Già, che nessuno si azzardi," borbottò D.

"E comunque gli spogliarellisti sono tutti gay," borbottò Slade, nella speranza che fosse vero.

"Sarà meglio per loro," aggiunse Z, accanto a lui.

"Ma *tu* di cosa dovresti preoccuparti esattamente? La tua signora è già incinta e sta per partorire," gli ricordò Jag. "Ed è solo per colpa tua che le nostre donne se la stanno spassando qui dietro."

Z spostò lo sguardo sul cugino. "Avresti preferito che andassero a fare baldoria in città?"

"No," grugnì Hawk, poi sbatté la bottiglia di Jack Daniel's sul bancone e la fece scivolare verso l'altra estremità del bar, dove si trovavano Grizz e Crow; il primo si stava scolando un whisky, l'altro una birra.

"In questo momento, sono davvero felice di non avere una signora che si diverte ad ammirare l'uccello di uno sconosciuto," dichiarò Crow con gli occhi fissi sul suo cicchetto, poi rise. Si voltò in direzione dei fratelli. "Sembrate un mucchio di cretini dispiaciuti."

"Quanto dovrebbe durare questa festa?" chiese Hawk a Z.

"E io come cazzo faccio a saperlo? È stato Dawg a organizzare tutto."

"Hanno appena messo la musica," puntualizzò Crow, seduto sul solito sgabello con un sorrisino stampato in volto.

"Forse dovremmo andarcene al *Dirty Dick's* a fare due chiacchiere con i Knights finché non sarà tutto finito," suggerì Jag mentre si passava le dita tra i capelli.

"Non lascerò le donne qui senza qualcuno che le protegga," abbaiò D.

"Ho messo Jester e Coop a fare da sentinelle davanti alla porta d'ingresso," gli ricordò Hawk.

Alle due nuove reclute era stato affidato il lavoraccio di fare da pali fuori dal locale, al freddo e al gelo. Slade si sentì fortunato a non aver mai militato da recluta per il DAMC, dal momento che ci era già passato con un altro club. Si era ripromesso di non farlo mai più, perché i novellini venivano trattati peggio di schiavi. Z aveva fatto un'eccezione per lui, visto che l'estate prima Slade lo aveva aiutato a risolvere i guai causati dai Warriors alla raccolta fondi delle ragazze. Lo aveva "aiutato" nel senso che aveva messo KO un Warrior.

"Non me ne frega un cazzo di chi c'è là fuori. Io non me ne vado," insistette D.

Hawk si avvicinò da dietro il bancone e porse un bicchiere di whisky al fratello. D lo afferrò, lo buttò giù in un sorso e glielo restituì. Hawk gli diede una pacca sulla schiena e lasciò che tornasse a camminare come una trottola impazzita.

"Vuoi continuare così per tutta la serata?" gli chiese Z.

D si bloccò sul posto, si voltò verso Zak con sguardo torvo e abbaiò: "Certo che no, cazzo" Poi fece il giro del bancone, aprì uno degli armadietti e accese un monitor nascosto.

Oh, santo cielo! Slade si era dimenticato che D aveva installato delle telecamere di sicurezza al *The Iron Horse*. Lo aveva fatto dopo la sparatoria dei Warriors, durante la festa di Natale del club tenutasi quasi tre mesi prima. Durante i lavori di ricostruzione, aveva fatto anche rinforzare le pareti anteriori del bar, e poi... quelle telecamere...

Slade si chiese se le donne lo sapessero. Probabilmente no, dato che anche lui, pur lavorando al bar quasi ogni sera, se n'era dimenticato. I dispositivi erano abbastanza piccoli da non essere notati.

"D, non so se ti conviene guardare," lo avvertì Hawk.

Diesel lo ignorò e navigò tra le varie inquadrature finché non apparve quella che puntava al centro del locale.

Pessima idea. Era come sventolare una bandiera rossa davanti a un toro imbufalito.

Non gli avrebbe fatto di certo bene vedere la sua donna tutta eccitata e fomentata da uomini oliati e muscolosi con indosso solo dei tanga che si strusciavano contro di lei e le altre signore.

No, non gli avrebbe fatto bene.

Diamond era seduta al centro della folta cerchia di donne. C'erano tutte le invitate: Kiki, Ivy, Jewel, Sophie, Kelsea, Bella, Jayde e la moglie di Ace, Janice. Presenziavano anche le sorelle di Ace, Annie e Allie, la mamma di Diamond, Ruby, e l'immancabile Mama Bear, la vecchia signora di Grizz. Si erano unite anche alcune delle signore dei Knights e qualche viso conosciuto, come la donna di Magnum, che, sorprendentemente, era una bionda alta e carina di nome Stacy.

A ogni modo, quella sera era il compleanno di Diamond, e sotto i riflettori c'era soltanto lei. Quando partì la musica a tutto volume, Kelsea iniziò a dimenarsi sulla sedia.

Poi una lunga fila di uomini sexy, purtroppo ancora vestiti, uscì di corsa dalle porte a battente della cucina; erano talmente intriganti che Di ebbe un flashback del film *Magic Mike*.

Affondò i denti nel labbro inferiore e le unghie nei palmi per contenere l'eccitazione mentre i bei manzi saltavano sul bancone e iniziavano a ballare in fila.

Ammirò i loro corpi ed emise un sonoro sospiro. Nonostante non fossero ancora nudi, avevano un fisico statuario: niente a che vedere con i motociclisti trasandati e fuori forma. Oh, no, tutto il contrario. Quegli uomini avevano un taglio di capelli ben curato, visi dalla pelle liscia e vestiti puliti, privi di macchie d'olio o di grasso. Nella sala non c'era nemmeno l'ombra di un gilet.

E probabilmente non puzzavano di figa ben sbattuta.

Porca miseria!

Diamond ansimò mentre, uno alla volta, gli spogliarellisti si spostavano al centro del bancone di legno levigato e si denudavano, fino a restare solo con un paio di pantaloncini attillati che non lasciavano spazio all'immaginazione. Avevano la pelle abbronzata e lucida, come se si fossero spalmati addosso dell'olio per bambini.

Dannazione. Diamond avrebbe tanto voluto farlo con le proprie mani.

Nonostante la musica ad alto volume, sentì le donne dietro di lei fischiare, gridare e acclamare per incoraggiarli.

Poi, tutti insieme, gli uomini si strapparono i pantaloncini di dosso, saltarono giù dal bancone e iniziarono ad accerchiare le donne, si misero a cavalcioni su di loro iniziarono a roteare e spingere i fianchi, toccando e strofinandosi contro le invitate che acconsentivano. O contro chiunque avesse in mano una banconota da un dollaro... o due.

Poi, due ballerini cambiarono rotta e puntarono dritti verso la festeggiata. Uno aveva i capelli scuri e nemmeno un tatuaggio sulla pelle immacolata. L'altro era biondo, con un paio di bellissimi occhi verdi e piercing d'argento su entrambi i capezzoli. Diamond trattenne un respiro eccitato.

Avevano corpi perfetti, muscoli ben scolpiti e cosce possenti. Mentre ballavano intorno a lei, Diamond non sapeva quale dei due fissare per primo.

Quello sì che era un gran bel compleanno.

L'uomo dai capelli scuri le si mise davanti, mentre quello biondo dietro. Lei stava per diventare la farcitura di un delizioso sandwich di uomini. Non riusciva a smettere di sorridere, nonostante ci stesse provando con tutte le forze.

Alzò lo sguardo sull'uomo dai capelli scuri. "Come ti chiami?"

"Robby."

Poi spostò lo sguardo verso quello biondo. "E tu?"

"Bobby."

Assurdo. Stava per abbandonarsi a Robby e Bobby. Oh sì, non vedeva l'ora.

Si lasciò sfuggire una risatina, poi si coprì la bocca per lo shock. Di solito non si concedeva quelle risatine da oca.

Sollevò la mazzetta di banconote da un dollaro che teneva stretta nel pugno. "Cosa potete fare per un dollaro?"

"Sei la festeggiata, vero?" le chiese Robby, con gli occhi pieni di malizia.

Lei trattenne un'altra risatina. "Sì, sono io!"

"Qualsiasi cosa tu voglia."

Oh sì, che goduria! "E per cento dollari?"

"Ti facciamo di tutto."

Diamond annuì e lo guardò raggiante. "Proprio quello che volevo sentire."

Poi Robby si mise a cavalcioni su di lei, le afferrò la testa e le spinse l'inguine in faccia a suon di musica.

Diamond emise l'ennesimo risolino e poi fece un respiro profondo. Non era nemmeno ubriaca: era solo fottutamente stordita.

Chi avrebbe mai pensato che invitare degli spogliarellisti si sarebbe rivelato tanto divertente.

S'infilò una banconota nella scollatura e, senza esitazione, Robby la tirò fuori con i denti, sfiorandole la pelle con il respiro caldo. I capezzoli le s'inturgidirono fino a diventare due picchi duri sotto la maglietta con scollo a V profondissimo.

Oh, sì.

Alla faccia di Slade che sosteneva che tutti gli spogliarellisti fossero gay. Quell'uomo non capiva un accidenti. Voleva solo fare il guastafeste.

Bobby prese il posto di Robby e iniziò a passarle le mani su tutto il corpo, poi le spinse il viso tra i seni e lo scosse con foga.

Lei squittì per il divertimento e gli affondò le dita tra i capelli per tenerlo lì il più a lungo possibile.

Quando lui finalmente rialzò la testa per prendere aria, lei si voltò abbastanza da vedere le altre donne. Se la stavano spassando in cerchio con gli altri ballerini che, con quei tanga striminziti, si strusciavano contro di loro a ritmo di musica.

Ridevano e scherzavano tutte.

Nessuna esclusa.

Diamond doveva riconoscerlo: per una volta, Kelsea aveva avuto un'ottima idea.

"Quello stronzo sta davvero toccando la pancia di mia moglie?" gridò Z, con gli occhi sgranati e il viso paonazzo.

Slade si chinò un po' di più sul bancone per capire come mai il presidente del club stesse dando di matto, ma non riuscì a vedere un bel niente, dato che lo schermo era coperto da Z, Hawk, Diesel e Jag. Con tutta quella massa di muscoli, era impossibile sbirciare.

Era come se formassero un muro di mattoni.

Ciononostante, notò che erano tutti tesi, e Jag aveva le mani avvolte dietro la nuca, come se stesse cercando di mantenere la calma.

"Ma che cazzo," mormorò Hawk mentre si avvicinava ulteriormente al monitor. "Quello... No. Non può aver... fanculo. Questo schifo finisce qui."

D sbatté il pugno sul bancone davanti allo schermo. "Fanculo questa merda!" gridò.

Slade scese dallo sgabello su cui era seduto e, mentre girava intorno al bancone per raggiungere i suoi fratelli, incontrò lo sguardo divertito di Crow.

"Come siete esagerati," li prese in giro mentre si piazzava tra Z e Jag. Poi, non appena posò lo sguardo sullo schermo, si bloccò all'istante.

Strizzò gli occhi, scosse la testa per concentrarsi, poi osservò più attentamente il monitor a colori.

"Ha..." iniziò a dire, ma poi, alla vista di quella scena, si sentì il cervello in pappa. A quanto pareva, uno di quei gay si stava strusciando in faccia a Diamond. Indossava solo uno slip rosso e... Sì, le stava spingendo l'uccello proprio in faccia e lei...

...sorrideva e ghignava! Gli stava persino avvolgendo le mani intorno al sedere, come a incoraggiarlo a continuare con quel balletto di merda.

No, non lo stava facendo per davvero.

Oh, maledizione, sì che lo stava facendo!

E quella non era nemmeno la parte peggiore. Un altro di quei cretini le stava dietro e le stava palpeggiando le tette da sotto la maglietta!

Slade si voltò verso Jag. "Hai visto cosa stanno facendo a tua sorella, cazzo?"

Jag, con gli occhi incollati allo schermo, gridò: "Fanculo mia sorella! Hai visto cosa stanno facendo alla mia donna?!"

Slade si voltò di nuovo verso il monitor e vide Ivy: un ballerino le stringeva la chioma rossa tra le mani per tirarle la testa all'indietro e spingerle il viso nel collo.

Oh, dannazione.

Come se non bastasse, la signora di Jag non sembrava affatto ribellarsi. Anzi, continuava a sventolare per aria una banconota da un dollaro e lo incitava a continuare.

L'unica che sembrava avere un pizzico di buon senso era Bella. Se ne stava fuori dal cerchio e si limitava a guardare e a ridere del caos che scompigliava il *The Iron Horse*.

Era un vero e proprio bordello.

"Che cazzo, adesso vado a fermarli," abbaiò D mentre si allontanava dai fratelli.

"No," gridò Crow, e tutti si bloccarono. "Non farlo. Avevate detto che non vi sareste intromessi. Era questo l'accordo."

D si voltò verso di lui. "La tua donna non è lì, fratello. Non hai diritto di parlare."

"Col cazzo che non ce l'ho. Il patto era questo, ricordi? Avrebbero festeggiato qui, a condizione di non essere disturbate."

"Sì, ma nessuno ha parlato di cazzi in faccia," urlò D, con occhi selvaggi.

"E nemmeno di telecamere, se è per questo. Vuoi che lo scoprano subito? Cosicché nessuno di voi, dopo la festa, possa più inzuppare il biscotto?" Crow sollevò il mento verso il monitor, "Pensateci un attimo: quei tipi le stanno facendo eccitare, giusto? Se intervenite ora, non farete altro che rovinare l'umore a tutte loro. Rifletteteci. Lasciate che si divertano e vedrete come vi salteranno addosso dopo il party."

Slade sgranò gli occhi. Era la prima volta che sentiva Crow parlare così tanto.

Si voltò di nuovo verso il monitor. Era vero, quasi tutti i fratelli si sarebbero effettivamente *goduti* le loro donne e la loro eccitazione.

Lui, però, no. Lui non si sarebbe goduto nulla e ne sarebbe uscito solo innervosito.

Digrignò i denti mentre guardava Diamond che si alzava dal trono e si lasciava accerchiare dai due bellimbusti. Uno le si strusciava addosso senza pietà, mentre l'altro la sculacciava un po'.

Sebbene le telecamere non riproducessero i suoni, non era difficile capire che quella pazza stesse ridendo a crepapelle. Aveva la testa reclinata all'indietro e se la stava spassando con lo spogliarellista che aveva incollato al petto.

Slade dilatò le narici ed emise un respiro affannoso.

Diamond aveva detto che avrebbe scopato per il suo compleanno. Aveva dichiarato apertamente che si sarebbe fatta uno o più spogliarellisti. Dal modo in cui si stava strusciando a quei due idioti, pareva che stesse raggiungendo l'obiettivo.

"Vi suggerisco di spegnere questi aggeggi prima che moriate tutti di crepacuore," ringhiò Grizz dall'estremità opposta del bancone.

Hawk lanciò un'occhiata in direzione del vecchio. "Non vuoi vedere come si comporta la tua vecchia signora?"

Grizz si lisciò la lunga barba grigia e arruffata e socchiuse gli occhi, i quali si incresparono profondamente agli angoli. "Assolutamente no. Al diavolo, me ne sbatto la palle. So solo che stasera me la darà, e che è passato un bel po' di tempo dall'ultima volta. Può fare quello che cazzo vuole, purché finisca con il mio uccello tra le gambe."

Crow sollevò il bicchiere di whisky e fece una risatina nasale. "Visto? Lui sì che ha capito tutto. Spegnete quell'affare e lasciatele in pace."

"Se qualcuno tocca quel monitor, giuro che gli spezzo le dita," ringhiò D. "Devo capire quante lezioni devo dare alla mia donna dopo la festa."

Jag scoppiò a ridere e si allontanò dallo spettacolo, scuotendo la testa. "Non ce la faccio più a guardare. Spero che tu abbia ragione, vecchio. Ivy farà meglio a ondeggiare sul mio gioiello come una ballerina di pole dance."

Grizz agitò una mano verso Jag e grugnì.

D abbassò lo sguardo su Slade. "Tu che diavolo ci fai qui? Pensavo che quella matta non ti interessasse più."

"Infatti non m'interessa proprio nessuno," brontolò Slade.

"Certo, ma chi vuoi prendere in giro..." ribatté D, poi tornò con gli occhi sul monitor. Si sporse in avanti, strizzò gli occhi e indietreggiò di un passo. "Oh, no, merda."

D si voltò e Hawk gli afferrò il braccio, scuotendo la testa. "No, fratello, Grizz e Crow hanno ragione. Ho promesso che le avrei lasciate in pace. Lascia stare!"

Diesel fece oscillare una manona verso lo schermo. "La

tua donna ha il viso schiacciato contro la mazza di quel deficiente, cazzo!"

Hawk fece un respiro profondo e chiuse gli occhi per un secondo. "Sì. L'ho visto e voglio solo dimenticare. Poi le farò passare un bel quarto d'ora."

D sorprese tutti con un gran sorriso, insolito per lui. "Già."

Hawk gli sollevò il mento. "Già," gli rispose a denti stretti, poi afferrò la bottiglia di Jack Daniel's e versò a entrambi un doppio shot.

Non appena la posò, Slade gliela tolse di mano, se la portò alle labbra e lasciò che il liquore gli scivolasse in gola.

Z rise col naso. "Sembra che qualcuno sia ancora interessato."

Slade si scolò il resto del whisky, respirò a denti stretti per tollerare meglio il bruciore dell'alcol e si passò una mano sulla bocca. "Vi sto solo dimostrando la mia solidarietà."

Z rise di nuovo. "Certo, come no."

Slade si scostò dal monitor e si mosse lungo il bancone, lontano da quelle immagini. Doveva andarsene. Scappare via da lì, cazzo. Non riusciva più a guardarle, e non sopportava più quella musica martellante che proveniva da dietro la parete.

Chiuse gli occhi, ma non riusciva a liberarsi dell'immagine di Diamond nuda in un letto, infilata tra quei due fusti che la divoravano e se la scopavano a turno.

Digrignò i molari e poi sbatté la mano sul bancone.

Quando aprì gli occhi, vide che tutti lo stavano fissando. Alcuni erano più divertiti di altri.

Lui non ci trovava nulla di comico.

Jag si sedette sullo sgabello accanto a lui. "So che è mia sorella, ma alle volte sa essere una vera stronza."

"Lo so."

"Purché tu lo sappia e sia pronto ad accettarlo..."

"Non devo accettare proprio un cazzo."

"Giusto," mormorò Jag, passandosi una mano sulla mascella. "Sei cotto a puntino, fratello."

"Stronzate," sputò Slade.

"Lo capisco perché anch'io ci sono passato. Quella maledetta di Ivy mi ha preso in giro per anni."

Slade si voltò per scrutare il fratello di Diamond. Era sorpreso di sentire quella confessione, dato che Jag e Ivy sembravano fatti da sempre l'uno per l'altra. Ogni volta che erano vicini, in un modo o nell'altro, si stuzzicavano sempre.

Jag mandò già un altro goccio di whisky. Posò il bicchiere sul bancone con cura, come se stesse facendo del suo meglio per non romperlo. "L'ho vista scoparsi i peggiori cervelloni e nerd. Mi ha portato al punto di fare cose stupide."

"Per esempio cosa?"

"Per esempio scoparmi quella scema di Goldie su uno di quei divani durante una festa." Inclinò la testa verso un vecchio sofà logoro che si trovava lungo una parete della sala comune. "Ci hanno visti tutti, inclusa lei. Quella sera era in compagnia dell'ennesimo scopamico, e ho perso la testa."

"Chi è Goldie?"

"Era una delle ragazze di Dawg. Diciamo solo che ci sono andato... un paio di volte."

Slade fece una smorfia e pensò alla spogliarellista che si era ritrovato accanto al risveglio qualche mattina prima, quella che gli aveva ricordato Diamond quando l'aveva guardata negli occhi e poi glieli aveva fatti strizzare per l'incredulità. O forse aveva semplicemente bevuto troppo, il che ultimamente accadeva spesso.

"Se vuoi una donna che si comporta da stronza, devi essere disposto ad accettare la sfida e a farti graffiare."

Slade fissò la bottiglia vuota di Jack Daniel's di fronte a sé.

Jag non aveva ancora finito. "Ma se tu sai come addomesticarla, potrebbe valerne la pena."

"Stiamo parlando di tua sorella," gli ricordò Slade con un'espressione accigliata.

Jag annuì. "Lo so. Sto solo cercando di dare un consiglio a un fratello."

"Non ce n'è bisogno," mormorò Slade.

L'uomo accanto a lui si lasciò sfuggire una risata nasale. "Sì, è quello che continui a ripeterti." Jag gridò in direzione del bancone: "Hawk, portaci un'altra bottiglia. Il nostro amico ha bisogno di un drink come si deve."

Finalmente un'affermazione che Slade non avrebbe messo in discussione.

Capitolo quattro

Slade si appoggiò a uno dei banconi della cucina che si trovava tra il lato privato e il lato pubblico del club. Rimase in attesa, con le braccia conserte e le caviglie incrociate; stava cercando di apparire molto più calmo di quanto non fosse in realtà.

I cicchetti di Jack Daniel's avevano alleviato un po' la frustrazione, ma non erano bastati.

Quella maledetta donna era pazza se pensava davvero di farsi scopare da un paio di spogliarellisti.

Non c'erano dubbi.

Quasi tutte le invitate si erano congedate ed erano tornate a casa dai loro uomini, ancora arrabbiati. Perfino alcuni degli spogliarellisti erano entrati in cucina per rivestirsi prima di levare le tende, e molti di loro lo avevano guardato negli occhi o lo avevano addirittura salutato con un cenno del capo.

Slade non aveva ricambiato il saluto.

No, non lo avrebbe mai fatto.

"Bei tatuaggi, *bro*," lo complimentò persino uno di loro.

Bei tatuaggi, bro.

Slade grugnì e tenne gli occhi fissi sulle doppie porte che conducevano al *The Iron Horse.*

Non capiva perché Diamond ci stesse mettendo così tanto. Slade sperava che non si stesse facendo qualcuno in mezzo al bar. Era tentato di sbirciare dagli oblò in plastica graffiata delle porte, ma si costrinse a rimanere al proprio posto.

Aveva il petto stretto in una morsa per la tensione, la pressione sanguigna alle stelle e i pensieri in subbuglio.

"Vuole scopare per il suo fottuto compleanno," borbottò tra sé e sé.

"Cosa?" gli chiese uno dei ballerini mentre gli passava accanto portando in spalla un grande borsone. Slade non riusciva a immaginare cosa ci fosse dentro, dato che per sbattere i loro uccelli in faccia alle donne avevano a malapena indossato gli slip, e avevano persino il coraggio di chiamarlo "ballare".

"Vaffanculo," ringhiò Slade al tipo, il quale sgranò gli occhi e si precipitò fuori dalla cucina.

Finalmente, la persona che stava aspettando passò attraverso le porte.

Non con uno spogliarellista solo, no. Con ben *due* di loro. Gli stessi stronzi che Slade aveva visto dallo schermo; quelli che le si stavano strusciando addosso.

"Ho parcheggiato sul retro. Possiamo tornare a casa mia..." stava dicendo lei, ma non appena vide Slade si bloccò immediatamente e l'ampio sorriso che sfoggiava svanì.

Slade lanciò un'occhiataccia ai due uomini che le stavano accanto. "Prendete la vostra roba e andatevene subito," ringhiò.

Diamond sollevò il palmo a mezz'aria per fermarli. "No, niente affatto. Tu non hai voce in capitolo, Slade." Si stampò di nuovo un bel sorriso in volto e annunciò: "Robby e Bobby verranno a casa con me."

Robby e Bobby? Voleva prenderlo in giro?

Slade si alzò dal bancone e strinse i pugni lungo i fianchi. "Ve lo ripeterò un'altra volta: prendete la vostra roba e andatevene," disse lentamente, in modo che fosse chiaro ai gemelli Bobby.

Quando entrambi afferrarono le borse e si dileguarono, ancora mezzi nudi, Diamond restò attonita.

Se l'erano davvero data a gambe.

"Ma. Che. Cazzo!" gridò lei.

Slade l'afferrò dall'avambraccio e la trascinò attraverso le porte che conducevano al club.

"Che stai facendo?" continuò a gridare lei, puntando i piedi per fare resistenza.

Slade fu contento di vedere che la sala comune era vuota e che nessuno avrebbe assistito alla sfuriata che stava per farle.

"Vuoi farti scopare per il tuo compleanno? È questo che vuoi?" le gridò da sopra la spalla mentre continuava a trascinarla dietro di sé.

Diamond incespicò, poi si riprese e lo strattonò all'indietro. Lui, però, non la lasciò andare. Non ne aveva la minima intenzione.

"Sì, ma non da te."

"Stronzate," ringhiò lui mentre si avvicinava alle scale.

"A te piacciono le donne facili. Io sono una rompipalle, o sbaglio?"

"Non mi piacciono sempre le donne facili, principessa, a volte mi piacciono le sfide." Arrivò in fondo ai gradini e si fermò ansimante, ma più per la rabbia che per lo sforzo.

Anche lei aveva il fiato corto, ma forse per un altro motivo.

Slade le strinse le dita intorno al bicipite e lei lo fissò con occhi più scuri e intensi. "Cosa hai intenzione di fare?" gli domandò in un sussurro.

"Quello che avrei dovuto fare molto tempo fa," mormorò a sé stesso più che a lei. "Ti ho permesso di insinuarti sotto la mia pelle e di divorarmi, come fanno i batteri della carne. Ora devo espellerti dal mio corpo."

"Cosa?" sussurrò lei. "Non vengo di sopra con te. Soprattutto dal momento che mi reputi un *batterio della carne!*" Il sussurro iniziale si trasformò in un urlo, e lui trasalì.

"Non sono D, non riesco a sollevarti di peso. Ma sì che verrai, principessa. Voglio farti i miei auguri di compleanno e poi liberarmi di te."

"Beh, detta così mi sembra proprio un'esperienza piacevole!"

Slade, con la mascella serrata, incontrò lo sguardo fiero di Diamond. "Continuerai a urlarmi contro come un'arpia?"

"Una cosa?"

"Un'arpia del cazzo!" gridò lui. Ne aveva abbastanza di quella scenata. Era sicuro che gli stesse per scoppiare una vena. Le si avvicinò, tanto da sentirla respirare, e inalò la sua essenza: quel profumo zuccherino, il fiato caldo, dolce e un po' alcolico, e poi la sua ira. "Ascolta. Ti scoperò per bene. Ti farò venire. Ti darò quello che desideri per il tuo fottuto compleanno. Poi chiuderemo. Tutto chiaro?"

Lei lo fissò con un cipiglio. "Solo una volta?"

Lui sì allontanò con uno scatto. "Solo una volta cosa?"

"Mi farai venire solo una volta? È tutto qui quello che sai fare?"

Lui strinse le labbra e la lasciò andare. Si fissò i piedi e scosse la testa finché l'impulso di portarle una mano alla gola non passò. "Non lo saprai finché non porterai il tuo sedere di sopra."

Lei inclinò la testa e si portò le mani ai fianchi. "Ah, sul serio?"

"Donna," si limitò a dirle lui.

Poi, dal nulla, Diamond sorrise e iniziò a salire le scale.

Slade gettò fuori l'aria che non si era nemmeno reso conto di aver trattenuto e le guardò il sedere oscillare avanti e indietro a ogni passo.

"Porca miseria," mormorò sottovoce, e la seguì mentre si chiedeva se stesse commettendo un grave errore.

Non appena raggiunsero il pianerottolo, lei lo guardò e lui le fece cenno di avanzare. La osservò quasi scioccato mentre lei si dirigeva verso la stanza di lui in fondo al corridoio.

Si prese il suo tempo per andarle dietro, perché era convinto che prima o poi lei si sarebbe voltata e avrebbe fatto dietrofront. Ma non lo fece, maledizione. Diamond continuò ad avanzare, nonostante non sapesse quale fosse la stanza di Slade.

Lui sentì un verso dietro di sé, poi qualcuno esclamò a voce bassa: "Oh, fratello, buona fortuna con quella," prima di chiudere la porta a chiave.

Non si sarebbe affatto stupito se tutti avessero chiuso le porte a doppia mandata: l'uragano di nome Diamond stava imperversando lungo il corridoio.

"Aspetta," le gridò Slade, e tirò fuori dalla tasca la chiave della stanza. Lei si fermò, si voltò e tornò verso di lui. Il ragazzo aprì la porta e la spalancò e, mentre lei lo superava per entrare, lui si sporse e accese la luce.

"Santo cielo," mormorò lei, arricciando il naso. "Questo posto è un buco."

Slade si guardò attorno. Di certo non era il Ritz, ma era piuttosto in ordine. Lui non era come gli altri membri che gettavano i panni sporchi sul pavimento o lasciavano che il bagno si ricoprisse di muffa. Certo che no. La sua stanza era organizzata e pulita.

"È pulita. Proprio come me, e anche tu farai meglio a esserlo."

Diamond lo fissò con i suoi occhioni azzurri, sorpresa. "Che diavolo significa?"

"Significa che mi assicuro di usare sempre le protezioni. Spero che tutti quelli che te l'hanno messo dentro siano stati altrettanto cauti."

"Accidenti, Slade, certo che sai benissimo come far bagnare una ragazza..." mormorò.

"Non sei una ragazza," mormorò lui.

"Cosa?"

"Non sei più una ragazza," ripeté più forte. "Hai appena compiuto trent'anni. Quei tempi sono finiti."

Lei inclinò la testa per scrutarlo. "Beh, non posso contraddirti."

Slade si avvicinò al letto, si sedette sul bordo e iniziò a slacciarsi gli stivali. Dopo averli allentati a sufficienza, se li sfilò insieme ai calzini e li mise al lato. Si alzò in piedi, si liberò del gilet e lo adagiò con cura sullo schienale della sedia nell'angolo. Quando si voltò, Diamond era ancora al centro della stanza, intenta a osservarlo intensamente.

"Hai intenzione di spogliarti?"

"Sto ancora decidendo," rispose lei, arricciando le labbra agli angoli. "Ultimamente ti sei comportato da stronzo. Non sono sicura che meriti di ricevere ciò che potrei darti."

Slade si lasciò sfuggire una risata nasale e iniziò a togliersi la maglietta da sopra la testa. Udì il respiro affannoso di Diamond mentre se la toglieva del tutto, poi la piegò e la ripose ordinatamente sulla sedia.

Slade guardò Diamond con un cipiglio. "C'è qualche problema?"

Lei scosse la testa e gli posò quegli occhi ardenti sull'addome. Seguì i movimenti delle mani di lui che scendevano fino alla cintura. "Io non sono uno spogliarellista. Devi spogliarti anche tu, principessa."

Già. Proprio così. Lui non era uno spogliarellista: era decisamente meglio. Diamond inspirò affannosamente e lasciò vagare lo sguardo sul petto di Slade. Aveva le braccia ricoperte di tatuaggi che continuavano sul torso e fin sul collo, subito sotto la mascella. Aveva muscoli ben definiti e sugli spettacolari pettorali gli pendevano delle piastrine. S'intravedeva una striscia di peli scuri che partiva dall'ombelico e gli scompariva sotto i jeans consumati. Diamond moriva dalla voglia di tracciargliela con la lingua.

Lo guardò sfilare dai passanti la cintura che aveva slacciato, aprire il bottone superiore dei jeans e far scivolare lentamente la cerniera verso il basso con movimenti lentissimi.

Diamond sollevò lo sguardo con la stessa lentezza e, quando incontrò i suoi occhi castano scuro, lui le sorrise.

"Ti piace la visuale," dichiarò lui, sicuro di sé, con voce bassa e graffiante.

Diamond rabbrividì e sentì i capezzoli inturgidirsi all'istante sotto la camicia.

Santo cielo, era dall'estate precedente, quando lui si era presentato al club per la prima volta, che lei avrebbe voluto vederlo nudo, e aveva pensato che ci sarebbe riuscita presto, fino a quando lui non l'aveva allontanata inaspettatamente.

Avevano pomiciato un paio di volte durante le corse in moto del club, ma non erano mai andati oltre. Eppure...

Che diamine, in quel momento...

Lei si asciugò la saliva dall'angolo della bocca mentre lui spingeva i jeans giù per i fianchi e lungo le gambe. Li calciò via e, quando si rimise dritto, lei non poté fare a meno di fissargli l'uccello, duro ed eretto, che sporgeva visibilmente.

Diamond avrebbe quasi voluto cantare *Tanti auguri a me*.

Non riusciva a distogliere lo sguardo, specialmente quando Slade si afferrò l'erezione e se la accarezzò un paio di volte.

"Sto ancora aspettando," borbottò lui, facendola scattare in azione.

Lei si sedette sul letto, si tolse gli stivali col tacco alto e li lanciò attraverso la stanza angusta. Slade seguì con gli occhi la parabola del lancio, la quale terminò dritta contro il muro. Aggrottò la fronte e continuò a guardare Diamond mentre si toglieva i calzini e li buttava nella stessa direzione.

Dopo essersi messa in piedi, si tolse la maglietta e i jeans in pochi secondi e li scostò di lato. Restò lì davanti a lui in mutandine e reggiseno, aspettando con il fiato corto che fosse lui a fare la prima mossa.

Non vedeva l'ora di sentire le sue mani, la sua lingua, le sue labbra sulla pelle, quell'uccello dentro di sé...

Sì. *Tanti, tantissimi auguri di compleanno a me*, pensò Di.

Rimasero lì a osservarsi a vicenda e lei si domandò perché Slade non si stesse muovendo, aveva smesso persino di massaggiarsi. Diamond si chiese se lui stesse ancora respirando.

"Slade," gli sussurrò.

All'improvviso, lui la gettò sul letto lasciandola senza fiato, le saltò addosso, le strappò via il reggiseno e le mutandine, e se li lanciò alle spalle.

Oh, porca miseria, sì.

Le tuffò le dita nei lunghi capelli e le strattonò la testa all'indietro, poi le affondò il viso nel collo e le passò i denti lungo la gola fino al petto, finché non si aggrappò bruscamente a un capezzolo. Lo tirò con i denti prima di succhiarlo in profondità.

"Cazzo, sì," sibilò lei con gli occhi al cielo mentre Slade glielo stringeva sempre di più con la bocca.

Diamond inarcò i fianchi per sentire l'asta dura premerle sulla coscia e il liquido preseminale caldo e setoso colarle sulla pelle. Gli gemette in bocca mentre lui la baciava con ardore e le spingeva la lingua con decisione, per ricordarle chi dei due fosse il più forte.

Lei accettò la sfida e la spinse di rimando. Poi gli morse il labbro inferiore e lui indietreggiò di scatto, fissandola con occhi scuri e respiro affannoso.

Le fece un sorrisino malizioso. "Sì brava, provocami così anche mentre ti scopo."

Voleva la guerra? Diamond l'avrebbe accontentato.

Gli sbatté i palmi sul petto e lui si allontanò per l'impatto. Con un ringhio, le afferrò i polsi e li bloccò sul materasso, poi le prese di nuovo la bocca per assicurarsi che lei assaggiasse il sangue che gli aveva fatto uscire. Un gemito le ribollì in fondo alla gola.

Dopo averle liberato le labbra, Slade riprese a scendere e, lungo il tragitto, le succhiava e mordicchiava la carne. Le mollò i polsi, le prese un capezzolo con la bocca e l'altro con le dita, torcendolo con forza.

Lei gemette e inarcò il collo, gli passò le unghie lungo la schiena e gli graffiò la pelle. Slade le ansimò sul seno, ma continuò a dedicarcisi con passione.

Bagnata com'era, Diamond si sentì pulsare tra le gambe e intanto gli affondava le dita nei glutei e si contorceva sotto il suo peso. "Scopami," lo supplicò.

"Non ancora, principessa," le mormorò lui contro la carne umida mentre si faceva strada più in basso e la costringeva a togliergli le mani dal sedere. Diamond gliele fece scivolare sul corpo mentre lui le si sistemava tra le cosce. Le sollevò le gambe e i piedi e se li mise sulle spalle per spalancarla ben bene. Poi abbassò la testa e, finalmente, le affondò con la bocca sul sesso profondo.

Diamond si lasciò sfuggire un flebile lamento mentre lui le stuzzicava e le succhiava vigorosamente il clitoride. Slade non le stava mostrando alcuna pietà e lei di certo non la stava chiedendo: più era selvaggio, meglio era per lei.

Quella era la sua serata e voleva godersi quell'uomo in tutto e per tutto. Qualunque cosa fosse disposto a darle, lei l'avrebbe accettata con avidità. Mentre con la lingua la tormentava perfidamente, lei gli affondò le dita nei capelli corti nel tentativo di tenerlo fermo. Poi, Slade infilò anche le dita e le curvò per accarezzarle il punto G, facendola mugolare. Quella piacevole tortura le fece inarcare i fianchi ancora una volta. Inaspettatamente, forse perché era passato tanto tempo dall'ultima volta, Diamond fu travolta dall'orgasmo, che le scosse il corpo come una furia, le fece arricciare le dita dei piedi, le fece affondare le dita nella pelle di lui e la obbligò a mordersi il labbro inferiore fino a quando non spalancò la bocca per urlare.

Le fu difficile riprendere fiato, visto che lui continuava il lavoro di mani, senza mollare nemmeno per un secondo. Gli premette i talloni nella schiena e gridò il suo nome mentre veniva scossa da un secondo orgasmo. Quando pian piano tornò in sé, inclinò la testa e vide Slade ancora sepolto tra le sue cosce. Tuttavia, non le teneva più la bocca sul sesso: la stava fissando e le sorrideva con labbra luccicanti.

"Cavolo, principessa. Non me lo sarei mai aspettato da te."

Diamond avrebbe voluto chiedergli come mai non si aspettasse quella reazione. Pensava forse che fosse una donna fredda e insensibile? Tuttavia, in quel momento, lei voleva solo che Slade la sovrastasse, desiderava sentirlo dentro di sé in tutta la sua dura lunghezza .

Lui la baciò e le fece assaggiare il suo stesso sapore.

"Slade..." mormorò lei.

Lui si allontanò e scosse la testa. "No. Non rovinare tutto, cazzo." Poi si fiondò sul cassetto del comodino accanto al letto, lo aprì di scatto e frugò. Tirò fuori una lunga striscia di preservativi e ne strappò uno, lo tolse dall'involucro e se lo srotolò sull'asta.

"Se sei così bagnata dopo che te l'ho solo leccata, non oso immaginare cosa può succedere adesso."

Le si sistemò tra le gambe e posizionò la cappella all'ingresso, ma non entrò.

Diamond chiuse gli occhi. "Scopami," lo implorò.

Slade, però, non la assecondò, e si limitò a prenderle i capelli nel pugno, facendola sussultare.

"Fammi vedere i tuoi occhi azzurri, principessa."

Quando Diamond alzò le palpebre per incontrare lo sguardo cupo di lui, Slade si spinse in avanti e glielo infilò tutto in un colpo solo.

Mentre lui la riempiva, la allargava e le faceva provare delle sensazioni che lei non provava da tempo, Diamond respirava a fatica. Si sentì attraversata da un'ondata di calore che le partiva dal centro e le si espandeva in tutto il corpo. Si rifiutò di analizzare troppo quella sensazione, perché sapeva che la risposta avrebbe potuto spaventarla.

A ogni modo, se quella fosse stata l'unica volta con Slade, lei avrebbe fatto l'impossibile perché durasse tutta la notte.

"Per questa volta sto io sopra, ma al prossimo giro toccherà a te, capito?"

Diamond non aveva intenzione di ribellarsi.

Slade, poi, fece una smorfia di piacere mentre continuava

a spingere, con i fianchi perfettamente inclinati per colpirla in tutti i punti giusti.

Lei non riuscì a contenere i gemiti. Sapeva di essere rumorosa e che, probabilmente, l'avrebbero sentita su tutto il piano. Eppure non riusciva a controllarsi, non riusciva a trattenersi mentre lui continuava a strusciarsi e a spingere il bacino contro di lei, facendola dimenare selvaggiamente.

Diamond voleva di più. Molto di più.

Dannazione, Slade era davvero bravo a muovere i fianchi. Per non parlare di come usava la bocca, visto che continuava a morderle e a stuzzicarle la pelle del collo.

Lei gli andò incontro a ogni colpo e a ogni spinta, e lui la prese con vigore e rapidità, come se avesse paura che la notte finisse troppo in fretta.

Diamond gli fece scorrere le dita sul collo tatuato, sulle spalle larghe, sulle braccia ricoperte d'inchiostro che non smettevano di flettersi mentre lui la prendeva ancora e ancora.

"Sì, così..." sospirò lei. "Spingi più forte."

"Cazzo," le ansimò sul collo, poi si abbassò per affondarle i denti nel seno e morderglielo abbastanza da farla gridare.

Diamond era in estasi. Più lui diventava selvaggio, più lei godeva. Non era mai stata con un uomo che volesse prenderla in quel modo. Non aveva dubbi che Slade fosse quello giusto.

Lui non temeva di farle del male e lei ne era contenta: non era una tipa fragile, e si sarebbe fatta fare di tutto.

Anzi, lo avrebbe accolto con piacere.

Slade le succhiò la pelle in modo talmente selvaggio da farle immaginare il segno che le avrebbe lasciato, e lei lo incoraggiò a continuare graffiandogli la schiena senza pietà.

Improvvisamente, lui si alzò di scatto, le strattonò i capelli all'indietro e le premette la bocca sull'orecchio.

"Adesso devi venire, principessa. Cazzo, devi venire immediatamente."

Lei si morse il labbro e gli ordinò: "Allora fammi venire."

"Non c'è problema," grugnì lui.

"Adesso!" ribatté lei in delirio mentre lui continuava a martellarla forte e in profondità.

Lei lo sculacciò e lui sussultò, sentendo come un tuffo al cuore.

"Cazzo, Diamond!" le ringhiò all'orecchio.

"Dannazione, fammi venire," urlò lei.

Lui sollevò la testa per fissarla. "Oh sì. Alla mia principessa piacciono le maniere forti."

"Scopami e basta."

Slade le stuzzicò di nuovo l'orecchio con le labbra. "Lo sto facendo. Ti sento stringermi forte, tutta calda e bagnata. Non la darai a nessun altro, solo a me. Questa, d'ora in poi, è mia. È tutta mia, cazzo."

Quelle parole e quel tono dominante nel rivendicarla la spinsero oltre il limite. Quando l'orgasmo la attraversò e la fece contrarre sotto di lui, Diamond sentì la vista offuscarsi e schiuse la bocca.

"Cazzo, sì, piccola. Ti vengo dentro," ringhiò lui. Slade diede un'ultima spinta, poi restò immobile, s'irrigidì con un grugnito. Finalmente, venne. Non si mosse per diversi minuti, e restò agganciato a lei mentre scaricava le ultime contrazioni.

Lei si afflosciò sul materasso come un mucchietto di ossa sotto il peso di lui e lo avvolse tra le braccia per tenerlo lì il più a lungo possibile. Gli spinse il viso contro il collo sudaticcio e inspirò profondamente.

Diamond chiuse gli occhi ed emise un lungo sospiro soddisfatto. Non faceva del sesso tanto atomico da secoli. Santo cielo, forse non lo aveva mai fatto in quel modo.

Slade si allontanò da lei, rompendo la loro unione, e le scivolò di fianco. "Ti stavo schiacciando, principessa."

"Non fa niente," rispose lei, avvertendone all'istante la mancanza.

"D'accordo," grugnì lui. "Devo sbarazzarmi di questo," aggiunse mentre si toglieva il preservativo e si alzava in piedi.

Slade si diresse verso il piccolo bagno adiacente alla stanza e Diamond lo seguì con lo sguardo. Gli osservò i tatuaggi sulla schiena che raffiguravano i simboli del DAMC. Prima di entrare nel gabinetto, lui si voltò per fissarla con sguardo tetro. "Se ti muovi da quel dannato letto, dovrò legarti." Poi chiuse la porta.

Diamond si rilassò, stirò braccia e gambe sul letto matrimoniale che occupava la maggior parte della stanza e fissò il soffitto.

Infine, sorrise.

Capitolo cinque

Slade sbatté le palpebre per aprire gli occhi e capire cosa lo stesse schiacciando.

Diamond gli stava premendo la guancia sul petto nudo e quelle lunghe ciocche scure gli coprivano il busto.

Lui le scostò la chioma setosa e notò che stava ancora dormendo, visto che aveva gli occhi chiusi e le labbra leggermente aperte.

Non aveva idea di che diamine di ora fosse. Sapeva solo che avevano passato quasi tutta la notte a fare sesso.

Si strofinò le dita sui segni dei morsi e sui lividi che lei gli aveva lasciato sulla pelle. Non poté fare a meno di sorridere: se avesse saputo che le piaceva il sesso violento, l'avrebbe trascinata in quella stanza molto tempo prima.

Tuttavia, la Diamond che urlava per raggiungere l'orgasmo era molto diversa rispetto a quella che urlava e basta. Il sorrisino di Slade si affievolì. La prima versione gli piaceva parecchio, la seconda no.

Forse, se lui l'avesse scopata regolarmente, Diamond

avrebbe cambiato il suo atteggiamento da stronza. Slade, però, ne dubitava.

Spinse la testa più a fondo nel cuscino ed emise un respiro fissando il soffitto.

Forse aveva appena commesso un errore colossale.

Era stato bello fare sesso con lei? Sì cazzo, era stato decisamente fantastico. I loro appetiti sessuali corrispondevano perfettamente. L'avevano fatto quattro volte, e ce ne sarebbe stata una quinta se il suo uccello non avesse deciso di prendersi una pausa. Infatti, sentiva le palle prosciugate che quasi imploravano pietà.

Doveva andare in bagno, ma non sarebbe riuscito a scivolare da sotto di lei senza svegliarla, e di certo non voleva interrompere quel momento di pace. Mentre la guardava dormire, si rese conto di quanto fosse bella. Peccato che bastasse un nonnulla per trasformarla in un'arpia delirante.

Le passò le dita sulla pelle liscia della spalla e lungo il braccio, fino a sfiorarle le dita lunghe e affusolate. Non portava le unghie troppo lunghe, ma lo erano abbastanza da lasciargli dei solchi nella schiena. Slade sperava solo che non gli avesse rovinato i tatuaggi dei simboli del club. Li aveva fatti da poco, e non aveva voglia di tornare a farseli ritoccare da Crow.

All'inizio, quando era arrivato a Shadow Valley, non aveva pensato di rimanere. Era solo di passaggio, sulle tracce di un qualcosa di perduto, fino a quando una sera non era finito al *The Iron Horse*. Aveva già abbandonato un club perché non gli piaceva il modo in cui gestiva l'attività, e di certo non aveva intenzione di entrare a far parte di un altro così presto.

Tuttavia, Z lo aveva convinto a restare, almeno per un po'. Poi Slade era intervenuto per aiutare le donne all'evento di beneficenza *Dogs & Hogs*, quando i Warriors avevano cercato di rubare i soldi che il DAMC stava raccogliendo per i veterani di guerra.

Essendo lui stesso un veterano, aveva preso l'affronto sul personale. Era sempre stato bravo a fare a pugni. Gli veniva naturale, dal momento che non si tirava mai indietro davanti a una bella scazzottata. Così, con l'occasione, aveva mostrato le sue abilità mettendo al tappeto un Warrior, quando lo stronzo aveva aggredito le donne del DAMC.

Non picchiare una donna e non mancare di rispetto a un veterano. Per lui erano due regole base.

Quando era nei Marines, era solito fare boxe, ma era passato un po' di tempo dall'ultima volta che era salito sul ring. Quello sport gli mancava perché era un buon modo per alleviare la frustrazione e lo stress.

A volte, quando vinceva, riusciva anche a portarsi un bel gruzzoletto a casa.

Forse avrebbe dovuto trovare una palestra nelle vicinanze e iscriversi di nuovo. La palestra del club, che era nascosta in una piccola stanza sul retro della carrozzeria *Shadow Valley Body Shop*, era semplicemente ridicola. Non c'era nessun sacco da boxe, nessuna attrezzatura decente, ma solo dei vecchi manubri e un paio di panche. Inoltre, era impossibile allenarsi se c'erano sempre altre persone. C'era spazio solo per un fratello alla volta.

Forse avrebbe dovuto fare due chiacchiere con Z e proporgli una nuova idea di business. Non gli sarebbe dispiaciuto lasciare il bancone del *The Iron Horse* per gestire una palestra aperta al pubblico e disponibile per tutti i membri del DAMC. Avevano sicuramente bisogno di rinnovare quell'ambiente. Inoltre, sarebbe stata un'altra fonte di reddito del tutto legale per le casse del club.

Il DAMC era diverso dagli altri club, perché *cercava* di rispettare le leggi, nonostante i Warriors glielo rendessero

difficile. I Dirty Angels, poi, trattavano le loro donne un po'
meglio del club che Slade aveva frequentato in precedenza.
Erano profondamente leali l'uno all'altro, nonostante avessero dovuto radiare il loro ex presidente, quello stronzo di
Pierce. Infine, si prendevano cura della loro comunità.

Da quando era entrato nel club, Slade sentiva di essere
diventato parte della "famiglia". L'unico che sembrava ancora
guardarlo di traverso era Diesel, ma quell'uomo era iperpro-
tettivo nei confronti di tutti. A ogni modo, Slade nutriva il
massimo rispetto per il team di D e per la *In the Shadows
Security*, poiché erano tutti ex militari, in altre parole altri
veterani come lui.

Passò le dita tra le lunghe ciocche di Diamond e le lisciò i
capelli che gli stuzzicavano la pelle del petto. Lei gemette e
sollevò le palpebre, poi lo fissò con quei bellissimi occhi
azzurri e assonnati.

"Buongiorno, principessa."

"Ehi," sospirò lei, rilassata, soddisfatta e per nulla irritabile. Lui fu sollevato di vederla in pace, dato che quella
mattina non era dell'umore giusto per affrontare una stronza
furiosa. Ammesso e non concesso che *fosse già* mattina.

"Che ore sono?" gli domandò lei.

Cercando di non urtarla, Slade si chinò per afferrare il
cellulare e premette il pulsante di accensione per controllare
l'ora.

"Le nove."

Diamond sollevò il capo. "Del mattino?"

"Lo spero con tutto il cuore. Se fossero le nove di sera,
significherebbe che ho dormito per ore e sarei stato in ritardo
per il mio turno al bar."

"Devi lavorare stasera?" gli chiese lei, con un tono leggermente deluso.

"Sì, principessa, devo lavorare quasi tutte le sere, fa parte dell'accordo: se voglio vivere qui, mangiare qui e far parte del club, devo fare la mia parte."

Diamond abbassò lo sguardo e fece scorrere il dito sulle piastrine, poi ne afferrò una e la capovolse.

"Stone," pronunciò dolcemente le incisioni sulla targhetta. "Slade D. Per cosa sta la D?"

"David."

Lei ignorò il numero di previdenza sociale, poi lesse il gruppo sanguigno. "*Zero pos. USMC, L.* Che cosa significa?"

"Sono le dimensioni della maschera antigas che avevo quando ero nel Corpo dei Marines.[1]"

"*No Pref.*," continuò a leggere lei, sollevando lo sguardo verso Slade. "Nessuna preferenza religiosa?"

"Sì," grugnì lui, risucchiato da quei profondi occhi blu.

"Hai mai assistito a qualche sparatoria?"

"Sì, principessa. Ma ora cambiamo argomento."

Lei si accigliò. "Perché?"

"Non ho intenzione di rispondere."

"D'accordo, allora perché mi chiami principessa?"

"Perché spero che ti comporti come tale."

"No, non sono sicura di riuscirci. Le regine della sella non assomigliano per niente alle principesse."

Lui ridacchiò. "Regine della sella?"

"Già, le donne che come me sono nate e cresciute in questo club."

"Lo so, principessa. Non c'è bisogno che me lo ricordi." Le sfiorò il labbro inferiore con il pollice. "Non hai mai pensato di cambiare vita?"

Lei si mosse un po' fino a sdraiarsi su di lui, poi lo fissò negli occhi. "No, questa è la mia famiglia. Non conosco nient'altro, e non voglio nemmeno conoscerlo. Qui ci guardiamo tutti le spalle qualunque cosa accada."

"Ho capito. Per te la lealtà è molto importante."

"Lo è per tutti noi. Anche se a volte siamo in disaccordo o litighiamo, poi ci perdoniamo sempre, a prescindere dagli errori che abbiamo commesso. Come ben sai, non c'entra sempre il sangue. Non devi essere per forza un parente di Doc o Bear per essere considerato parte della famiglia. Una volta che sei dentro, lo sei per sempre."

"E che mi dici di Pierce, allora?"

Diamond abbassò le palpebre mentre pensava all'ex presidente, cacciato qualche mese prima. "Pierce ha esagerato un paio di volte."

"Sì, puoi dirlo forte," rispose Slade, pensando a quando l'uomo aveva messo Ivy in pericolo lasciandola andare da sola nel territorio dei Knights per ottenere informazioni. In quel periodo, quel club di fuorilegge non era alleato degli Angels, com'era poi diventato in seguito. La situazione sarebbe potuta degenerare. Fortunatamente, Jag aveva rintracciato la sua signora e l'aveva riportata a casa.

"Ha mancato di rispetto ad alcune di noi."

Lui inarcò un sopracciglio. "Ad alcune di voi?"

"Sì, a noi donne. Quando restavamo sole con lui, eravamo sempre in allerta."

Slade s'irrigidì tutto. "Ti ha toccata?"

"Quell'uomo pensa di essere Dio sceso in Terra."

Non gli aveva risposto. "Ti ho fatto una cazzo di domanda. Ti ha toccata, sì o no?"

Lei evitò sia lo sguardo sia la domanda di Slade.

Lui le afferrò il mento e la costrinse a guardarlo negli occhi. "Rispondi."

"Sì," replicò lei con un sussurro.

Con uno scatto felino, Slade la fece rotolare di schiena e la intrappolò sotto di sé. "Come sarebbe a dire che ti ha toccata?!"

"Slade..."

Lei chiuse gli occhi e lui sentì il sangue scorrergli impetuoso nelle vene e gonfiargli il petto. In quel momento, avrebbe tanto voluto spaccare la testa a quell'infame.

"Non è stato... Lui non ha..."

Slade iniziò a sentire solo la furia nelle membra. "Lui non ha *cosa?*"

"Ero giovane e non sapevo come allontanarlo."

"Quanto giovane?"

"Non lo so. Potevo avere quindici anni."

Lui reclinò la testa all'indietro, sconvolto. Quindici anni?! "A chi l'hai detto?" le domandò, incredulo che quello stronzo fosse rimasto in carica come presidente dopo aver sfiorato un'adolescente.

"A nessuno."

"Nemmeno a D?"

Diamond spalancò gli occhi. "Diesel ha solo tre anni più di me, Slade. Non aveva nemmeno le toppe in quel periodo. Non aveva il potere di contrastarlo."

Accidenti. Era difficile pensare che anche quell'omone era stato un ragazzino. "E tuo padre?"

"Era già in prigione."

Slade dilatò le narici per il nervosismo. "Quindi non l'hai detto a nessuno."

"Già."

"Avresti dovuto dirlo almeno ad Ace."

Diamond distolse lo sguardo. "Mi vergognavo. Ero solo una ragazzina. Ha approfittato della mia ingenuità."

Lui le afferrò di nuovo il mento e la costrinse a guardarlo. "Esatto, eri una ragazzina. Nessun uomo dovrebbe osare sfiorare una ragazzina. Nemmeno con un dito."

"Ci ha provato con quasi tutte noi."

"Tutte voi?" Slade digrignò i denti. "Lo stronzo deve

togliersi i colori di dosso, anche a costo di farsi scuoiare. Devo fare due chiacchiere con D."

"No! Non ci provare nemmeno. Non voglio mettermi in ridicolo davanti a tutti."

"Tesoro..."

"No, Slade. Voglio che resti tra noi."

Lei non avrebbe dovuto dirglielo in partenza. Da quel momento in poi, ogni volta che Slade avesse visto quel fottuto stronzo, avrebbe solo voluto metterlo al tappeto. Dopo il suo demansionamento, quello schifoso non si faceva vedere quasi per niente, ma ogni tanto si presentava, si rifiutava di riconsegnare i colori e poi scompariva.

Inspiegabilmente, continuava a bazzicare gli ambienti in cui la sua presenza era sgradita. Slade non se ne capacitava davvero. Forse lo faceva perché gestiva ancora il negozio d'armi e il poligono di tiro del club. Doveva essere per forza così.

"D'ora in poi, sta' lontano da lui," brontolò. "Chiaro?"

"Non c'è bisogno che tu me lo dica," ribatté lei bruscamente con gli occhi socchiusi.

"Sì invece," puntualizzò lui, senza preoccuparsi di irritarla. Ormai, Slade conosceva il modo per placare il nervosismo di quella matta, e non avrebbe esitato a utilizzarlo per calmarla. A dirla tutta, un bel bis gli sarebbe piaciuto un sacco.

Quando ripensò alla sera precedente e a come Diamond fosse quasi finita a letto con un altro, si accigliò. Anzi, stava per farsi ben due uomini.

"Non ti sei fatta lasciare i numeri dai due Bobby, vero?"

Lei ridacchiò. "Vuoi dire Robby e Bobby?"

"Lo sai cosa cazzo voglio dire," bofonchiò lui, decisamente meno divertito al pensiero che Diamond si portasse a casa quegli spogliarellisti e che finisse a letto con quei mezzi gigolò.

"Credo che tu ti sia sbagliato, sai. Non erano gay."

Dannazione, secondo lui erano davvero gay o bisessuali, ma avevano deciso di accontentarla solo per intascarsi un bel po' di denaro. In effetti, quando la sera prima erano entrati in cucina, avevano una mazzetta di dollari in mano. Le invitate erano probabilmente tornate a casa con i portafogli più leggeri dopo quella cosiddetta festa di compleanno.

Slade spinse i fianchi contro di lei, affinché Diamond sentisse l'alzabandiera mattutino. "Non ti daranno mai un'erezione come questa."

Lei spalancò gli occhi e poi scoppiò a ridere. Porca miseria, rise di cuore!

Slade aggrottò la fronte. "Non mi pare che tu ti sia lamentata. Anzi, mi fischiano ancora le orecchie per quanto hai urlato tutta la notte. *Di più. Più forte. Più veloce. Più violento. Scopami, Slade!*"

"Se fossi stato un campione, non avrei dovuto darti tutte quelle istruzioni," ribatté lei prontamente, con sguardo birichino.

Stava facendo la furba. Lui grugnì. "Certo, come no. La prossima volta cerca di tenere la bocca chiusa. Vediamo se ci riesci."

"Quale prossima volta?"

Slade aprì la bocca per risponderle, ma un colpo alla porta lo interruppe.

Ma che diamine.

"Che c'è?" abbaiò Slade di schiena, inclinando un po' la testa verso la porta.

"Fratello, sto solo controllando che tu sia vivo e che quella matta non ti abbia pugnalato nel sonno."

Slade scosse la testa, indeciso se ridere o meno della battuta di Crash.

"Vattene, Crash!" gli urlò Diamond.

"Sei in ritardo per il lavoro," brontolò l'altro da fuori.

"Anche tu," ribatté lei.

"Già, perché per colpa tua nessuno ha chiuso occhio stanotte."

Slade gridò: "Fratello, per tua informazione, lei arriverà anche più tardi di te."

Dopo una leggera esitazione dall'altra parte della porta, Slade udì: "*Per tua informazione*, meglio che se ne stia con te che con me..."

"Fratello, ti suggerisco di andare al lavoro o di comprare dei tappi per le orecchie. Le urla stanno per ricominciare."

"Dannazione," borbottò Crash da dietro la porta.

Quando Slade sentì l'amico allontanarsi a passi pesanti, girò la testa all'indietro per scrutare la donna sotto di sé. "Ti scoperò ancora, visto che ti è piaciuto così tanto ieri sera."

"Mmmh. È una domanda o un'affermazione?"

Lui sbatté le palpebre. "A te va?"

Diamond sorrise. "Mi piace di più quando mi dai gli ordini senza chiedere."

Oh, sì. Slade ricambiò il sorriso. "A me invece piace la Diamond che non fa la stronza. Che ne dici di continuare così?"

"Non sono una stronza."

"Principessa, quando ti partono i cinque minuti diventi una rompipalle assurda. Nessuno ti sopporta quando apri bocca per sparare a zero in quel modo."

Diamond si indicò le labbra, ancora gonfie per i movimenti intensi della notte appena trascorsa. "Ti riferisci a questa bocca?"

Slade sorrise. "Esatto, proprio lei. Dovresti imparare a farne buon uso."

"Hai in mente qualcosa?"

Lui rotolò via da lei e si sistemò sulla schiena, con le braccia incrociate dietro la testa. "Sono sicuro che puoi arrivarci da sola, tesoro."

Diamond prese a scivolargli lungo il corpo, gli mordicchiò la pelle e gli si sistemò tra le cosce, e Slade sorrise con fare malizioso. Allungò una mano e se la avvolse intorno al membro ormai duro.

Diamond gliela spostò bruscamente. "Non mi serve il tuo aiuto. Posso fare da sola."

Lui obbedì, guardò il soffitto e brontolò: "La principessa sa quello che fa," sentenziò con una risatina.

Dopo quelle parole, abbassò rapidamente lo sguardo per osservarla mentre gli circondava la cappella con quella bocca calda e umida. Si sentì mancare l'aria mentre lei glielo succhiava in profondità.

"Accidenti," gemette lui mentre affondava i talloni nel letto.

"Mmmh," mormorò lei contro l'asta pulsante.

Slade allungò una mano e le afferrò i capelli in un pugno per allontanarglieli dal viso. Osservarle le guance che si incavavano a ogni spinta del capo gli fece quasi perdere il controllo.

Non riusciva a guardarla. Era uno spettacolo troppo eccitante. Guardare *e allo stesso tempo* sentire quella dolce e calda aspirazione era troppo. Dove aveva imparato a succhiarlo in quel modo?

Dannazione! Era l'ultima cosa a cui avrebbe voluto pensare in quel momento.

Pazienza. Non importava quanti altri uomini lei avesse coccolato con quella boccuccia talentuosa prima di lui. *Non ha importanza, cazzo,* si ripeté ancora una volta per autoconvincersi.

Quello che contava era che, in quel momento, non fosse uno dei gemelli Bobby a godersi quel bocchino spaziale.

Diamond strinse le due dita che gli circondavano la base dell'uccello e applicò un'intensa pressione. Con le unghie dell'altra mano gli stuzzicò i testicoli in modo da provocargli brividi e sussulti.

"Cazzo, sì, tesoro, così," gemette lui. "Oh, *caaazzo.*"

Quando, con la punta della lingua, Di gli girò diverse volte il bordo della cappella, Slade sollevò i fianchi dal materasso.

Santissimo cielo.

Le affondò le dita tra i capelli e li strinse forte per tenerla ferma mentre lui le scopava la bocca calda con i movimenti del bacino.

Poi Slade chiuse gli occhi e ansimò mentre rilasciava un gemito rauco dal petto e dalle labbra socchiuse.

"Porca miseria, tesoro." Quando Diamond gli sfiorò la cappella con i denti, lui sentì il petto quasi esplodergli dal piacere.

Poi, lei gli prese quasi tutta la lunghezza in bocca e...

Slade aveva voglia di mettersi a piangere come un bambino. Per l'amor del cielo, era così brava che con la bocca avrebbe potuto estrarre un pomello dalla porta. Peccato che Slade stesse per raggiungere l'orgasmo.

"Sto venendo," ansimò lui in segno di avvertimento. Le strattonò i capelli, ma Diamond continuò imperterrita. "Piccola, sto per venire," la avvisò lui di nuovo.

Sul serio, si sarebbe dovuta staccare.

Tuttavia, continuò a succhiarglielo con ardore e lui grugnì, staccò i fianchi dal letto e la inondò di sperma.

Tuttavia, quella dannata donna... Ingoiò. Tutto. Fino all'ultima goccia.

Non appena tornò in sé, Slade sollevò la testa per guardarla. Diamond aveva le labbra lucide distese in quello che sembrava un sorriso soddisfatto.

Lui, però, era sicuro di vincere la gara delle espressioni compiaciute.

Lei alzò una mano e con un dito si asciugò l'angolo dell'abile bocca. Non che ci fossero molti residui. No, non c'era quasi nulla. Stava solo recitando, dato che aveva ingoiato tutto.

"Visto? Quando hai la bocca occupata in quel modo, non c'è rischio di dover sentire la tua voce isterica."

Diamond emise un verso deluso, gli diede uno schiaffetto sulla coscia e gli risalì su per il corpo, adagiandosi su di lui con tutto il peso. Poi abbassò la testa e lo baciò.

Lui strinse le labbra e girò la testa dall'altro lato. "Che diamine, tesoro, hai appena ingoiato il mio seme. Non voglio assaggiarlo."

"Ah, però va bene se tu mi baci dopo avermela leccata?"

"Sì, cazzo. È eccitante."

"E io non posso baciarti dopo avertelo succhiato?"

"Assolutamente no, cazzo. Dobbiamo stabilire delle regole."

"Nessuna regola."

Con una rapida torsione del corpo, Slade si piazzò di nuovo sopra di lei e le fissò gli occhi azzurri. Erano così penetranti che gli provocarono una fitta allo stomaco. Una sensazione che non voleva analizzare, almeno non in quel momento... forse nemmeno in futuro.

"Invece sì, dobbiamo stabilire delle regole," ripeté lui con un sussurro, mentre studiava il modo in cui i capelli scuri di Diamond si sparpagliavano sul suo cuscino.

Dannazione, era davvero bella nel suo letto. All'improvviso, Slade sentì il cuore iniziare a battergli all'impazzata e una goccia di sudore bagnargli la fronte.

Oh, oh. No. Non si sarebbe legato a Diamond. No.

Si scostò da lei e si sedeté sul bordo del letto, poi si passò una mano sui capelli corti e ispidi. Infine, se la portò sulla nuca e la strinse.

"Non lo faremo di nuovo?" chiese Diamond dolcemente, con un velo di delusione nella voce. Poi, gli tracciò delicatamente un dito lungo la linea della spina dorsale.

Slade chiuse gli occhi, aprì leggermente le labbra ed espirò lentamente.

"Farai tardi al lavoro, principessa."

"E quindi? Hai già avvisato Crash. Non gli importerà."

Dannazione. Come avrebbe fatto a tirarla fuori dal suo letto, o meglio dalla sua stanza, senza ferirla?

Non era possibile.

Merda.

"È stato divertente, ma è mattina e ho degli affari da sbrigare," decretò lui, senza guardarla negli occhi.

Sentì il materasso muoversi e Diamond che si metteva seduta sul letto. "Che cosa?"

"Ho degli impegni," ripeté lui.

"Che tipo di impegni?"

"Prima di tutto lavarmi l'odore di sesso di dosso e poi andare a mangiare un boccone. Ecco il piano."

Diamond non disse nulla, si sentiva solo il suo respiro. Poi, fece oscillare di nuovo il letto per alzarsi, ma Slade evitò di voltarsi nella sua direzione.

"Il tuo desiderio di compleanno è stato esaudito," borbottò lui.

Era già pronto a una delle sue solite scenate. Si aspettava già sulla nuca un colpo di stivale o qualcosa di simile. Invece, la sentì solo rivestirsi in modo sommesso. Aveva la sensazione che il silenzio potesse incutere più timore delle sfuriate.

Per esperienza, sapeva che il silenzio di una donna poteva essere pericolosissimo.

Poco dopo, sentì la porta aprirsi e si preparò a udire un gran tonfo.

Quando, invece, sentì solo il leggero *clic* della serratura, chiuse gli occhi e si strofinò le mani sul viso.

Percepì appena il suono dei tacchi di Diamond che si allontanava lungo il corridoio. Non erano affatto passi incalzanti. Erano lenti e metodici, e si fecero sempre più leggeri finché Slade non riuscì più a sentirli.

Si voltò e fissò il letto vuoto. Trascinò una mano al centro del lenzuolo: riusciva ancora a sentire il calore di lei sul tessuto. Ringhiò.

Maledizione.

<hr>

Diamond scese lentamente le scale con gli occhi incollati a ogni gradino per evitare di inciampare, cadere come un sacco di patate e spezzarsi il collo. Teneva le labbra serrate per evitare che tremassero. Doveva solo continuare a concentrarsi sul mettere un piede davanti all'altro, e in quel modo sarebbe riuscita a contenere lo strano bruciore agli occhi e il rossore sulle guance.

Sarebbe dovuta andare a casa con Robby e Bobby. Almeno, la mattina seguente, non ci sarebbe stata tanto male. Aveva persino lo stomaco in subbuglio, come se qualcuno l'avesse rimestato con un cucchiaio.

Mentre adagiava i piedi su ogni scalino, si guardò intorno per assicurarsi di non essere notata da qualche recluta o sgualdrina, sia che si trattasse dei bei culetti che delle ragazze di Dawg.

In fondo, in quel momento non si sentiva tanto meglio di una prostituta. Almeno, se fosse andata a letto con Robby e Bobby, non avrebbe più dovuto rivederli. A differenza di Slade.

Si guardò attorno nell'area comune e, quando vide Crow appoggiato al bancone, nell'angolo, intento a bere una tazza di caffè, sgranò gli occhi.

Il tatuatore la stava fissando con quegli occhi talmente scuri da essere quasi neri, ma Diamond non riusciva a decifrarli. Svoltò a destra e si diresse verso la porta sul retro per scappare, ma lui si schiarì la voce.

Lei lo ignorò e lui emise un rumore più forte e deliberato che la obbligò a fermarsi a metà strada.

La ragazza chiuse gli occhi mentre la voce bassa e mielata di lui la travolgeva. "Vieni qui."

Senza nemmeno aprire gli occhi, Diamond bisbigliò: "Non posso."

"Che cosa? Da quando queste parole sono nel tuo vocabolario?"

"Crow," gemette lei.

"Dannazione, vieni qui, bambolina." Dato che Diamond non si decideva a dargli ascolto, aggiunse con fermezza: "Subito."

Lei aprì gli occhi e si voltò nella sua direzione: l'uomo aveva posato la tazza di caffè e la fissava a braccia conserte. Era determinato a non accettare un *no* come risposta.

La donna inspirò profondamente per farsi forza, poi attraversò la grande stanza per raggiungerlo. Quando gli fu vicina, lui spalancò le braccia e lei si abbandonò al suo abbraccio, premendogli la guancia contro il petto caldo e largo.

Crow le sfiorò i capelli con le labbra. "Non dovresti

essere triste dopo essere andata a letto con un uomo, bambolina."

Lei annuì contro di lui.

"Devo prendere a calci qualcuno?"

"No," gli mormorò lei sul petto.

"Chi è stato a trattarti così?" le chiese lui dolcemente all'orecchio.

Diamond sospirò. "Nessuno."

"Stronzate. Ieri sera era il tuo compleanno. Vi siete date alla pazza gioia. Però avete anche fatto infuriare i fratelli. Persino..." Si allontanò un po', poi terminò la frase con un ringhio: "...Slade."

La strinse nuovamente a sé e Diamond gli arricciò le dita contro la schiena.

"Siete stati voi due a fare tutto quel casino stanotte?" le domandò.

Diamond non era solita imbarazzarsi tanto facilmente, ma Crow, con quel quesito, la fece arrossire per la vergogna. Gli nascose il viso più a fondo nella camicia.

"Santo cielo," sussurrò lui quando lei non rispose. Le accarezzò dolcemente la schiena con la mano. "Pensavo che andare a letto con lui fosse proprio quello che volevi."

"È così," rispose lei, poi si corresse rapidamente e aggiunse: "O meglio, *era* così."

"Capisco. E ora che farai?"

Bella domanda. Cosa avrebbe fatto? "Dice che sono una stronza."

"Te lo ha detto dopo che ti ha scopato?"

"No, prima." Diamond sentì Crow tremare per via di una risatina. "Sono davvero una stronza?"

Il tremore di Crow si placò bruscamente. L'uomo le afferrò il mento e le sollevò il viso verso il proprio. La guardò negli occhi, poi confessò: "Sì, bambolina, sai essere una dannata stronza quando vuoi. Ma sei intelligente e sai anche essere fottutamente dolce, proprio come i cupcake di Sophie."

"Non lo faccio di proposito, Crow," si giustificò lei teneramente.

"Lo so, bambolina. Sappiamo tutti che sei così, e lo accettiamo. Forse ti servirebbe qualche scopata in più."

Lei rise e gli diede una pacca sul braccio. "Non è una cosa carina da dire."

"Vero, eppure... questa situazione è come un cane che si morde la coda, bambolina. Se non scopi diventi più acida, ma se fai l'acida è difficile che qualcuno voglia scoparti. Qualcosa dovrà pur rompere questo ciclo infinito." Dopo quelle parole, Crow sollevò il petto per sospirare e lo rilassò sotto la guancia di lei. "Guarda quanto sei amorevole ora, rannicchiata tra le mie braccia. Il sesso ti ha addolcita." Lui le premette il viso tra i capelli. "Anche se ti sento un po' affranta."

"Non sono affranta."

"Sì, invece. Ho visto come ti comporti quando Slade è nei paraggi. Posi sempre i tuoi graziosi occhi blu su di lui e lo divori con lo sguardo. È difficile non notarlo." Crow fece una pausa, poi lei lo percepì gonfiare il petto sempre di più. "Ti confesso una cosa: penso che quell'uomo sia una mina vagante. Non credo che resterà qui a lungo. È in cerca di qualcosa."

"Ovvero?"

"Non lo so, bambolina. Finché non la troverà, continuerà a vagare."

"Crow, ho visto i colori che gli hai tatuato sulla schiena. Non può far altro che restare."

"Sì, mi ha sorpreso che abbia voluto tatuarseli. Penso che l'abbia fatto per placare i sospetti che D ha su di lui."

"Slade è un ex marine," mormorò Diamond.

"Non vuol dire niente, bambolina. Forse è meglio che ti abbia mandato via dal suo letto."

"Non mi ha mandata via dal..."

Crow la allontanò abbastanza per lanciarle un'occhiata.

"D'accordo," brontolò lei, poi si accoccolò di nuovo contro di lui. "È bello starsene tra le tue braccia."

Lui ridacchiò dolcemente. "Però non sarà il mio uccello ad addolcirti."

Lei gli sorrise sulla camicia. "Sarebbe così grave?"

"No. Ma io non..." Improvvisamente, Crow smise di parlare e si raggelò. Lei si voltò per capire cosa fosse successo.

Vide Slade scendere le scale con i capelli ancora umidi. La fulminò con gli occhi scuri e la fissò per un paio di secondi; poi spostò lo sguardo su Crow.

"Fratello," brontolò Slade, dirigendosi verso di loro.

Crow gli fece un cenno con il mento, ma non mollò la presa su Di. "Fratello," ricambiò il saluto. "Il caffè è ancora caldo."

Slade annuì e si diresse verso il bar, senza mai staccare gli occhi dai due. Si voltò di spalle solo il tempo necessario per afferrare una tazza e riempirla, poi riprese a scrutarli, bevve un sorso e disse: "Adesso che ne dici di lasciarla andare?"

"No."

Di cercò di staccarsi dalla presa di Crow, ma lui la serrò ancor più forte.

"Devi lasciarla andare, fratello," insistette Slade in tono perentorio mentre mandava giù un altro sorso di caffè, poi posò con cura la tazza sul bancone.

L'altro inarcò un sopracciglio nella sua direzione. "Perché? È forse tua?"

Slade intensificò ulteriormente lo sguardo e, dopo qualche istante, rispose: "Di certo non è tua."

"Se cacci una ragazza dal tuo letto, poi non dovrebbe importarti di dove va."

Slade dilatò le narici e serrò la mascella. "Voleva godersela un po' per il suo compleanno. Ho solo esaudito il suo desiderio."

"Ah sì? Era solo un generoso regalo di compleanno?"

"Parli per lei adesso?" lo provocò Slade, con gli occhi ridotti a una fessura. Fissò di nuovo Diamond, che si era congelata sul posto, poi tornò a Crow.

"No."

Slade annuì bruscamente. "Allora lasciala andare," ringhiò.

Diamond notò il sorrisino furbo sul volto di Crow. Senza cambiare espressione, l'uomo si chinò su di lei, le baciò la fronte e poi le mormorò piano all'orecchio: "Va' a casa, bambolina. Datti una lavata e vai al lavoro. Quel tipo non è ancora stanco di te." Sollevò la testa e la spinse via delicatamente. "Segui il mio consiglio," aggiunse a voce più alta, cosicché anche Slade potesse sentirlo.

Diamond annuì e, senza voltarsi indietro, raddrizzò la schiena e uscì a testa alta da quella dannata porta.

Capitolo sei

Slade sentì vibrare nel petto la musica ad alto volume e alzò lo sguardo. Si era seduto su uno sgabello al bancone, che percorreva l'intera lunghezza di un lato del palco. Sui due pali in bellavista, uno a ogni lato, ballavano due donne con un sottilissimo tanga tra le chiappe. Quelle spogliarelliste avevano un'enorme forza nelle braccia e nelle gambe. Probabilmente avrebbero potuto rompere una noce solo con l'interno coscia.

Per fortuna non c'era Sierra... o Sandy... o Savannah, quindi non doveva preoccuparsi che quella tipa potesse fare la cozza o invitarlo nuovamente per colazione.

La spogliarellista più vicina a lui piegò una gamba intorno al palo e rimase appesa a testa in giù mentre girava in tondo, con le tette finte e *nuove di zecca* che a malapena si muovevano.

Non avevano niente a che vedere con quelle di Diamond. Le sue sì che erano vere. Morbide e sode con capezzoli rosa super succhiabili e perfetti per la bocca di Slade.

Maledizione.

Mentre abbassava lo sguardo sulla birra, Slade sentì una mano sulla spalla e un paio di tette che gli premevano sulla schiena.

Udì una voce femminile roca sussurrargli qualcosa all'orecchio. "Vuoi una lap dance, tesoro?"

Slade scosse la testa. "No, grazie."

"Sicuro?"

"Sì," grugnì lui, e si voltò leggermente verso la ragazza; si chiamava Dawn ed era una delle *new entry* di Dawg.

Era molto carina, ma bionda con gli occhi azzurri. Non era una mora, come piacevano a lui. Sembrava dolce, ma non era affatto il suo tipo.

No.

All'inizio, Slade pensava che gli piacessero le bellocce.

Finché non si era reso conto che erano noiose.

Quando la ragazza si spostò verso un altro potenziale cliente, Slade si sentì sollevato.

"Dawn è carne fresca, fratello," gli suggerì Dawg fissandolo da dietro il bancone. "Ti consiglio di non fartela scappare."

"Tu te la sei già fatta?"

Il fratello scosse la testa. "No. Non vado mai a letto con le mie ragazze."

Probabilmente era una buona politica.

Slade sollevò il boccale di birra. "Come ho già detto a lei, no grazie. Sto solo cercando di godermi la serata."

Con un grugnito, Dawg si appoggiò con la schiena al palco, ignaro della scarpa col tacco alto che gli volò a pochi centimetri dalla testa mentre la spogliarellista metteva in atto uno dei suoi numeri. Più acrobazie facevano e più si contorcevano attorno al palo, più banconote da un dollaro venivano lanciate ai loro piedi.

"Ho sentito che l'altra notte tu e Diamond non avete fatto chiudere occhio a nessuno."

Slade ricambiò il grugnito del fratello ed evitò gli occhi color smeraldo che lo fissavano con fare inquisitorio.

"Amico... è pericoloso infilare l'uccello in un buco in cui potrebbe restare incastrato."

Slade non aveva bisogno di quel piccolo promemoria. Ne era già ben consapevole.

"È proprio per questo che nessuno di noi le ha mai fatto il filo."

Slade raddrizzò la schiena e digrignò i denti, poi incontrò lo sguardo di Dawg e lo mantenne a lungo. "Come mai? Non vi piacciono le sfide?"

Dawg fece un sorrisino e si accarezzò pigramente la barba. "Oh no, fratello, io adoro le sfide. È che non mi piacciono le rompipalle, tutto qui."

"Pensi che lei sia una rompipalle?"

"Non lo penso: *lo so per certo*."

A quella risposta, Slade restò sorpreso. "Qualche fratello se la fa?"

Dawg inclinò la testa mentre lo scrutava. "Forse dovresti chiederlo a lei."

"E invece lo sto chiedendo a te."

"Se ti dicessi di sì, ti dispiacerebbe?"

Slade dilatò le narici. Gli sarebbe dispiaciuto? Dannazione, certo che sì. Il solo pensiero lo faceva incazzare.

Dawg si allontanò improvvisamente dal palco, gli si avvicinò e gli colpì il braccio abbastanza forte da farlo sobbalzare. "Ci sono troppe alternative facili per volersi invischiare con quelle difficili. Capisci cosa voglio dire?"

Sì, Slade aveva capito. Lo guardò allontanarsi mentre scuoteva la testa e ridacchiava.

Il problema era che Slade, all'improvviso, avvertiva la

brama di una donna più fumantina. Una donna come Diamond che lo provocasse con la lingua tagliente, le unghie affilate e il carattere deciso.

Scorse il telefono illuminarsi e vibrare sul bancone. Era un messaggio di Hawk.

Il figlio di Z sta per nascere.

Cavolo, Sophie era entrata in travaglio. Slade non si preoccupò di rispondere subito, perché era sicuro che fosse un messaggio mandato in massa a tutta la rubrica.

Non sapeva se andare a trovarla in ospedale o meno. Non sapeva come comportarsi.

Alla fine, rispose a Hawk: *Hai bisogno di me al bar?*

Tutto sistemato.

Di repente, si trovò davanti di nuovo Dawg, con il cellulare in mano. "Hai ricevuto anche tu il messaggio?"

"Sì," grugnì Slade. "Tu vai?"

"Certo, è una bellissima notizia. La prossima generazione del DAMC sta finalmente venendo al mondo. Devo andare a sostenere il nostro presidente."

Slade annuì. In realtà, lui non aveva voglia di restare ore e ore in ospedale. Dopotutto, faceva parte dei Dirty Angels da poco tempo e non sentiva ancora il bisogno di vedere nascere la prossima generazione. Non era un membro di lunga data come Dawg. Eppure... Anche lui voleva essere di supporto a Z.

"Se ti serve un passaggio, io vado subito. Moose terrà d'occhio il locale."

Slade sospirò e scese dallo sgabello.

Porca miseria, lo aspettava una notte interminabile.

Slade era appoggiato al muro, con un ginocchio piegato, la suola dello stivale saldamente piantata contro la parete e le braccia conserte sul petto mentre osservava la sala d'attesa del reparto maternità. La stanza era piena zeppa di persone felici, ma anche esauste. C'era gente a ogni angolo e a ogni parete, e molte donne erano sedute sulle gambe dei compagni.

"Come lo chiameranno?" chiese Crash a nessuno in particolare.

"*La* chiameranno Camryn," gli rispose Diamond.

"Oh cazzo. Meglio che non sia una femmina," brontolò Rig accanto a Crash, poi affondò la testa tra le mani e la scosse.

"Se è un maschietto, lo chiameranno Cameron," aggiunse Diamond.

Slade la fissò dall'altra parte della stanza affollata. Lei lo aveva evitato per tutta la notte e ciò stava iniziando a farlo imbestialire. Soprattutto perché era seduta accanto a Crow, il quale continuava a farle scorrere le dita lungo il braccio e sulla coscia.

Sapeva che il fratello lo stava facendo apposta per provocarlo e, fino ad allora, Slade era riuscito a mantenere la calma. In quel momento, però, era esausto a causa delle lunghe ore di attesa e stava perdendo la pazienza.

In più, Diamond non faceva nulla per sottrarsi a quelle avances.

Bella si sedette dal lato libero di Crow e si appoggiò alla sua spalla nel tentativo di schiacciare un pisolino. Slade si chiese cosa avrebbe detto il suo uomo a riguardo. Tuttavia, Axel non era ancora arrivato in ospedale.

Visto che le circondava le spalle col braccio, Crow iniziò ad accarezzare anche lei con le dita. Era chiaro che le donne del club si fidassero di lui come se fosse un fratello di sangue. Tuttavia, Slade si chiedeva se Crow provasse gli stessi sentimenti innocenti o se stesse solo approfittando della loro fiducia.

In ogni caso, non gli piaceva che quell'uomo toccasse anche Diamond. Proprio per niente.

Si accigliò e si staccò dal muro, ma qualcuno lo afferrò prontamente dal braccio e gli impedì di avanzare. Slade fissò la manona che gli avvolgeva il gomito, poi la seguì fino al proprietario.

Hawk scosse la testa. "Non è il momento."

Slade lo guardò, poi spostò gli occhi su Crow, infine di nuovo su Hawk.

Hawk continuò, a voce bassa. "Sta solo cercando di provocarti e farti vedere cos'hai di fronte a te. Quell'uomo non è stupido, e non è nemmeno pazzo."

Slade inspirò profondamente mentre ascoltava le parole di Hawk, ma non appena schiuse le labbra per rispondere, fu interrotto da due eventi: da una parte della sala d'attesa, entrò Z tutto spavaldo, con indosso quello che sembrava un camice da ospedale, o qualcosa di simile, mentre dalla parte opposta arrivò Axel vestito da poliziotto. Slade osservò la scena incuriosito: i due si guardarono, in un silenzio che diceva più di mille parole. Poi Z si rivolse alla stanza, visto che improvvisamente si erano tutti zittiti, in attesa di notizie.

"Io..." provò a dire, ma la voce gli si bloccò in gola e abbassò la testa per un secondo, sbattendo forte le palpebre. Nella stanza non volava neanche una mosca. Si schiarì la voce e poi alzò gli occhi lucidi verso la folla. "È un maschietto!"

Per un istante o due, nessuno fiatò. Poi, la sala fu investita da un boato di gioia e applausi.

"Un maschio, cazzo!"

"Sì, cazzo!"

"La quarta generazione del DAMC!"

"A MUSO DURO..." gridò qualcuno.

"...FINO ALLA FINE![1]" continuarono tutti in coro.

Slade era sicuro che quel baccano avesse svegliato e allertato tutti i presenti all'ospedale del nuovo arrivato in casa DAMC.

Ace avanzò, strinse Z e lo abbracciò forte mentre gli dava vigorose pacche sulla schiena. I due si asciugarono le lacrime e, comprensibilmente, nessuno commentò.

Persino Slade, davanti a quell'esplosione di emozioni, si sentì un nodo in gola.

Uno dopo l'altro, i fratelli si avvicinarono a Z per fargli le congratulazioni. Infine, anche Axel si avvicinò, gli strinse la mano e gli diede una spallata affettuosa che durò per qualche secondo.

Quando finalmente il poliziotto fece un passo indietro, avvolse una mano dietro la nuca di Bella, la tirò a sé e la prese tra le braccia. La ragazza stava piangendo, e Slade non sapeva se fossero lacrime di gioia, ma lo sperava con tutto il cuore. Sapeva che lei era particolarmente sensibile quando si trattava di bambini e gravidanze, anche se lui non capiva bene perché. Sapeva solo che lei non poteva avere figli. Axel nascose il viso tra i lunghi capelli di lei, e i due si strinsero in un abbraccio mentre tutti festeggiavano.

"Beh, quindi si chiamerà Cameron?" gridò Hawk, con il braccio avvolto intorno alla sua signora, Kiki, la quale piangeva come una fontana. Come la maggior parte delle donne nella stanza, anche lei non si preoccupava di nascondere i lacrimoni.

"Nah. Sophie ha cambiato idea mentre mi stritolava la mano e imprecava come una dannata."

"Beh, sputa il rospo, ragazzo!" urlò Ace, aggrappato alla moglie Janice.

"Non appena ha stretto il figlio al petto, la mia donna ha

insistito per un nome che inizi con la Z. Quindi, si chiamerà Zeke."

Diesel, in piedi accanto a Zak, annuì e brontolò: "Bel nome per un futuro fratello."

Sì, decisamente.

"Come sta Sophie?" gridò Diamond per attirare ancora una volta l'attenzione di Slade.

"Alla grande. Ancora un po' incazzata con me per averla messa incinta e averla fatta soffrire per questo maledetto parto, ma le passerà."

Nella stanza si udirono alcune risatine.

"Lo dimenticherà presto e, prima che tu te ne accorga, sfornerà il quarto figlio," lo consolò Janice.

"Tu ne hai avuti solo due," le ricordò qualcuno.

"Sì, beh, hai visto che bestioni ho partorito? Avrei dovuto fermarmi al primo, visto il modo in cui mi ha squarciato."

"Santo cielo," mormorò D a quella confessione della madre.

"Dopo aver tirato fuori un secondo cocomero di quasi cinque chili, avrei voluto tagliare l'uccello ad Ace," continuò Janice, con le sopracciglia alzate verso Diesel, "Dopo quel parto ho detto basta, e da quel giorno il sesso non è più stato lo stesso."

"Santissimi numi," mormorò ancora D.

Jewel gli accarezzò il ventre e gli avvolse un braccio intorno alla vita. "Beh, dopo questi racconti è probabile che non faremo neanche un figlio," mormorò, con gli occhi spalancati e il viso pallido.

"Per me va bene," borbottò Diesel.

"Bando alle ciance," intervenne Kiki ad alta voce. "Quando possiamo vederlo?"

"Ace e Janice possono venire subito. Gli altri dovranno aspettare."

Un borbottio di delusione attraversò la stanza.

Hawk avanzò verso il centro. "Il bimbo sarà presto a casa. Perché non andiamo tutti a farci un giro e li lasciamo riposare? Non appena torneranno al DAMC, organizzeremo una bella grigliata per festeggiare."

La folla annuì e gridò un "sì" all'unisono, poi, dopo aver dato una pacca sulla spalla a Z un'ultima volta, iniziarono tutti a liberare la sala.

"Ora dobbiamo scommettere su chi sarà il prossimo," dichiarò Rig accanto a Slade.

"Ivy," annunciò Hawk.

"Kiki," suggerì Jag.

I due uomini si guardarono e aggrottarono la fronte.

"Il prossimo sei tu," borbottò Hawk.

"Assolutamente no, che diamine. Kiki è più grande di Ivy."

"E allora?"

"Devi metterla incinta nel fiore degli anni," puntualizzò Jag.

"Stronzate," borbottò Hawk.

"Scusate, che ne dite se decido io di cosa fare del mio corpo?" intervenne Kiki, con le mani sui fianchi e un cipiglio.

"Mi associo," aggiunse Ivy.

"Una cosa è certa: di sicuro il prossimo non sarò io," mormorò Dex avanzando verso di loro.

"Nemmeno io," aggiunse Rig, seguendolo.

"Idem per me," si accodò Crash con un sorriso mentre si dirigeva verso l'uscita.

"Non guardate me," continuò Nash mentre se ne andava ridendo.

Crow e Dawg si lasciarono sfuggire una risatina e seguirono i fratelli.

Tutti posarono gli occhi su Grizzly e Mama Bear. Il

vecchio agitò una mano nodosa nella loro direzione e, tra un brontolio e l'altro, accompagnò la moglie alla porta.

"Amico, tu vieni?" chiese Hawk a Slade mentre metteva una mano sul fianco di Kiki e si dirigeva all'esterno.

"Tra un minuto."

"Ti serve un passaggio?"

In teoria sì, dato che era arrivato lì con Dawg, ma a Slade venne un'altra idea. "No, non preoccuparti."

Hawk spostò lo sguardo su Diamond, la quale stava parlando con la sorella in un angolo, e annuì.

Non appena se ne furono andati, Slade rimase a osservarla dal lato opposto della sala d'attesa. Lei gli dava le spalle e parlava tutta concitata. A un tratto, Jewel smise di guardare la sorella e incontrò lo sguardo di Slade.

Lui le fece un cenno del mento e lei, con un'espressione furba, riprese a guardare la sorella. Le farfugliò qualcosa e si diresse verso Diesel. Diamond si voltò e incrociò lo sguardo di Slade, aggrottò la fronte e uscì dalla stanza.

Slade la seguì lungo il corridoio verso gli ascensori, senza mai smettere di fissarle il fondoschiena. Dopo aver premuto il pulsante per scendere, Diamond si mise in attesa a braccia conserte e lo ignorò completamente.

Quando sentì il rumore di apertura delle porte, Slade le si mise dietro in uno scatto, la spinse dentro e premette rapidamente il pulsante di chiusura, senza nemmeno darle il tempo di fiatare.

Mentre l'ascensore scendeva al piano principale, i due non si scambiarono nemmeno una parola. Quando le porte si aprirono, Diamond iniziò a camminare a passo svelto attraverso l'atrio dell'ospedale, ma Slade continuò a tallonarla.

"Smettila di seguirmi," sbottò lei da sopra la spalla.

Lui non rispose.

"Trovati un passaggio con qualcun altro per tornare al club."

Lui ignorò il suggerimento.

"Non ti faccio salire nella mia auto," continuò lei mentre raggiungeva il parcheggio e camminava tra le vetture.

Quando arrivarono alla Nissan, Diamond premette il tasto sul telecomandino per sbloccare le portiere. Prima che potesse aprirle, però, Slade le tolse le chiavi di mano, poi si sfilò il gilet, lo capovolse e lo indossò di nuovo.

"Guido io, principessa."

"Oh, no." Lei sgranò gli occhi. "Ti ho detto che non ti faccio salire. Sei sordo, per caso?"

Slade le afferrò il gomito, la condusse verso il lato passeggero della 370Z rosso vivo, poi le aprì la portiera e mormorò: "Entra."

Diamond lo fissò contrariata. "Credo che tu ti sia fatto un'idea sbagliata di me: non ubbidirò ai tuoi ordini. Non so quando hai iniziato a pensarlo, ma lascia che metta le cose in chiaro: non accadrà mai."

"Ti ho detto di entrare," ripeté Slade a denti stretti.

"Comincio a credere che tu abbia davvero problemi di udito," gli gridò Diamond, trattandolo come un vero sordo.

"E forse sono anche cieco, dato che non ti vedo ancora dentro questa dannata auto."

"Slade..."

Lui inspirò lentamente per poi espirare. "Principessa, per favore... sali in questa cazzo di macchina."

Forse quella di chiederglielo "per favore" era stata un'ottima scelta, perché Diamond sbatté le palpebre un paio di volte e si accomodò sul sedile senza controbattere ulteriormente. Lui chiuse la portiera e si affrettò dall'altro lato della piccola auto sportiva.

Si piegò per sedersi sul lato del guidatore, emise un

ringhio e spinse indietro il sedile in modo da non avere il viso appiccicato al volante. Girò la chiave nel quadro e la macchina prese vita, così Slade mise la retromarcia.

Dopo essere uscito dal posto auto, spinse la frizione, inserì la prima e si voltò per guardarla negli occhi. Diamond aveva un'espressione ostile e impenetrabile.

"Devi darmi le indicazioni."

"Per dove?"

"Per casa tua."

"Perché?"

"Perché faremo rumore e non voglio che gli altri mi prendano in giro."

"Ah."

Già, *ah*.

"Cosa ti dice che io voglia farlo di nuovo?" gli domandò lei con il solito atteggiamento insolente.

"Ah, quindi non vuoi?"

Lei distolse lo sguardo, fissò il parabrezza e arricciò le labbra in un sorrisetto, poi lo istruì: "Appena esci dal parcheggio, svolta a sinistra."

Slade sorrise a sua volta, lasciò la frizione e accelerò, facendo sobbalzare l'auto in avanti. Uscì dal piazzale del parcheggio e seguì le indicazioni di Diamond.

Capitolo sette

"Ti piace farti toccare da quel tipo?" ringhiò Slade mentre la penetrava a ritmo lento.

Abbastanza lento da farla impazzire. Non che Diamond volesse lamentarsi: l'aveva già fatta venire due volte solo con la bocca.

Slade non aveva specificato di chi parlasse, ma lei poteva solo immaginare che si riferisse a Crow.

Diamond inclinò la testa all'indietro e inarcò il collo mentre Slade le affondava i denti nella carne intorno al capezzolo. La morse forte e lei gridò. Lui era sopra, con un peso e una stazza che la dominavano totalmente, limitandole dunque i movimenti; ma Diamond riuscì almeno a sollevare i fianchi verso l'alto per incontrare quelli di lui.

"Slade..." gemette.

"Ti ho fatto una domanda, donna."

Non gli avrebbe risposto. Non finché fosse riuscita a trattenersi. Tuttavia, più lui la spingeva oltre il limite, più Diamond faceva difficoltà a restare in sé. Nonostante la stesse scopando lentamente, i modi erano tutt'altro che gentili. A ogni spinta la faceva sussultare, scuotendola abbastanza da spostarla sempre più in alto nel letto. Ogni volta che lei si avvicinava pericolosamente alla testiera, lui la afferrava per le gambe, la tirava giù e ricominciava da capo.

Sì. Ancora e ancora.

Diamond lo afferrò per la nuca e lo tirò a sé per baciarlo intensamente, poi gli morse il labbro con tanta foga da fargli uscire il sangue.

Lui grugnì, ma non si allontanò e la morse a sua volta. Lei sussultò, interruppe il bacio e gli sorrise. Con il pollice gli asciugò il sangue dal labbro inferiore, poi se lo infilò in bocca per leccarlo.

"Sei fottutamente pazza," borbottò lui, con gli occhi pieni di desiderio mentre la osservava succhiarsi il pollice.

Slade sentì l'uccello contrarsi profondamente dentro di lei. Quella scena lo aveva eccitato. Anche a lui piacevano certi gesti sporchi.

"Oh sì, devo proprio esserlo per aver accettato di portarti da me," rispose lei. "Anche tu devi essere impazzito."

"Certo che lo sono, dopo aver visto quell'uomo metterti le mani addosso proprio di fronte a me. Non una, ma ben due cazzo di volte."

"Non sono di tua proprietà," gli ricordò lei.

"Avevo appena finito di scoparti, non avresti dovuto essere tra le braccia di un altro."

Diamond capì che si riferiva a quella mattina, a quando era uscita dalla camera di Slade. Vederla tra le braccia di Crow doveva averlo fatto spaventare di brutto. "E questo chi lo dice?"

"Esistono delle regole."

"Non c'è nessuna regola," affermò lei, poi ansimò mentre lui le affondava dentro sempre più.

"Se te lo metto dentro, devi seguire le mie regole."

"Le regole esistono per essere infrante," mormorò lei.

Slade si bloccò, piantò saldamente i palmi nel materasso e si allontanò da lei per fissarla negli occhi.

Stava decisamente cercando di innervosirlo. "Cosa vuoi da me, Slade?"

"Quello che stiamo facendo adesso."

Sesso. Nient'altro. "Solo sesso?"

"Per ora."

Quella risposta la sorprese. "E poi?"

Lui non rispose e si limitò a distogliere lo sguardo. Fece un respiro profondo, poi si riabbassò ma non riprese gli affondi.

"In questo momento voglio solo sesso e meno chiacchiere."

Diamond avrebbe potuto accettarlo. Lo sculacciò con così tanta forza che le bruciò la mano. "Allora scopami e sta' zitto."

Lui la fissò di nuovo con gli occhi increspati dalla lussuria. "D'accordo, principessa."

Finalmente, Slade si zittì e prese a penetrarla energicamente.

Nemmeno venti minuti dopo, col corpo ormai ridotto a un mucchio di ossa sbattute, Diamond guardò Slade scendere dal letto e dirigersi verso il bagno. Accese la luce e si chiuse la porta alle spalle. Poi, lo sentì lavarsi e sbarazzarsi del preservativo.

Diamond sospirò.

Crow aveva ragione. Slade non si era ancora stufato di lei.

Il tatuatore era sorprendentemente intuitivo quando si trattava delle donne del DAMC. Sapeva anche come convincere i fratelli ad affrontare l'oggetto dei loro desideri. O meglio, *le donne* dei loro desideri. Era molto schietto con loro, e poi rideva dei risultati.

Lui, però, stranamente non si lasciava mai coinvolgere.

Non aveva mai avuto una signora, né aveva provato a conquistarne una. Gli piaceva solo vedere i membri del club cadere in ginocchio. Lui, invece, ne usciva sempre in piedi.

A ogni modo, Diamond aveva la sensazione che non sarebbe durata a lungo. Un giorno anche lui avrebbe dovuto fare i conti con le proprie emozioni, e prima o poi sarebbe finito alla mercé di una donna.

Quando quel giorno fosse arrivato, il resto dei fratelli gliel'avrebbe fatta pagare cara.

A quel pensiero, rise sommessamente. Poi Slade riaprì la porta del bagno e avanzò tutto nudo nella stanza, chiaramente a suo agio con il proprio corpo.

Lei lo divorò con lo sguardo, ammirò il taglio di capelli in stile militare, gli occhi scuri e i numerosi tatuaggi, e non riuscì a trovargli alcun difetto. Neanche uno.

Forse Crow aveva ragione. Il sesso la calmava parecchio. Certo, magari non con chiunque...

Slade si rimise a letto facendo ondeggiare il materasso, poi la prese tra le braccia e tirò il lenzuolo per coprire entrambi. Diamond pensò che i loro corpi si incastrassero alla perfezione e sospirò soddisfatta.

"Mi sbagliavo," brontolò lui.

Lei girò leggermente la testa, nonostante non potesse guardarlo in faccia, visto che aveva la schiena premuta completamente sul petto di lui.

Slade le premette la bocca sull'orecchio. "Non sei una stronza."

Lei sgranò gli occhi, ma rimase in silenzio. Si limitò a serrare le labbra, nella speranza che lui continuasse.

"Sei solo una donna forte che non prende ordini da nessuno. Dentro di te brucia un'enorme fiamma di coraggio. Ora la vedo."

Diamond sentì gli occhi bruciarle, così sbatté le palpebre.

Non poteva di certo cedere e mostrare le proprie debolezze dopo che lui le aveva detto che era una donna forte.

"Non accetterò che tu vada a letto con altri. Te lo dico fin da subito: se quell'uomo ti tocca di nuovo, gli spezzo le mani."

Diamond non poteva più rimanere in silenzio. "Crow non ci stava provando. Lui è semplicemente fatto così."

"Principessa, non è un tuo parente né un fidanzato. Non vedo perché debba toccarti se sa che sei nel mio letto."

Forse Diamond avrebbe dovuto fargli notare che in quel momento erano nel letto *di lei,* e che quella era solo la seconda volta che lo facevano, ma tenne a freno la lingua. "Te lo ripeto: è innocuo e lo conosco da molto tempo."

Sentì Slade scuotere la testa dietro il collo. "Ti ho detto voglio stabilire delle regole. Eccone una. Tutto chiaro?"

Diamond strinse le labbra e ci rifletté su. Era una regola... forse solo la prima di tante. Slade stava cominciando a dettare legge, anche se non ne aveva nessun diritto. Il fatto che avessero scopato un paio di volte non gli permetteva affatto di mettere bocca sulla vita di lei. "Quando decadranno queste cosiddette *regole*?"

"Beh, direi che resteranno in vigore finché scopiamo."

"Quindi finché non ti stancherai."

Slade non proferì parola.

"O fin quando *io* mi stancherò di te," continuò lei dolcemente.

Lo sentì irrigidirsi alle sue spalle, poi lui le avvolse un braccio intorno alla vita.

"Voglio solo assicurarmi di essere stata chiara su questo," aggiunse Diamond. Poi si voltò di fianco per guardarlo dritto negli occhi.

Notò che lui aveva le iridi più scure e profonde del solito. "Non ti condividerò con nessuno, principessa," grugnì lui.

"Nessuno ti impone di farlo." Poi lei inarcò un sopracciglio e gli domandò: "Dovrei chiederti la stessa cosa anch'io?"

Slade le fece scorrere un dito lungo la guancia e, quando glielo avvicinò alla bocca, lei, con uno scatto felino, finse di morderglielo scherzosamente. Slade fu abbastanza coraggioso da passarle il pollice sul labbro inferiore e Diamond glielo strinse con i denti e lo mordicchiò delicatamente.

"Ti piace usare quei dentini, eh," mormorò lui. Poi le chiese: "Te la fai con qualche fratello del DAMC?" e lei gli lasciò il pollice.

Diamond aggrottò la fronte per l'improvviso cambio di argomento. "Che intendi?"

"Lo sai cosa intendo, principessa."

Lei continuò a fissarlo con un cipiglio. "Perché, ha importanza?" Poi sollevò un dito a mezz'aria, come se avesse avuto un'illuminazione. "Un momento. *Dovrebbe* avere importanza?" Mentre parlava, Diamond sentì la pressione sanguigna salirle fino a portarla in "modalità stronza".

"Ho il diritto di saperlo."

Lei lo fissò incredula, poi scosse la testa. "No, non credo proprio."

"Invece sì, tesoro."

Lei si sedette. "No, non è vero."

"La tua risposta è abbastanza eloquente."

"Ah sì?"

"Sì, tesoro, lo è. Invece di negare tranquillamente, ti stai infervorando. Vuol dire che te la fai con qualcun altro."

Diamond dovette compiere uno sforzo per non perdere la calma e accusarlo di usare due pesi e due misure. "Tu invece? Ti sei fatto Lola?"

Slade cambiò espressione. Non poteva negarlo. Era stata la sgualdrina stessa a dire in giro che avevano fatto sesso, e non una sola volta. La tipa sapeva che Diamond aveva un debole per lui, perciò ogni volta che poteva se ne vantava gridandolo ai quattro venti. Diamond doveva ricorrere a tutto il proprio autocontrollo per non tirarle una sberla in pieno viso.

I bei culetti, ovvero le sgualdrine del club, erano uno dei motivi per cui Diamond odiava partecipare alle feste del DAMC. Bastava che un fratello lanciasse un'occhiata nella loro direzione e quelle cretine allargavano prontamente le gambe e li invitavano ad avvicinarsi curvando un ditino.

Slade poteva pensarla come voleva, ma Diamond non era mai andata a letto con nessuno dei fratelli del club. Il pensiero non l'aveva mai nemmeno sfiorata, anche perché molti erano suoi parenti, oppure, se non c'era un legame di sangue, per lei erano come dei fratelli. Per quanto Crow potesse essere sexy e allettante, non ci sarebbe mai andata a letto, nemmeno se lui avesse voluto. Erano troppo amici e il solo pensiero la disturbava.

Con Slade, invece, era diverso: era una *new entry* e, soprattutto, Diamond non era cresciuta con lui.

Come la sorella Jewel, Diamond era nata per diventare la signora di qualcuno. Ce l'aveva nel sangue e nell'anima. Dannazione, la madre era da anni una vecchia signora del DAMC, il padre era un Dirty Angel da tutta la vita e il nonno era stato un membro fondatore.

Il sogno di Diamond era di andare su un bolide dietro un centauro, con il vento tra i capelli e la strada infinita di fronte a sé e al suo uomo.

Il suo uomo.

Tuttavia, fino all'arrivo di Slade, la speranza di trovare un compagno era andata scemando, al punto che si era quasi arresa. Poi, una sera, Slade aveva varcato la soglia del *The Iron Horse*, ed era cambiato tutto.

L'immagine di lui che si scopava Lola, o una ragazza di

Dawg, o una di quelle sgualdrine, le fece rivoltare lo stomaco. D'accordo, tutti i fratelli del club facevano così e Diamond ci era abituata, eppure Slade era diverso. Al contrario degli altri, lei voleva portarselo a letto.

Considerato che in quel momento Slade si trovava *davvero* nel suo letto, Diamond doveva smettere di pensare alle donne che lui aveva avuto in passato. Anche dopo che l'estate prima avevano partecipato a un paio di corse in moto insieme, lui aveva continuato a trovare sollievo altrove.

Quello l'aveva ferita.

Lui l'aveva allontanata perché pensava che lei fosse una donna troppo difficile da gestire.

Diamond sapeva bene di avere i suoi momenti no. Era testarda come tutti i fratelli del club, ciononostante...

"Ecco come stanno le cose," disse infine lei, poiché lui non aveva risposto alla domanda su Lola. "Crow aveva ragione." Quando fece il nome del tatuatore avvertì come un brivido di paura, ma proseguì. "Devo ammettere che quando faccio sesso, il mio lato stronzo tende a addolcirsi. Quindi, probabilmente, diventeresti l'eroe del club se mi scopassi regolarmente."

Lui aprì la bocca, ma lei sollevò una mano a mezz'aria per fermarlo.

"Se vuoi portarmi a letto, allora dovrai frequentare solo il *mio* letto. Non quello di Lola, né di qualche altra sgualdrina, nemmeno quello delle spogliarelliste." Si avvicinò a lui per fargli capire che non stava affatto scherzando. "Nemmeno a me piace condividere. *Chiaro?*"

Slade, per un breve istante, assunse un'espressione insolita.

A ogni modo, lei non aveva ancora finito di parlare. "Se ti becco di nuovo all'*Heaven's Angels*, non sarai più il benvenuto qui da me. Se ti becco anche solo a sfiorare o succhiare la faccia o... qualsiasi altra cosa... a una di quelle sgualdrine, con me hai chiuso. Volevi delle regole? Bene, ora ce le hai."

"Donna..." grugnì lui, e Diamond non riuscì a capire se fosse divertito da quel piccolo discorso oppure arrabbiato. Forse, più che altro, era sbalordito.

"Potrebbero essercene delle altre. Dovrò pensarci su."

Lui sbuffò e scosse la testa. "Non cerco una signora."

"Va bene."

Slade spalancò gli occhi per una frazione di secondo, poi li strinse con fare scettico, come se fosse impossibile che Diamond avesse accettato...

Eppure lo aveva fatto.

La lealtà era un valore fondamentale per Diamond. Comunque, finché non avesse saputo per certo che Slade non cercava altre donne, non avrebbe nemmeno preso in considerazione l'idea di diventare la sua signora.

Nel corso degli anni, aveva visto diverse signore andare e venire perché i loro uomini non riuscivano a tenersi l'uccello nei pantaloni. Diamond non voleva morire di crepacuore. Voleva una relazione stabile, come quella che avevano Sophie, Kiki, Jewel e Ivy. Dannazione, lei voleva il "per sempre", proprio come Janice e Mama Bear.

Quando il padre, Rocky, era stato condannato all'ergastolo per omicidio, la madre ne era uscita a pezzi.

Qualora Diamond avesse deciso di sistemarsi, lo avrebbe fatto con un uomo che le sarebbe sempre restato accanto. Crow aveva detto che Slade era una mina vagante, che era ancora alla ricerca di qualcosa, e Diamond non voleva investire le proprie emozioni e legarsi con qualcuno che, un giorno, sarebbe potuto tranquillamente sparire.

Perché se Slade l'avesse fatto, lei non lo avrebbe seguito. Non avrebbe lasciato né il club né la propria famiglia. Le sue radici affondavano profonde sotto Shadow Valley, sotto il

DAMC, e nessuno, nemmeno un uomo di cui si sarebbe perfino potuta innamorare, l'avrebbe portata via. Mai e poi mai.

Diamond voleva vedere la quarta generazione del DAMC portare avanti le stesse tradizioni con cui era cresciuta lei. Voleva giocare con i futuri figli delle sorelle. Quello del club era un gruppo affiatato di donne che Diamond non avrebbe mai trovato altrove.

Non avrebbe mai e poi mai rinunciato a quella vita.

Perciò, no, non era pronta a diventare la signora di Slade, perché lui non aveva nessun tipo di legame con il club e, proprio per quel motivo, avrebbe potuto togliere il disturbo da un momento all'altro.

Per di più, Diamond non sapeva *niente* del suo passato o della sua famiglia. Si chiese se qualcuno ne sapesse qualcosa. Non si spiegava come Diesel avesse potuto reclutare un membro dal passato tanto misterioso, ma magari si sbagliava. Dopotutto non gli aveva mai chiesto nulla, ma forse avrebbe dovuto.

"Principessa, non sto cercando una signora," ripeté lui di nuovo.

Lei lo guardò dritto negli occhi. "D'accordo," gli rispose.

"Non hai nemmeno dovuto pensarci," mormorò.

"Sì, Slade, proprio così. Non ho intenzione di costringerti a stare con me." Poi, senza smettere di fissarlo, gli chiese: "Sei solo di passaggio?"

Lui sollevò un sopracciglio. "Cosa vuoi dire?"

"Sei qui al club solo temporaneamente? Non appena ti stuferai, passerai ad altro?"

Lui distolse lo sguardo e fece un respiro profondo prima di tornare a parlarle. "Perché mai dovrei andarmene se ho appena ricevuto i colori e me li sono persino tatuati sulla schiena?"

Già, ecco l'inghippo. Aveva appena detto la verità. Quale uomo sano di mente avrebbe passato giorni a farsi tatuare da Crow i simboli del club se fosse stato solo di passaggio?

Nessuno.

Diamond gli sfiorò le piastrine con le dita. "So che non mi parlerai delle tue missioni passate, ma cosa mi dici della tua famiglia?"

Lui si mise supino e fissò il soffitto con le braccia sotto la testa. "Non c'è molto da dire."

Lei gli si rannicchiò accanto e gli tracciò il contorno dei tatuaggi. "Non hai fratelli? O sorelle?"

"No."

"Dovrai pur avere un padre e una madre," provò a incalzarlo lei.

"Mia madre mi ha cresciuto da sola. Mio zio, il suo unico fratello, era membro di un club motociclistico, quello che frequentavo anch'io."

"Quello che poi hai lasciato."

"Già."

"Non ti piaceva il loro modo di operare?"

"Esatto. Me ne sono andato prima di cacciarmi nei guai e finire dietro le sbarre. Non avevo voglia di sprecare la mia vita in prigione dopo che avevo passato già troppo tempo nei Marines."

Lei annuì e scrutò il suo profilo. "E cosa combinavano?"

"Un sacco di casini."

"Che tipo di casini?"

Si voltò a guardarla. "Casini. Solo casini, principessa. Non vale la pena parlarne."

"Che mi dici di tuo padre?"

"Non lo conosco. Non l'ho mai incontrato."

"Tua madre non ti ha mai parlato di lui?"

Slade sbuffò e si voltò. Si mise su di lei e la fissò negli occhi. "Tesoro, hai intenzione di farmi il terzo grado?"

"No. Sto solo cercando di conoscerti meglio," mormorò lei mentre gli fissava la bocca a pochi centimetri dalla propria. Diamond si passò la lingua sul labbro inferiore.

"Non c'è molto da sapere."

Lei dubitava che fosse vero. Forse avrebbe dovuto fare due chiacchiere con Diesel.

"Ora tocca a me interrogarti. Non ti dispiace che tuo padre sia in prigione?"

Lei non esitò nemmeno per un istante. "Certo che mi dispiace, sta scontando l'ergastolo. Non ricordo un momento della mia vita in cui lui non sia stato in prigione."

"Quanti anni avevi quando lo hanno messo dentro?"

"Ero una bambina, forse avevo un anno. Poco dopo che è stato messo dentro, è nata Jewel."

"Santo cielo," mormorò Slade.

"Già. Anche mia madre ci ha cresciute da sola, proprio come la tua."

"Vai a trovarlo?"

"Molto raramente, perché non lo conosco bene. A volte ci scrive delle lettere, a volte ci chiama. Dice che ama ancora mia madre, e io gli credo. A ogni modo, mia mamma ha sofferto tanto. Ha dovuto crescere tre bambini piccoli, da sola."

"Ace vi è stato accanto."

"Sì, Ace e Janice ci hanno aiutato molto. Anche Grizz e Mama Bear, dato che mio nonno era stato ucciso da un Warrior. Grizzly è sempre stato come un nonno per tutti noi da quando Bear è stato ucciso e da quando anche Doc è stato messo in prigione, più o meno nello stesso periodo di mio padre."

"Dev'essere dura."

"Ecco perché siamo molto uniti."

Lui annuì, poi si pronunciò su un argomento che Diamond conosceva fin troppo bene. "I Warriors vi stanno rompendo le palle da molto tempo."

"Già," sospirò lei.

"Dev'essere davvero una situazione di merda. Scommetto che li odi tutti, non è vero?"

"Beh sì, non vedo come potrei non odiarli. Hanno ucciso, stuprato, rapito alcune di noi. Per non parlare dei furti ai nostri danni. Fanno di tutto per rovinarci la vita."

"È una faida che durerà a lungo."

"Sono anni che il DAMC cerca di tornare sulla retta via. Quegli infami sono solo una spina nel fianco."

Slade fissò la donna sotto di sé. "Già," mormorò. "Tu pensi di essere al sicuro qui in campagna?"

Slade faceva parte del club ormai da mesi, ma, fino a quel giorno, non era mai stato alla fattoria di Ace. Quando avevano lasciato l'ospedale, Diamond lo aveva inaspettatamente portato fuori città. Dopo averlo guidato verso una lunga stradina fino a una fattoria, gli aveva detto che era lì che Ace e Janice vivevano insieme a Lonnie, l'anziana madre di Ace.

Poi, superata la casa e proseguito su quella strada di campagna, Slade aveva cominciato a vedere delle baite. Diamond gli aveva spiegato che Annie e Allie, le sorelle di Ace, vivevano lì e aiutavano Janice a prendersi cura di Lonnie. Kelsea viveva ancora a casa con sua madre, Annie.

Gli aveva anche spiegato che alcune di quelle strutture erano in affitto a lungo termine, e ad Ace rientravano ottime somme, dato che tutte avevano due camere da letto. Tuttavia, lei pagava davvero poco, motivo per cui poteva permettersi la nuova e costosa auto sportiva che guidava. La sua casetta però era la più lontana dalla fattoria, e per certi versi anche la più isolata.

Proprio per quel motivo, a Slade non piaceva affatto. Con tutti i guai che i Warriors stavano causando negli ultimi tempi, Diamond non avrebbe dovuto vivere lì da sola. Avrebbero potuto rapirla, violentarla, diamine, persino ucciderla, e nessuno l'avrebbe mai sentita gridare aiuto.

"È un luogo sicuro."

Slade aggrottò la fronte. "È lontano da tutto e da tutti."

"Ho un telefono."

"Hai anche un'arma?"

"Vuoi dire una pistola?" domandò lei, sorpresa.

"Sì, una pistola con cui proteggerti, dannazione."

Lei lo fissò con occhi più teneri. "Sei preoccupato per me?"

Porca miseria. Forse sì, lo era davvero.

"Dovresti trasferirti in città," continuò Slade.

Lei sbuffò dolcemente. "No, non lo farò. Qui sto piuttosto bene. Ho la mia casa, la mia famiglia vicina e un sacco di privacy."

Era tutto vero, ma a Slade non andava a genio che lei fosse là da sola. Soprattutto perché molte delle sue vicine erano donne. Ace era sempre al banco dei pegni. Da quello che Slade aveva sentito in giro, l'uomo era sempre fuori casa per evitare la vecchia e irritabile madre.

"A ogni modo, non mi serve una pistola." Gli strattonò leggermente le piastrine che gli pendevano dal collo e indicò il logo USMC tatuato sul suo bicipite. "Ho un Marine nel mio letto, ricordi?"

Pensava forse che avrebbe dormito da lei ogni notte?

"Principessa, io lavoro fino all'alba al *The Iron Horse*. A volte faccio fatica perfino a fare le scale per andare in camera mia. Non ho intenzione di guidare ogni notte fin qui, in culo al mondo, solo per scaldarti le lenzuola quando starai già dormendo e dovrai alzarti un'ora dopo per andare a lavorare."

"Non proprio un'ora dopo."

"Comunque ti alzi presto. E poi ho appena detto che non voglio una signora. Se dormissimo ogni notte insieme, finiresti per diventarlo. Non succederà."

Diamond scrollò le spalle. "Va bene."

Slade strinse gli occhi e la fissò scettico. Ogni volta che diventava comprensiva, lui si chiedeva cosa le passasse per la testa, cosa stesse tramando. Diamond non era una donna facile, neanche lontanamente. Quindi, quel lato docile lo insospettiva.

Abbassò la testa e le mormorò contro le labbra: "Verrò a trovarti quando non lavoro fino a tardi."

Lei aprì la bocca per rispondere, ma lui appoggiò le labbra sulle sue ed esplorò ogni centimetro di lei. A quel bacio intenso, Diamond emise un gemito sonoro che gli provocò un brivido fin nello scroto.

Nonostante avesse passato la notte in ospedale in attesa della nascita del figlio di Z e fosse rimasto sveglio tutta la mattina a fare sesso con Diamond, all'improvviso Slade ritrovò tutte le energie.

Evviva!

Capitolo otto

Diamond non riusciva a credere di essere davvero a uno di quei barbecue a cui solitamente non andava perché non li sopportava. Quella sera, però, era diverso, più o meno. Era lì solo per festeggiare la nascita di Zeke e non vedeva l'ora di prendere in braccio il pargoletto.

Tuttavia, i neogenitori erano ancora dentro il club, circondati dalla folla. Si sarebbe avvicinata a Sophie più tardi, quando le acque si sarebbero calmate.

Intanto si sedette vicino al falò, poiché l'aria notturna era ancora un po' fresca. Mentre teneva tra le dita una birra Iron City, seguì con lo sguardo Lola che attraversava il cortile per dirigersi verso il palco e la band di Nash. I Dirty Deeds avevano suonato per tutta la sera le loro ballate rock classiche.

La musica veniva trasmessa anche al *The Iron Horse*, in modo che anche i clienti laggiù potessero godersela dal vivo. Visto che quei pezzi non erano niente male, la band di solito attirava una discreta folla alla roadhouse, anche quando i clienti non potevano vederli fisicamente.

Un'ottima affluenza significava più drink venduti e un

sacco di soldi nelle tasche di Hawk, così come nelle casse del club. Significava anche che erano necessarie più persone dietro il bancone per servire da bere, cacciare i clienti minorenni e tenere a bada gli stronzi ubriachi.

Proprio per quel motivo, Diamond non aveva visto nemmeno l'ombra di Slade. Probabilmente si stava facendo in quattro tra ordini e clienti ubriaconi, mentre Hawk festeggiava sul lato privato e teneva d'occhio la futura moglie.

Già, la *futura moglie*.

I due non avevano ancora ufficializzato la notizia, ma quella sera Kiki si era presentata con un incredibile diamante accecante all'anulare sinistro. La donna di Hawk non ebbe bisogno di spiegare alcunché, visto che il brillocco era visibile da un chilometro di distanza. Kiki aveva detto di non volersene vantare più di tanto, poiché l'attenzione, quella sera, era puntata sul bambino di Z.

Quindi, oltre che per l'arrivo di Zeke, bisognava brindare anche al fidanzamento ufficiale della coppia. Se non l'avessero festeggiata quella sera, quello sarebbe stato il pretesto per organizzare l'*ennesima* grigliata. Perché, a quanto pareva, in quel club si faceva baldoria solo cucinando un maiale allo spiedo, bevendo e facendo sesso. E sì, spesso si faceva sesso anche in pubblico. Ecco perché Diamond non mangiava mai ai tavoli da picnic sotto il padiglione e se ne sarebbe sempre guardata dal farlo.

Almeno Kelsea aveva avuto l'idea degli spogliarellisti per il suo compleanno. Meno male!

Per quanto i Dirty Deeds fossero bravi, le feste del club erano una noia mortale. Diamond aveva sentito suonare la band di Nash più di un milione di volte e non ne poteva davvero più delle cover di AC/DC, Black Sabbath, ZZ Top e simili. Non che avesse qualcosa contro quei gruppi, anzi. *È solo che il troppo stroppia,* pensò.

Diamond trattenne uno sbadiglio, poi si portò la bottiglia alle labbra e lasciò che la birra fredda le scivolasse in gola.

Guardò Lola parlare con una nuova recluta, Jester, e si chiese come mai non stesse lavorando lui al posto di Slade.

Forse Diamond avrebbe dovuto parlarne con Hawk.

Avrebbe anche dovuto chiedere a Diesel di scavare nel passato di Slade, sempre se non lo aveva già fatto. Se D si fosse rifiutato, si sarebbe rivolta ad Axel. Forse lui avrebbe capito le sue preoccupazioni e svolto un piccolo controllo.

Lei aveva sperato che Slade le raccontasse qualcosa in più, visto che aveva dormito da lei altre due notti, ma lui non si era sbilanciato. Non parlava quasi mai di sé stesso, il che la rendeva ancora più curiosa.

La sorella la raggiunse da dietro e si sistemò sulla sedia vuota alla sua destra. Non aveva nessun bicchiere tra le mani, così se le mise in tasca per scaldarle.

"Come mai non bevi?" le chiese Di sospettosa.

Jewel fissò il fuoco ardente e scrollò le spalle. "Avevo le mani occupate con il bimbo."

"Sì, ma ora non vedo nessun bimbo."

"Già."

Diamond le scrutò il profilo sotto il bagliore del fuoco. "Sai, d'ora in poi se vedrò una di noi senza una birra in mano, sospetterò che è incinta."

Jewel la fissò incredula. "Sta' tranquilla, non succederà a me. La prossima è Kiki."

Diamond scoppiò a ridere. "Hai ragione."

Jayde giunse improvvisamente saltellando intorno alle sedie su cui erano sedute le altre, e quando arrivò con in punta di piedi davanti a Diamond e Jewel, fece rimbalzare anche la lunga coda di cavallo. "Mamma mia, avete già tenuto in braccio Zeke?"

"No," rispose Di.

"Sì," replicò Jewel allo stesso tempo.

"Santo cielo, quel pupetto è davvero adorabile! Ne voglio uno anch'io!"

Diamond sollevò lo sguardo verso la ragazza più giovane del DAMC e alzò gli occhi al cielo.

"Devo assolutamente trovarmi un uomo e sfornare *molti* bambini," continuò Jayde, senza nemmeno rendersi conto dell'espressione di Diamond.

"Sicura di poter stare qui? Pensavo che Mitch ti avesse detto di stare lontano dal club."

Jayde agitò una mano. "Non sa che sono qui."

"Non mi stupisce," borbottò Di. "Se lo sapesse, probabilmente ti trascinerebbe a casa."

"Deve assolutamente vedere suo nipote," si difese Jayde con la fronte aggrottata.

Diamond sapeva che lo pensavano tutti. "Ma non mi dire. Peccato che, finché non si toglierà quel bastone dal culo, non lo farà."

"Porterò mamma alla pasticceria in modo che possa conoscere Zeke."

Diamond sospirò pensando alla zia April. Era d'accordo che la donna dovesse vedere Zeke, ma non voleva che Jayde e April agissero alle spalle di Mitch e compromettessero i rapporti di famiglia più di quanto non lo fossero già, indipendentemente dal bambino.

Da quando Axel viveva insieme a Bella, i rapporti tra lui e Zak erano migliorati, ma c'era ancora tensione. Si tolleravano a vicenda solo per Bella e per il figlio di Z.

Bastava poco per spezzare quel filo già sottile.

"Per caso avete visto Linc?" chiese Jayde di punto in bianco.

Diamond aggrottò la fronte verso la cugina. "Forse stasera dovresti stargli lontana, visto che sei in modalità *'Voglio sfor-*

nare bambini'. Tuo padre non farebbe i salti di gioia se tornassi a casa incinta di un motociclista."

Jayde si avvicinò a lei e a Jewel, poi fece finta di sussurrare: "So come fare sesso senza rimanere incinta."

Diamond sbuffò, lanciò un'occhiata alla sorella e poi di nuovo a Jayde. "Che ne dici di lasciare in pace Linc in modo che il povero ragazzo non finisca con due proiettili in testa? Uno sarebbe da tuo padre e uno da Axel, nel caso te lo stessi chiedendo."

Jayde si acciglò e poi si allontanò, borbottando: "Come vuoi."

Diamond sospirò e scosse la testa. Aveva la sensazione che Jayde avrebbe combinato qualche stupidaggine e mandato in malora tutti gli equilibri della famiglia.

Bella si avvicinò e si accovacciò tra le due sedie, con in mano un bicchiere di plastica pieno fino all'orlo. "Chi è stata a farla incazzare?"

"Diamond," rispose Jewel con una risatina.

Bella girò la testa verso Di. "Che cosa hai fatto?"

"L'ho messa in guardia da Linc. Non penso che tu voglia che il tuo uomo vada in prigione per omicidio."

Bella inarcò le sopracciglia. "Perché? Cosa c'entra quel povero disgraziato di Linc?"

"Si lascia trasportare dagli eventi."

Bella si voltò a guardare nella direzione in cui si era diretta Jayde. "Merda. Speriamo che Linc abbia un po' più di sale in zucca."

"Fossi in lui mi preoccuperei più dei testicoli."

Bella si mise a ridere.

Diamond si sporse e sbirciò nel bicchiere di Bella. "Cosa bevi?"

"Whisky e cola. Tu?"

Diamond sollevò la bottiglia di birra e Bella sussultò. "Troppo leggera."

Diamond scrollò le spalle. "Ehi, è a basso contenuto di calorie e carboidrati."

Jewel scoppiò a ridere. "Certo, per restare in forma e fare il culo a qualcuno."

"A proposito... Alla fine hai preso la certificazione di quel corso?" le domandò Bella.

Diamond si guardò rapidamente intorno per verificare che fosse al riparo da orecchie indiscrete. Non che dovesse confessare un reato, ma aveva la sensazione che i ragazzi potessero disapprovare e darle del filo da torcere; quando i membri del DAMC si impuntavano, potevano diventare delle vere spine nel fianco.

Era per quel motivo che non ne aveva mai parlato con nessuno. Non si sarebbero potuti lamentare di ciò che per loro non esisteva.

"Sì, l'ho finito e ho iniziato a fare delle sostituzioni in palestra."

"Sostituzioni? Vuoi dire per l'istruttore?" chiese Bella.

Diamond annuì.

"Che figata!" esclamò Bella. "Quindi inizierai a insegnare a tempo pieno?"

Jewel si sporse in avanti e rispose per lei: "No, non lo farà. Per qualche strano motivo, teme che i ragazzi la scoprano e si comportino da stronzi."

Bella fece una risata nasale. "Si comportano sempre da stronzi... Non ne comprendo il motivo, però. È solo un allenamento."

No, la kickboxing era molto di più di un semplice allenamento per tenersi in forma. Diamond aveva iniziato a esercitarsi con l'intento di proteggersi. Dopo che Pierce l'aveva messa alle strette tanti anni prima, sapeva di dover attivarsi per evitare di essere vulnerabile o di diventare una vittima; così, quand'era ancora adolescente, aveva convinto la madre a iscriverla a un corso di autodifesa. Diamond non le aveva mai confessato il perché di quella scelta, e sicuramente non voleva che nessuno venisse a sapere dei misfatti di Pierce, perché si sentiva ancora stupida per essersi cacciata in quella situazione. Così, aveva cominciato con un semplice corso base. Poi, in palestra, aveva assistito a delle vere e proprie lezioni di kickboxing, e così aveva pregato sua madre di iscriverla.

Ruby era solo felice che la sua figliola avesse trovato un hobby che la tenesse lontana dai guai.

Jewel e Bella erano le uniche donne del DAMC al corrente del fatto che praticasse quello sport assiduamente. Di tanto in tanto partecipava anche a delle gare. Anche suo fratello Jag sapeva che, da ragazzina, Diamond aveva praticato quello sport, ma molto probabilmente pensava che a un certo punto avesse smesso, o che fosse solo una fase che poi aveva superato.

Lei, però, non aveva mai smesso. Per ottenere uno sconto e riuscire a pagare le lezioni e l'allenamento, si era messa a lavorare alla reception della palestra. Dopo un po', il proprietario, vedendola appassionata, l'aveva convinta a prendere la licenza da istruttrice. Le aveva detto che si trattava di una dote innata; inoltre, l'uomo aveva bisogno di qualcuno che lo sostituisse per le emergenze.

Sfortunatamente, il lavoro era pagato male ed era a mezz'ora di distanza, perciò, quando Jewel aveva cominciato a lavorare per Diesel, Diamond aveva accettato di gestire l'ufficio dell'officina *Shadow Valley Body Works*. Tuttavia, trovava sempre il tempo di andare in palestra ogni volta che poteva.

Per tutti quegli anni in cui aveva praticato quello sport, non solo i membri del club erano rimasti all'oscuro di tutto, ma il proprietario della palestra l'aveva sempre spinta a migliorare e diventare più forte. A volte, Diamond pensava di poter fare carriera. A dirla tutta, Jewel l'aveva incoraggiata a investire in quel sogno.

"Dovresti chiedere a Z di farti finanziare la palestra dal club," le suggerì Bella. "Sarebbe davvero figo. Potresti insegnare a tutte noi a fare kickboxing e autodifesa. Potremmo imparare a darle di santa ragione!"

"Non lo so..."

"Perché no? Fidati, se avessi saputo come difendermi quando..." Bella lasciò la frase in sospeso.

Porca miseria. Diamond non voleva di certo ricordarle gli abusi passati. Quella sera avrebbero solo dovuto festeggiare.

Così, riprese subito a parlare: "Pensi che finanzierebbero davvero la palestra? Sai, la pasticceria di Sophie e lo studio legale di Kiki sono le uniche attività del club gestite da donne, e sai perché? Perché Sophie aveva già aperto la sua attività quando ha incontrato Z, e Kiki aveva abbastanza soldi per avviare la propria, non aveva bisogno di alcun aiuto economico. Pensi sul serio che il comitato esecutivo accetterebbe di sborsare una grossa cifra per aiutarmi ad aprire una palestra?" Scosse la testa. "Probabilmente si metterebbero tutti a ridere."

Jewel sbuffò. "Certo, potrebbero dire di no, ma sarebbe sempre meglio che lavorare nell'ufficio della carrozzeria."

"Ufficio in cui, poco tempo fa, lavoravi *anche tu*," le ricordò la sorella.

Jewel fece spallucce. "Sì, ma ora non più."

"Solo perché Diesel ti ha chiesto di gestire la sua attività. È un altro modo che ha escogitato per tenerti d'occhio."

"Credo che potremmo convincerli." Bella interruppe il botta e risposta delle due sorelle prima che si scaldassero troppo. "Pensaci, a questi bestioni piace allenarsi. Hanno solo quella misera stanzetta con qualche attrezzo vecchio nel retro dell'officina. Se il club avesse una vera e propria palestra, potrebbero tutti allenarsi meglio e avrebbero molto più spazio per grugnire e sudare. Quella sala è troppo piccola e a malapena ci entrano due persone. Per non parlare del fatto che anche noi donne potremmo fare sport. Sul serio, penso che i ragazzi potrebbero accettare la proposta."

"In più," aggiunse Jewel, "non avresti problemi di concorrenza. Non c'è nemmeno una palestra decente a Shadow Valley. Faresti affluire più soldi nelle casse del DAMC e creeresti più posti di lavoro, il che farebbe espandere il club. Due piccioni con una fava per questi energumeni. Dipende tutto da come presenterai l'idea."

Jewel aveva ragione. Eppure, nonostante Diamond ci avesse pensato un sacco di volte, Diamond aveva sempre allontanato quel proposito. Un conto era prendere le redini di un'attività già avviata come la *Shadow Valley Body Works*, un altro era iniziare da zero. Anche se Z e gli altri fossero stati d'accordo, Diamond avrebbe avuto bisogno di qualcuno che l'aiutasse ed erano tutti già abbastanza occupati.

"Ci penserò su." Diamond scrutò Jewel. "Potresti farmi da tramite, dal momento che la richiesta di fondi per avviare una nuova attività deve essere approvata dagli uomini, e quel selvaggio del tuo compagno non crede che noi donne vogliamo o addirittura dobbiamo proteggerci, dal momento che è lui a occuparsi della sicurezza del club. Per lui, siamo solo delle deboli e impotenti..."

"...donne," tuonò una voce profonda alle loro spalle.

Oh, dannazione.

Le tre amiche si guardarono, poi si voltarono e videro Diesel alle loro spalle. L'uomo stava fulminando la sua signora con lo sguardo. "Che diavolo state blaterando?"

Diamond vide la sorella sbiancare in viso.

"Niente," rispose Jewel.

Lui la fissò per un momento, poi aggiunse: "Faresti meglio a non mentirmi."

"Perché mai dovrei?" gli chiese Jewel con un sorrisetto.

Diesel grugnì.

Diamond si sporse verso sua sorella e sussurrò: "Perché vuoi una delle sue *lezioni*." Poi saltò giù dalla sedia, afferrò l'enorme bicipite di Diesel e lo strattonò. "Devo parlarti di una cosa."

"Cosa?" brontolò lui, aggrottando la fronte.

Diamond posò gli occhi su Jewel e Bella, poi sollevò leggermente il mento. Spinse di nuovo Diesel per il braccio, ma lui non si mosse. "Vieni con me."

Lui la scrutò per un momento, poi iniziò finalmente a seguirla.

"Devo chiederti una cosa, un favore..."

D aggrottò la fronte mentre le camminava accanto con riluttanza. "Ma riguardo cosa?"

"Beh, è più un chi..."

Slade uscì nella notte fresca: nell'aria aleggiava ancora l'odore di fumo di sostanze legali e illegali, nonché dei resti del falò. La band aveva appena imballato tutte le attrezzature e se n'era andata, e le ultime lingue di fuoco ardevano basse nella fossa. Si era perso la festa, ma il bar era stato preso talmente tanto d'assalto che lui non era riuscito a fermarsi un secondo, nemmeno quando Jester e Coop gli avevano dato il cambio.

Hawk aveva fatto la sua comparsa alcune volte per tenere d'occhio i clienti, assicurarsi che non ci fossero guai e di tanto in tanto togliere i soldi dal registratore di cassa.

L'anno prima, Slade si era presentato al *The Iron Horse* più o meno nello stesso momento in cui Kiki era entrata nella vita di Hawk. I fratelli gli avevano detto che, prima di lei, Hawk trascorreva la maggior parte delle ore al bar, ma dopo averla conosciuta, l'uomo aveva cominciato ad andare il meno possibile.

Si fidava di Slade e Linc nella gestione delle faccende quotidiane, così come delle reclute Jester e Coop che li aiutavano. Inoltre, aveva molti collaboratori part-time, baristi, cuochi, lavapiatti e tutta una schiera di impiegati occasionali.

Non era difficile capire perché Kiki fosse più importante del bar. Eppure, erano state proprio le entrate del bar a comprare l'enorme diamante che quella sera la legale del club portava all'anulare.

Slade immaginò che fosse costato tantissimo, ma concordava sul fatto che probabilmente Kiki se lo meritasse. Lei era il mondo di Hawk. Significava tutto per lui.

Era evidente il modo in cui Hawk seguiva costantemente la sua donna con lo sguardo quando lei era nei paraggi, e lui non era l'unico a farlo. Diesel si comportava allo stesso modo con Jewel, Jag con Ivy e Z vegliava continuamente sulla sua signora e sul neonato. Slade non li biasimava affatto.

Si erano sistemati tutti con delle splendide donne, leali e *sexy da morire*, oltre che intelligenti.

Slade scrutò il cortile, deluso dal fatto che Diamond non fosse lì ad aspettarlo dopo la fine del turno. Si passò una mano sui capelli, poi si diresse verso uno dei fusti di birra rimasti vicino alla recinzione, afferrò un bicchiere di plastica e lo riempì. Tornò verso ciò che era rimasto del falò e, stanco morto, si accasciò su una sedia. Emise un lungo sospiro, inclinò la testa all'indietro e chiuse gli occhi.

Quando si risvegliò, non aveva idea di quanto tempo fosse passato, ma il fuoco si era ormai spento, il cortile era buio e sentì una chioma di capelli scuri ondeggiargli in grembo mentre una donna gli succhiava l'uccello.

Che modo paradisiaco di destarsi.

Slade fece scivolare le dita tra le ciocche castane, le strinse tra i pugni e le sollevò. "Principessa..." gemette.

Sbatté le palpebre scioccato. Non era Diamond che glielo stava succhiando. Oh, cavolo no, niente affatto!

Cazzo!

Slade scattò in piedi e fece cadere la sedia dietro di sé.

Lola lo fissò ancora in ginocchio, con un sorriso malizioso sulle labbra. "Non volevo spaventarti."

"Ma che diamine, Lola?"

La donna si rabbuiò in un cipiglio. "Che c'è? Non ti sei mai lamentato."

Lui spalancò la bocca mentre la fulminava. Poi alzò rapidamente lo sguardo e perlustrò il cortile. Fu pervaso da un senso di sollievo: almeno non c'era nessuno a parte loro due.

"Ma che cazzo?!" la rimproverò ancora.

"Pensavo che ti sarebbe piaciuto svegliarti così. Il fuoco si era spento e avresti preso freddo. Ho pensato di scaldarti un po' a modo mio." Lola si alzò lentamente in piedi mentre si passava una mano sulla bocca.

Slade infilò con cura nei jeans ciò che era rimasto della sua erezione e tirò su la cerniera. "Non puoi venire qui, tirarmi fuori l'uccello e succhiarmelo come se niente fosse."

Lei si mise a ridere. "Che razza di uomo si lamenterebbe mai di un bocchino?"

"Uno che non lo vuole da te."

Lei aggrottò la fronte. "E perché non lo vorresti? Come ho già detto, non ti sei mai lamentato quando l'ho fatto in precedenza."

Benché Lola avesse ragione, le cose erano cambiate... "Non ti ho chiesto di farlo *adesso*."

"Andiamo, Slade. Non volevo farti arrabbiare. Stavo solo cercando un po' di compagnia."

Lui scosse la testa ed espirò, fissandola con gli occhi socchiusi. "Perché sei ancora qui?"

Lei scrollò le spalle. "Ero con Jester, ma poi ha dovuto cominciare a lavorare al bar."

"Jester non può scoparti." I novellini non potevano toccare i bei culetti. Se Jester avesse sfiorato Lola anche solo con un dito, entrambi sarebbero stati cacciati dal club a pedate.

"Infatti non è quello che ho detto. Stavamo solo scambiando due chiacchiere in amicizia."

Amicizia. *Certo, come no.* Slade scosse di nuovo la testa. "Lola, devi andartene di qui."

"Non vuoi un po' di compagnia?"

Sì, Slade l'avrebbe voluta eccome, ma non quella di Lola. Non in quel momento. Non cercava altre grane, dato che se la faceva già regolarmente con Diamond. "Assolutamente no, che diamine."

"Santo cielo, Slade. Quanta crudeltà. Non hai avuto problemi a scoparmi in passato."

"Sì, ma era prima di adesso."

"Prima di cosa?"

"Prima che stabilissimo delle regole," s'intromise una voce femminile bassa alle spalle di Slade.

Lola sollevò gli occhi per guardare chi fosse.

Slade sapeva esattamente di chi si trattava. *Dannazione.*

"Che tipo di regole?" chiese Lola, assottigliando lo sguardo.

"Una tra tante, niente più sgualdrine che gli succhiano il cazzo."

"Beh, allora questa non vale per me, dal momento che non sono una sgualdrina..."

Diamond si lasciò sfuggire una risatina nasale.

"Non sto parlando con te, stronza," sbottò Lola. Poi

guardò di nuovo Slade. "Quindi te lo chiedo di nuovo, Slade: ti andrebbe un po' di *buona* compagnia per il resto della notte?"

Lui sentì un verso spaventoso dietro di sé e non ebbe il coraggio di voltarsi. Aveva la sensazione che Diamond stesse per sguinzagliare il proprio lato folle.

"No, non vuole la tua figa squallida e slabbrata."

"Ora risponde lei per te, Slade? È diventata la tua signora?"

Lui non aveva paura quasi di nulla; eppure, se c'era uno scenario che lo intimoriva era quello in cui due donne incazzate litigavano per un uomo. Quello era il suo terrore più grande.

"Potrò anche non essere la sua signora, ma sono abbastanza intelligente da sapere che non dovrebbe infilare l'uccello in buchi in cui potrebbe prendere delle malattie. Chissà cosa hai fatto con quella bocca. Per quanto ne so, potrebbe essere una fogna."

"Diamond..." mormorò Slade, e prima che potesse voltarsi per allontanarla da Lola, la donna lo scansò di lato con forza, si scagliò contro Diamond e la placcò a terra.

"Cazzo!" gridò lui, ma prima che potesse afferrare Lola, Diamond si difese con una mossa che lo lasciò di stucco. Sganciò un destro veloce come un fulmine, dritto in faccia a Lola.

"Santo cielo," sussurrò lui.

Come una vera professionista, Diamond si mise a cavalcioni sulla vita di Lola e la trattenne col proprio peso. Non le stava tirando i capelli, non la stava graffiando né picchiando in nessun modo.

Sfortunatamente, Slade non ebbe il tempo di apprezzare le abilità di Diamond poiché Lola prese ad agitare le braccia nel tentativo di afferrarle i capelli e di graffiarle il viso. Se lo avesse fatto sul serio...

Ma non ci riuscì. Diamond le strinse abilmente i polsi e glieli bloccò a terra. Lola si contorse selvaggiamente sotto di lei e iniziò a gridare. In qualche modo, Diamond riuscì a mantenere la presa salda e a difendersi egregiamente.

Slade si precipitò verso Diamond, l'afferrò dalle ascelle e la trascinò via da Lola. Diamond continuò a respirare in affanno, con gli occhi selvaggi e le mani ancora strette a pugno. "Sei fuori da questo club, puttana!" le ringhiò Diamond mentre agitava un pugno in aria.

Lola si mise a sedere e si asciugò la bocca. "Vaffanculo, Zircone dei miei coglioni."

Oh, porca miseria. Quelle due erano davvero fuori di testa.

Slade indicò Lola. "Resta lì. Non alzarti finché non l'avrò portata lontano di qui. Chiaro?"

Lola si voltò e sputò sangue a terra. "Va' al diavolo, Slade. Vuoi quella stronza motociclista? Ti metterà al guinzaglio e ti stancherai di fare il cagnolino."

Diamond balzò in avanti tra le braccia di Slade e si abbandonò a un ringhio feroce. Lui strinse la presa avvolgendole le braccia intorno al petto e prese a camminare all'indietro mentre la trascinava.

"Diamond, smettila," le sussurrò all'orecchio.

"Dovete cacciare quella stronza!"

"Sì, ce ne occuperemo dopo," la rassicurò lui, sperando di non inciampare mentre indietreggiava. Se avesse allentato anche minimamente la presa su di lei, temeva che sarebbe tornata alla carica su Lola, la quale si stava alzando per andare via.

"Ti stavo aspettando mentre tu te ne stavi quaggiù a fartelo succhiare!"

"Non ora," le disse Slade piano. "Vuoi calmarti un istante e seguirmi? Vieni, entriamo. Non serve a niente arrabbiarti con lei, hai capito?"

"Posso batterla facilmente," sbottò Di.

Slade respinse la risatina che stava per sfuggirgli. *Poteva batterla.* Dopo quel poco che aveva visto, non aveva dubbi che potesse metterla sul serio al tappeto.

Si girò trascinandola con sé e allentò la presa, ma continuò a tenerla per un polso. "Entra dentro," le ordinò.

Con uno sbuffo, Diamond avanzò verso la porta laterale del club e, quando finalmente la varcarono entrambi, Slade la guidò verso le scale.

"Andiamo a casa tua o restiamo qui?" le domandò lui.

Lei non rispose per un minuto intero e se ne restò lì, con il respiro più accelerato del solito.

"Che ne dici se tu resti qui e io me ne vado a casa?" sbottò infine, prima di dirigersi verso la porta sul retro che dava sul parcheggio.

Slade allungò una mano, le afferrò di nuovo il polso e la strattonò a sé. "No, tu non vai da nessuna parte," mormorò mentre la fissava negli occhi ancora pieni di rabbia.

"Pensi che voglia fare sesso con te, che sull'uccello hai ancora la saliva di quella succhiacazzi?!"

Slade si morse il labbro inferiore e chiuse gli occhi per un secondo, giusto il tempo di lasciare che l'irritazione lo attraversasse una volta per tutte, in modo da non dire nulla di cui si sarebbe pentito in seguito.

Le lasciò il polso. "Va bene. Allora vattene, cazzo." Poi scosse la testa e si diresse verso le scale. Non si voltò, ma sapeva che lei era rimasta nello stesso punto e che lo stava fulminando con quegli occhi color cielo. Si aspettava che lo chiamasse, che lo fermasse prima che raggiungesse l'ultimo gradino, ma Diamond rimase impassibile per qualche secondo.

"Dove stai andando?", la sentì urlare finalmente, al che tirò un sospiro di sollievo.

Senza voltarsi, le rispose: "Al piano di sopra per lavarmi di dosso la saliva di quella 'succhiacazzi', poi verrò da te per scoparti per bene. Tieniti pronta. E farai meglio a tornare in modalità dolce."

Poi continuò a salire le scale senza aspettare una risposta.

———

Slade scostò una ciocca di capelli dal viso di Diamond. Gli si era accoccolata contro il petto. Il loro respiro era finalmente tornato alla normalità dopo una bella scopata. Lo avevano fatto in modo selvaggio e Slade era sorpreso che il letto fosse ancora tutto d'un pezzo.

Stava iniziando ad apprezzare la posizione isolata della casetta di Diamond. Altrimenti, Ace o gli altri avrebbero potuto pensare che la stesse uccidendo.

Quella donna urlava come un'ossessa, ma di certo Slade non avrebbe fermato il suo entusiasmo. Oh no, certo che no. A proposito di entusiasmo...

"Dove hai imparato a difenderti in quel modo?"

Lei lo fissò con quegli occhioni azzurri e, all'improvviso, Slade si sentì in balìa di una strana sensazione, qualcosa che nemmeno lui riusciva a decifrare.

"Dovresti conoscere il motto del club," rispose lei.

"Sì. E quindi?"

"Anch'io so come picchiare a muso duro."

"Già, ho notato. Però non picchi come una ragazza qualunque."

"No."

"Come mai?"

Lei sollevò la spalla nuda e la riabbassò. Dopo un lungo momento di esitazione, rispose: "Ho fatto un po' di kickboxing."

Slade sollevò il collo per guardarla meglio negli occhi. "Ah, sul serio?"

Lei annuì con un piccolo sorriso. "Già."

"Santo cielo. Devo proprio dirtelo, principessa, era eccitante guardarti."

"Sì, beh, ho visto quella sgualdrina in ginocchio mentre tu te lo rimettevi nei pantaloni..."

"E ti ha fatto incazzare," concluse lui per lei. Quella sensazione indecifrabile lo travolse di nuovo.

"Sì, mi ha dato sui nervi. Sfortunatamente, mi sono dimenticata che non vale la pena fare a botte per un uomo."

Slade soffocò una risatina, poi tornò più serio. "Giusto per essere chiari, io non ho infranto le nostre regole," mormorò.

"Lo so. È l'unico motivo per cui sei nel mio letto in questo momento."

"Mi sono addormentato. Poi mi sono svegliato con..." Non aveva senso dirlo apertamente e farla arrabbiare di nuovo. "Pensavo fossi tu," concluse dolcemente.

Lei sospirò e gli scaldò il petto ancora sudato.

Quando lei rimase in silenzio, lui aggiunse: "Avrei tanto voluto che fossi tu, principessa."

Era vero. A Slade piaceva il rapporto che stavano costruendo e non voleva rovinare tutto. Qualunque cosa fosse, stava funzionando. Nelle ultime due settimane si erano incontrati tutte le volte che avevano potuto, di solito da lei, e il sesso era fottutamente fantastico. Era assurdo.

Non importava quanto lui ci andasse giù pesante: lei non diceva mai di no e dava sempre il meglio di sé.

Quindi sì, non lo stupiva che facesse kickboxing, visto il caratterino. La sua tecnica, però, era... davvero ottima. Si chiedeva dove avesse imparato tanto bene, perché non ne avesse mai parlato fino ad allora e se si allenasse ancora. Soprattutto, voleva sapere perché proprio quello sport.

"Hai avuto un'infanzia turbolenta?"

Lei gli borbottò qualcosa contro la pelle.

Lui alzò la testa. "Come?"

"No," tagliò corto lei. "Ho iniziato ad allenarmi quando Pierce ha cominciato a prendermi di mira." Lei esitò, poi fece un respiro profondo. "Dovevo trovare un modo per proteggermi."

Slade si raggelò. Sentì la furia iniziare a ribollirgli nelle vene. Non per Diamond. Oh, no. Per quel pezzo di merda dell'ex presidente del DAMC. Se quell'uomo teneva alla pelle, avrebbe fatto meglio a stargli lontano.

Cercò di soffocare la rabbia al pensiero che una quindicenne si sentisse tanto vulnerabile nei confronti di un viscido adulto da sentire il bisogno di prendere lezioni di autodifesa. Tante adolescenti sarebbero corse a dirlo a qualcuno, ma Diamond no: lei aveva deciso di fare da sé e di risolvere il problema alla radice.

Slade inalò aria dalle narici dilatate, nel tentativo di far abbassare la pressione sanguigna. "Niente mi sorprende di te, principessa. Niente. Il tuo coraggio mi lascia a bocca aperta." Era davvero colpito.

Quando lui la guardò di nuovo, lei stava sorridendo, il che gli fece sbattere le palpebre per lo stupore. Doveva essere stato il suo complimento a farle brillare gli occhi di gioia. Gli piaceva vederla in quel modo, contenta e felice, soprattutto quando gli si accasciava sul petto dopo una sessione di sesso sfrenato.

Dal momento che gli aveva mostrato un lato di sé che lui non conosceva, Slade decise di fare lo stesso.

"Io ho fatto un po' di boxe nei Marines," ammise.

"Eri bravo?"

"Sì, ho vinto anche dei premi in denaro."

"E non hai voluto continuare?"

"Non ero abbastanza bravo da diventare professionista."

Diamond gli passò un'unghia intorno al capezzolo e gli provocò un brivido lungo la spina dorsale. "Per quanto tempo sei stato nei Marines?"

La domanda era abbastanza innocente, ma Slade sapeva che se avesse iniziato a rispondere a quesiti sul passato nell'esercito, Diamond avrebbe voluto saperne di più, e lui non era pronto a parlarne. O almeno non *in toto*.

"Otto anni."

"Otto?"

"Sì, sei anni di vera attività. Due in riserva. Ho fatto il mio dovere e poi me ne sono andato."

Quando lei aprì la bocca per porgli la domanda successiva, lui le premette un dito sulle labbra. "Non ne parlerò oltre. Voglio conoscere meglio te."

"Cosa vuoi sapere?"

Slade le chiese la prima cosa che gli venne in mente, soprattutto dal momento che Lola l'aveva chiamata *Zircone*. Non era stato divertente, ma lo aveva fatto riflettere su quel nome particolare. "Come mai ti hanno chiamato Diamond?"

"Sai che mia madre si chiama Ruby, come 'rubino', vero?"

Lui annuì.

"Mamma ha fatto un patto con mio padre. Se fossimo state femmine, i nomi li avrebbe scelti lei. Se fossimo stati maschi, li avrebbe scelti papà. Jag è nato per primo e papà lo ha chiamato Mick Jagger Jamison perché amava i Rolling Stones."

"Mick?"

Diamond fece una risata nasale. "Sì, ma lui lo odia. Solo Ivy riesce a chiamarlo così e solo in privato, se capisci cosa intendo. Dice che è un modo per rendere Mick solo suo, mentre noi continueremo a chiamarlo sempre Jag. A ogni modo, la mamma ha scelto due nomi abbinati per me e Jewel, ovviamente."

"E ti piace il tuo nome?"

Lei scrollò le spalle contro quelle di lui. "Non mi dispiace. Anche Jewel la pensa allo stesso modo. Immagino che siamo state più fortunate di Jag."

"Principessa Di," mormorò lui, sfiorandole la guancia con la nocca.

"Mmmh... Sembra un nome elegante. Non mi rispecchia affatto."

Slade ridacchiò. "Non voglio una donna di classe. Mi piaci tanto quando picchi a muso duro. Hai fegato, donna, e questo mi eccita da pazzi."

"Pensavo di essere troppo rompipalle per te. Pensavo che fosse per questo che mi hai allontanato la scorsa estate."

"Ho capito che basta scoparti un bel po' e tutta la tua stronzaggine scompare."

"Quindi ti stai sacrificando per il bene del club?"

Slade fece una piccola smorfia. "Sì, tesoro, mi sto sacrificando."

Lei gli colpì il braccio.

Lui continuò: "Eppure conservi quella scintilla che rende il sesso focoso e interessante."

"Interessante, eh?"

Slade la capovolse di schiena e si mise sopra di lei. "Più che interessante."

Quando lei gli sorrise, lui sentì il cuore balzargli in gola. Il modo in cui Diamond incurvava le labbra era davvero *mozza-*

fiato. Era talmente bella che di sicuro avrebbe fatto rosicare tutti gli uomini che non potevano averla.

Tuttavia, nemmeno Slade poteva averla, né in quel momento, né mai.

Nonostante ammirasse Z per aver intrapreso quella strada, ovvero aver reclamato una signora, averle messo un anello al dito e poi creato una famiglia, Slade non era così sicuro di voler procedere nella stessa maniera.

Prima ancora di pensare a sistemarsi aveva degli affari da sbrigare e delle grane di cui sbarazzarsi.

Sistemarsi.

Merda. Come gli venivano in mente certi pensieri?

Trattenne il respiro.

"Che succede?" gli chiese lei, con occhi preoccupati.

"Niente." Lui le scivolò accanto e la tirò a sé, a cucchiaio dietro di lei, mentre giocherellava distrattamente con il suo capezzolo. Sistemò il mento nell'incavo del collo di Diamond e ne inalò il profumo.

Di nuovo, fu attraversato da quella dannata sensazione che non riusciva a identificare. Sentì ancora il cuore martellargli nel petto e chiuse gli occhi cercando di respingere il panico.

Mesi prima, quando era arrivato a Shadow Valley, non avrebbe mai pensato di voler rimanere. Si era fermato solo per curiosare un po' e poi ripartire. Ormai, però, era un membro degli Angels a tutti gli effetti e aveva nel letto una donna del club. O meglio, nel letto di lei. A ogni modo...

Lui non era lì per mettere radici. Non era quello il suo intento.

Eppure, tutte le notti durante le quali si era addormentato con Diamond tra le braccia, aveva sentito quelle radici crescere, espandersi e affondare sempre più nel terreno.

Non poteva permettere che accadesse. Doveva arginare quel sentimento.

Avrebbe fatto meglio ad alzarsi, uscire da casa di Diamond e tornare nella propria stanza per dimenticare tutto. Poi avrebbe dovuto sbrigare le proprie faccende a Shadow Valley e levare le tende.

Tuttavia, per quanto sapesse che quella era la scelta più saggia, non riusciva ad allontanarsi da lei. Non in quel momento. Non quel giorno.

Forse lo avrebbe fatto il giorno dopo. O quello dopo ancora.

In quel preciso istante, non si sarebbe mosso per niente al mondo. Il letto era comodo, Diamond era calda e, in quel momento, non c'era altro posto in cui avrebbe preferito essere se non accanto a lei.

Maledizione, era proprio quello che lo spaventava a morte.

"Slade," sussurrò lei dolcemente.

"Sì, principessa?"

"Sento il tuo cuore battere forte."

"Sì," sospirò lui, e le premette il viso più a fondo nel collo.

"Sei sicuro di stare bene?"

No, Slade non ne era sicuro.

Non ne era affatto sicuro.

Capitolo nove

Diamond si sedette alla scrivania nell'ufficio dello *Shadow Valley Body Shop* e soffocò uno sbadiglio. Fare le ore piccole con Slade era stancante. A ogni modo, valevano sicuramente le occhiaie e la spossatezza.

Nei primi tempi, Slade si presentava una notte ogni tanto, ma ultimamente accadeva quasi tutte le sere. Le uniche volte in cui non si era fatto vivo erano state le due notti in cui aveva il turno di chiusura al bar e non si era liberato prima delle tre o le quattro del mattino. Di solito, però, arrivava verso mezzanotte e si godevano uno o due orgasmi. Poi chiacchieravano un po'. Lui, però, non raccontava mai nulla di sé. No, quello mai. Al massimo le parlava delle peripezie del bar o delle sue giornate, ma mai di argomenti profondi.

Poi si addormentavano. Dal momento che Diamond doveva svegliarsi molto prima di lui, quando lei usciva per andare al lavoro, lui restava a ronfare a letto. In quei casi, lei rimaneva sulla soglia della camera e lo osservava per qualche minuto.

Lo sentiva *insinuarsi* sempre di più. Ogni mattina,

mentre lo scrutava, quella sensazione si faceva sempre più prepotente, anche se Diamond sapeva che non avrebbe dovuto permetterlo, che innamorarsi di lui non sarebbe stata una scelta saggia. Eppure, indipendentemente da quanto cercasse di frenare quei pensieri, quel sentimento continuava a farsi strada. Non come una valanga, ma più come la lava che scivola lenta dal pendio di un vulcano.

Le parole di Crow, ovvero il fatto che Slade fosse una mina vagante, continuavano a rimbombarle nella mente, sebbene il suo cuore provasse a ignorarli, il che era davvero pericoloso.

Il problema era che, dato che a Slade non piaceva che lei gli lasciasse la porta di casa aperta di notte, perché di solito lei già dormiva quando lui arrivava, Diamond gli aveva lasciato una copia delle chiavi...

Sorprendentemente, lui l'aveva accettata. Ne era rimasta sbalordita, ma poi aveva pensato che Slade fosse solo preoccupato per la sua sicurezza, per la situazione con i Warriors e per il fatto che l'abitazione fosse isolata.

Nonostante tutto, Diamond continuava a chiedersi se lui avesse accettato le chiavi per un motivo particolare, o forse solo per ragioni pratiche.

In ogni caso, si rese conto che Jewel e Slade avevano ragione: quando faceva sesso, diventava più mansueta. Chi avrebbe mai detto che la soluzione fosse l'uccello? O meglio, forse aveva più a che vedere con l'uomo a cui era attaccato.

Mentre Diamond si alzava in piedi per versarsi la quarta tazza di caffè della giornata nel tentativo disperato di tenere gli occhi aperti, Crash entrò di fretta e furia nell'ufficio.

Arricciò le narici come un segugio e vide il caffè appena preparato nell'angolo. "Allora non me l'ero sognato, questo odore di caffeina." Afferrò una tazza nelle vicinanze e la riempì, poi, dopo aver mandato giù un sorso, grugnì. "È buonissimo, tesoro. La tua bravura nel preparare questo caffè spaziale è già un buon motivo per tenerti qui."

Ma certo, come no. Era *lui* che teneva *lei* lì. Come se Crash avesse davvero scelta. Una regola imprescindibile del DAMC era che tutti dovevano lavorare, preferibilmente in una delle attività di proprietà del club. Per anni, Diamond non lo aveva fatto, poiché aveva sempre lavorato in palestra.

Avrebbe dovuto seriamente pensare ad aprire la sua attività e insegnare kickboxing a tempo pieno. Forse avrebbe dovuto accennare l'idea a qualche altro membro del club, come Z e Hawk, o anche Jag e Ace. Di certo non lo avrebbe chiesto a Diesel. Lui non avrebbe mai capito l'esigenza di Diamond di mettersi in proprio, specialmente con un'idea come quella. Poiché Diamond aveva lavorato a lungo in palestra, conosceva molto bene i pro e i contro del mestiere.

A ogni modo, fino a quel giorno, avrebbe dovuto ritenersi "fortunata" che Crash la stesse "tenendo" lì. *Ma certo.*

Diamond gli porse la propria tazza. "Versamene un po'."

Lui la fissò con un cipiglio. "Non penso proprio."

Lei lo fulminò con lo sguardo. "Sul serio, Crash, ti ho preparato il caffè e non vuoi nemmeno riempirmi la tazza dato che stai già bloccando la macchina del caffè?"

"Nah. Alzati e serviti da sola."

Lei lo spinse da parte e andò a prendersi il caffè. Quando si voltò, lui la stava fissando.

Aveva qualcosa sul viso? "Che c'è?"

"Che problemi hai?" le chiese, con aria sospettosa.

"Che intendi dire?"

"Ti ho appena detto di prenderti il caffè da sola e tu non hai dato di matto. C'è qualcosa che non va."

Diamond fece un sorso e si accomodò sulla sedia. Mise i piedi sulla scrivania, si appoggiò allo schienale e strinse la tazza con le mani. "Perché mai dovrebbe esserci qualcosa che non va?"

Lui la fissò con la fronte corrugata, ma rimase in silenzio. Poi si appoggiò col fianco al bancone.

"Crash."

"Che c'è?" rispose lui con fare distratto, mentre la scrutava come se non l'avesse mai vista prima di allora.

"Pensi che io sia una stronza?"

Lui sollevò la testa di scatto. "Come?"

"Pensi che io sia una stronza?" ripeté lei con impazienza e più lentamente, per scandire ogni parola.

Lui sgranò gli occhi color nocciola, impallidì in viso e raddrizzò le spalle. "Io, ehm..."

Entrambi spostarono lo sguardo sulla soglia: Rig entrò nell'ufficio mentre si asciugava le mani unte su uno straccio. "Ho appena ripulito un pezzo arrugginito per quel restauro completo che dovrai fare tu."

Crash fissò Rig, poi di nuovo Diamond. "Può rispondere Rig."

Rig si fermò di colpo. "Rispondere a cosa?"

"Secondo te Diamond è una stronza?"

Rig fece un passo indietro e spalancò gli occhi. "Cosa? Perché mai dovrei rispondere?"

"Porca miseria. Qualcuno risponda a questa dannata domanda. Sono una stronza, sì o no?"

Rig strinse le labbra e si torse lo straccio tra le mani. Crash lo fissò.

"Sul serio?" chiese Diamond incredula, poi sospirò. "Sono così terribile?"

"Sei bravissima a gestire l'ufficio," la liquidò Crash. "Quasi quanto Jewel."

"Quasi quanto Jewel?" ribatté lei, con voce più alta.

"E come ho detto, prepari un caffè davvero fantastico."

Ah beh, quello sì che la faceva contenta. *Cosa diavolo pensavano quei due?!*

"Ma devo ammettere che ultimamente sei più simpatica," intervenne Rig. "Stai per caso scopando con qualcuno?"

Santissimi numi.

"Sì, Rig, *sto scopando.*"

Rig si passò una mano sulla barba incolta. "E con chi?"

Crash rise, poi disse: "Ti fai dare due botte da Slade, non è vero?" Scosse la testa. "Quell'uomo deve proprio avere due palle quadrate."

"Cosa? Perché?" gli chiese lei.

Crash sbuffò. "Non c'è un perché."

"Scommetto che sarà pieno di lividi e graffi," aggiunse Rig.

Diamond arricciò le labbra e si sforzò di non ridere davanti all'assurdità di quella conversazione.

"Perché non ti lasci dare due botte anche da me, eh?" le offrì Rig mentre la guardava come se non l'avesse mai vista prima.

Che diavolo di bifolchi.

"Prima di tutto, Rig, dovresti raderti quella dannata fratta dalla faccia." Diamond disegnò un cerchio a mezz'aria con la punta dell'indice, a indicare la barba indisciplinata di Rig. "A nessuna donna piace quella roba. Soprattutto averla tra le gambe."

Rig si acciglió e si passò le dita sui baffi. "Io pensavo di sì."

"Sì, magari se la tagli e la tieni in ordine invece di sembrare un selvaggio montanaro che non vede la civiltà da vent'anni."

"Nah, alle sgualdrine piace."

Diamond rise e poi scosse la testa. "No, fidati di me, a loro non piace."

Improvvisamente, l'uomo si chinò e osò baciarla sulla

bocca. Un bacio sfiorato, ma sufficiente a spaventarla. Lei gli diede un ceffone. "Che schifo! Vedi? Dà il voltastomaco... Sento l'odore di quello che hai mangiato a colazione, in quella foresta."

"Forse puoi persino trovarci le briciole." Rig sorrise e lasciò l'ufficio.

Diamond spostò lo sguardo su Crash. "Che schifo."

Lui sbuffò e scosse la testa. "Vedi? La Diamond di una volta gli avrebbe staccato le palle per un'azione del genere. Mi piace la tua versione post-sesso. Pensi che Slade possa accettare delle tangenti?"

"Sta' zitto," mormorò lei. "Non hai del lavoro da sbrigare?"

"Sì," rise lui. "Posso avere un bacio anch'io?" si chinò e agitò la lingua verso di lei.

"No!" urlò Diamond, e gli diede uno schiaffo. "Sparisci."

Crash prese il caffè e si diresse verso la porta, ridendo. "Sai cos'altro ti riesce molto bene? Ordinare da *Bangin' Burgers*. Fai portare qualcosa da asporto." Poi uscì e si sbatté la porta alle spalle.

Diamond fissò per un momento la porta chiusa, poi sospirò.

Come se avere a che fare con Rig e Crash non fosse già abbastanza, vide suo fratello varcare la soglia dell'ufficio.

Jag si stava togliendo la tuta da lavoro. "Perché Rig se ne va in giro dicendo di volerti portare a letto? Per quale motivo devo sentire certe stronzate?"

Diamond lo guardò con le sopracciglia inarcate mentre lui si dirigeva verso la macchinetta del caffè, afferrò una tazza e la riempì fino all'orlo. "Non lo so. Perché non lo chiedi direttamente a lui? Come diavolo faccio a sapere cosa sta succedendo in quella nocciolina che si ritrova al posto del cervello?" Quando capì che Jag non avrebbe preparato altro caffè, si accigliò. "Hai intenzione di scolartelo tutto senza preparare un'altra caraffa?"

Il fratello cominciò a bere, poi fece scivolare gli occhi blu scuro sulla caffettiera vuota. "Quello è compito tuo."

"Ah, capisco," assentì lei con finta dolcezza e occhi socchiusi. "Fare il caffè è un compito da donna?"

Jag si voltò verso di lei. "Sì."

"Ivy ti prepara il caffè ogni mattina?"

"Sì."

"E poi ci sputa anche dentro visto che sei un essere inutile?"

Jag sorrise. "Non sono tanto inutile, visto quello che le faccio quando..."

Diamond si tappò le orecchie e gridò: "No! Nooooo. Che schifo. No."

Jag scoppiò a ridere. "Ora sai come mi sento quando Rig parla di te."

"Bleah."

"Esattamente," grugnì lui mentre si passava le dita tra i capelli scuri. "Comunque, ho ricevuto una chiamata da Diesel. Io e te dobbiamo andare al magazzino."

"Ora? Perché?" Diamond non era mai stata alla *In the Shadows Security*, nemmeno per andare a trovare Jewel. A Diesel non piaceva essere disturbato.

"Non lo so," rispose Jag, poi scrollò le spalle. "Speravo che me lo dicessi tu."

"Se aveva bisogno di parlare con entrambi, perché non è venuto lui qui?"

Il fratello inclinò la testa e la fissò. "Non lo so, sorellina. Perché non glielo chiedi tu?"

"Sei tu che ci hai parlato al telefono..." Poi sollevò una mano a mezz'aria. "Un momento! Penso di sapere come sia andata la conversazione: hai sentito il telefono squillare e hai risposto con un grugnito. Lui ha replicato con un verso. Poi, tu hai brontolato, lui ha ringhiato, poi ha bofonchiato qualcosa, poi ha ringhiato di nuovo. Alla fine, avete riattaccato entrambi. È andata così, vero?"

Jag arricciò le labbra in un ghigno divertito. "Sì."

Diamond sospirò, mise il computer in stand-by e poi si alzò in piedi. "Crash e Rig sanno che stiamo andando?"

"Sì."

"Hai intenzione di pronunciare altre sillabe oltre a *sì*?"

"No."

"Crash vuole qualcosa da *Bangin' Burgers*. Possiamo passarci sulla via del ritorno."

"Sì."

Lei sbuffò e uscì dalla porta principale. "Secondo me, tu sei stato adottato."

Il fratello scoppiò a ridere e la seguì.

Diamond varcò la soglia dell'ufficio e guardò Diesel seduto dietro la sua scrivania. Osservò meglio. *Diesel* aveva una scrivania? "Perché diavolo ci ha convocati qui, Vostra Maledetta Maestà?"

Diesel la guardò accigliato. "Chiudi quella cazzo di bocca e siediti."

Lei fece scivolare gli occhi su un uomo appoggiato alla parete laterale. Non l'aveva mai visto, e pensò che fosse uno degli "Shadows" di D.

Il tizio aveva un'espressione fredda e illeggibile. Aveva gli occhi imperscrutabili e le braccia incrociate sul petto, in una posizione che gli metteva in risalto i muscoli. Diamond notò anche dei tatuaggi che gli spuntavano dalla maglietta, ben aderente al petto e ai bicipiti pronunciati. Portava i capelli corti, in un taglio che le ricordava quello di Slade.

Beh, ma ciao.

Lei si passò il pollice sull'angolo della bocca. Se non fosse che aveva appena lasciato Slade nel proprio letto, avrebbe provato a tirare fuori tutto il fascino di cui era capace per sciogliere quella facciata di ghiaccio.

"Siediti. Adesso," abbaiò D con il solito atteggiamento raggiante.

Lei gli fece una smorfia. Davanti alla scrivania c'erano tre sedie, e due di esse erano già occupate da Jewel e Jag. Diamond lanciò alla sorella uno sguardo interrogativo e Jewel si limitò a scrollare le spalle.

Quindi nemmeno lei aveva idea del perché fossero stati convocati. Strano, dato che lei era la signora del bestione.

Poi guardò di nuovo Diesel, che annunciò: "Ho delle notizie."

"Riguardo a cosa?" domandò Jag mentre si sporgeva un po' sulla sedia. Non sembrava preoccupato del perché a tutti e tre i figli di Ruby e Rocky fosse stato chiesto di recarsi al magazzino di Diesel.

Diamond girò attorno al fratello in direzione della sedia vuota al centro e fece per sedersi.

"Slade," rispose Diesel.

Lei atterrò con forza sul sedere e fissò D, colta da un improvviso batticuore, con il sangue che le pulsava forte nelle orecchie.

Gli aveva chiesto di indagare sul passato di Slade, ma non pensava che lui l'avrebbe fatto davvero. Tuttavia, sapeva che Slade non andava troppo a genio al *Sergeant at Arms* del club, e forse era per quel motivo che Diesel l'aveva accontentata.

Jag scosse la testa. "E io cosa c'entro?"

"C'entri eccome. C'entrate tutti."

Diamond sentì lo stomaco in subbuglio. Cosa diavolo poteva aver scoperto nel passato di Slade che riguardava tutti e tre i fratelli? Diamond spalancò gli occhi e sentì il sangue defluirle dal cervello. "Oh, merda! Ti prego, non dirmi che è un nostro fratellastro."

Jewel emise un gemito e Jag si voltò di scatto verso di lei, con il volto decisamente pallido.

Diesel si limitò a fissarla con un'espressione indecifrabile. "Immagino che tu ci stia ancora andando a letto..."

Diamond strinse gli occhi all'orribile ipotesi di aver fatto sesso con un consanguineo. Con il suo fratellastro! "Oh cazzo! Porca miseria!"

"Non è tuo fratello," borbottò D con un cipiglio.

Diamond si accasciò sulla sedia come una bambola di pezza. "Oh, grazie al cielo!" Si strinse la testa tra le mani e tirò un sospiro di sollievo. Sarebbe stata una notizia davvero terribile. Più che terribile. Una cazzata madornale. Un brivido la attraversò tutta mentre si scrollava di dosso quel pensiero.

"Hunter," continuò D sollevando il mento verso l'uomo contro il muro, che nel frattempo non aveva ancora aperto bocca.

Hunter parlò con voce bassa e roca: "Suo padre era un motociclista."

"E allora?" chiese Jag, confuso.

"Si chiamava Buzz."

Diamond fissò l'uomo, in trepidante attesa che continuasse. Apparentemente, quei due avevano intenzione di rivelare le informazioni con il contagocce.

"Era un Warrior."

Diamond sbatté le palpebre ripetutamente mentre ciò che Hunter aveva appena confessato le affondava nel cervello. Poi, la sensazione di malessere iniziale la pervase di nuovo.

"Porca puttana," reagì Jag mentre si appoggiava allo schienale della sedia. "Slade lo sa?"

"Non ne ho idea. Non so cosa sappia, è proprio questo il fatto."

"Non è una talpa, vero?" chiese Jag, spostando lo sguardo da Hunter a D.

"Non so nemmeno questo," rispose Diesel.

Hunter continuò: "Se sa che suo padre era un Warrior, potrebbe benissimo essersi unito a noi per fare la spia."

"Comunque c'è dell'altro," mormorò D.

"Che altro?" gracchiò Diamond, con gli occhi spalancati. Non bastava sapere che Slade avesse il sangue dei nemici? Era andata a letto con lui più volte! E provava davvero *qualcosa* per lui, dei sentimenti profondi! Se era una talpa per i Warriors...

"Buzz è morto," dichiarò Hunter mentre raddrizzava le spalle e si passava una mano sui capelli corti. "Per mano di un Angel."

Diamond aprì la bocca, ma non ne uscì nulla. Né aria, né parole. Niente. In qualche modo aveva perso tutto il fiato e non riusciva a riprendere ossigeno.

"Cosa?" chiese Jag, con lo sguardo su entrambe le sorelle.

"Sì," grugnì D. Tutti puntarono gli occhi sull'omone dietro la scrivania. Diesel fissò Diamond negli occhi. "Diamond, ora dirò una cosa, ma devi mantenere la calma, va bene?"

Lei, però, sentiva già la stanza girarle tutt'attorno.

"Cosa?" le uscì in un sussurro. Diesel doveva solo sputare il rospo. *Porca miseria.* "Parla, D."

"È stato Rocky ad ammazzarlo."

All'istante, le si appannò la vista e la colpì un mal di testa lancinante. Diamond affondò le dita nei braccioli della sedia: si sentiva come una trottola che stava per perdere il controllo e schiantarsi contro la parete più vicina.

Riuscì a malapena a proferire: "Stai mentendo, cazzo," con un filo di voce. Jewel si accovacciò improvvisamente ai suoi piedi e le strinse le gambe.

"Hunter non ha motivo di mentire, sorellina," intervenne Jewel. "E neanche Diesel. Lo sai."

Diamond fissò la sorella e poi Hunter, che nel frattempo si era spostato all'angolo della scrivania di Diesel e la guardava con quei penetranti occhi verde acqua.

Scuotendo la testa, l'uomo dichiarò: "Il suo vero nome era Gavin Bussard."

Visto? Diamond sapeva che erano solo bugie. Slade non aveva niente a che fare con i Warriors. Proprio niente. "Il cognome di Slade è Stone," ribatté lei prontamente.

"È il cognome di sua madre."

Maledizione.

Diamond ripensò agli articoli che aveva letto sul processo per omicidio del padre. C'erano i nomi delle vittime, ma Diamond non riusciva a ricordarli con precisione. Avrebbe dovuto chiedere alla madre: era lei che li aveva conservati.

Porca miseria. Non poteva essere vero.

Suo padre aveva ucciso il padre di Slade.

E chissà se Slade lo sapeva o meno...

Perché se ne era al corrente...

Dannazione. Forse la stava prendendo in giro. Forse si stava prendendo gioco di tutto il club.

Diamond alzò lo sguardo verso Diesel, che la stava studiando da vicino tanto quanto Hunter. "Mi ha detto che suo padre era un motociclista, tutto qui." Slade le aveva confessato di non sapere altro sul padre. Se era a conoscenza di qualcos'altro, allora glielo stava nascondendo deliberatamente.

"Già," grugnì Diesel.

"Cosa facciamo?"

"Niente. Non dirgli che conosciamo il suo passato."

"Ma... mio padre ha ucciso il suo, D. *Nostro* padre ha sparato *al suo!*" Diamond sentì la tensione gonfiarle il petto secondo dopo secondo.

"Diamond, stai andando in iperventilazione. Devi mantenere la calma."

Mantenere la calma. Era più facile a dirsi che a farsi.

"Forse non sa nemmeno che suo padre è morto," suggerì Jag.

"È possibile," rispose Hunter. "Come è anche possibile che sappia che è stato Rocky a ucciderlo..." L'uomo congelò di nuovo Diamond con quello sguardo glaciale. "...e che sappia che tu sei sua figlia."

Se Slade non ne sapeva niente, non avrebbe mai perdonato Diamond quando l'avesse scoperto. Se già sapeva tutto e aveva finto, sarebbe stata lei a non perdonarlo mai.

Hunter continuò: "È molto probabile che abbia intenzione di vendicarsi su di te, Diamond, dato che sei la figlia di Rocky. Tutto è possibile."

"Sta' lontana da lui."

Lei si voltò di scatto verso Diesel. "Cosa?"

"Non ci andrai più a letto, chiaro?"

"D..." ansimò lei con il battito accelerato.

"Ora basta, donna. Sta' lontana da quel tipo finché non saremo certi di quello che sa. Hai capito?"

Diamond si sentì mancare. "Io..." *Gli ho appena dato una copia delle chiavi di casa mia.*

"Niente stronzate, donna. Dico sul serio. Smettila," la rimproverò D in tono duro.

"Diesel..." sussurrò Jewel al suo uomo, ma lui continuò a fissare Diamond.

"Sta' buona anche tu," si rivolse alla sua signora. "Potremmo essere tutti in pericolo. Z potrebbe aver invitato una vipera tra di noi." Diesel si alzò in piedi e puntò un dito proprio su Diamond. "Devi chiudere con lui. Non importa come, trova una scusa, ma non fargli sapere che noi sappiamo. Tutto chiaro?"

Dannazione! Diamond non riusciva a pensare con lucidità. Come avrebbe fatto a rompere bruscamente con un uomo con cui andava a letto quasi ogni notte? Quale scusa avrebbe dovuto inventare per convincerlo a smettere di vederla? Come poteva riavere la sua dannata chiave senza destare in lui alcun sospetto?

Si chiese perché diavolo le era piombato addosso quel casino proprio quando aveva finalmente trovato un uomo che le piaceva davvero, un uomo che forse aveva iniziato ad...

Amare.

Maledizione.

Diamond cercò di ingoiare il nodo in gola, ma il suo corpo non collaborò.

Slade la stava usando? Era davvero una bomba pronta a esplodere, disposta a distruggere il club e la loro famiglia dall'interno?

La ragazza si portò la testa tra le mani ed emise un respiro tremante.

"Diamond," sussurrò Jewel, con la voce piena di pietà. Quel tono non faceva che peggiorare le cose, le rendeva davvero infernali.

Era stata proprio una stupida.

Aveva sempre voluto essere una signora, appartenere a un uomo che le sarebbe stato fedele, che l'avrebbe amata completamente, e pensava che Slade potesse essere quello giusto.

Diamond non era cresciuta con lui. Slade non era un "fratello", era nuovo, carne fresca nel club. Non solo: era intelligente, di bell'aspetto e aveva un carattere calmo, a differenza di lei.

Era un ex marine, un uomo di valore, tutto d'un pezzo. Un uomo che capiva anche lo stile di vita del club, nonostante lei stessa facesse fatica a comprendere certi meccanismi, come le sgualdrine o le continue grigliate e i festeggiamenti per gli eventi più stupidi. Eppure, fatta eccezione per qualche aspetto, il club le piaceva. La sorellanza, la fratellanza, la lealtà, la vita in comunità. Tutti si sostenevano a vicenda, si volevano bene. Quel fulmine a ciel sereno, però...

Poteva esserci un nemico tra di loro.

Non solo lo avevano accolto nel club. Diamond lo aveva anche fatto entrare nel suo cuore.

Fingere di non conoscere il collegamento tra i loro padri sarebbe stata l'impresa più difficile di tutta una vita.

Dannazione.

Capitolo dieci

Sdraiato al buio, Slade ascoltò il respiro costante di Diamond e si chiese se stesse dormendo davvero.

Da quando si era infilato nel letto con lei poco prima, l'aveva sentita un po' distante. Ma era esausto e non vedeva l'ora di sfogare lo stress di una notte intensa al *The Iron Horse* con una bella dose di sesso.

Gli ci era voluto più tempo del normale per farla venire e, nonostante gli sforzi, ci era riuscito una volta sola. Di solito Diamond aveva addirittura orgasmi multipli, aspetto che lui amava di lei.

L'intesa a letto non era niente male, e quando lei era nella modalità tranquilla e sexy da paura, gli regalava le migliori scopate di sempre.

Inoltre, lui adorava parlarci tutta la notte, anche quando era stanco morto. A ogni modo, quella sera, non appena avevano finito di fare sesso, lei si era girata su un fianco, dandogli le spalle, e si era addormentata.

Visto che non era da lei, Slade si domandò se fosse arrabbiata o se lui avesse fatto qualcosa di sbagliato. Perché le donne non dicevano mai cosa avessero a un uomo, lo lasciavano sempre sulle spine. *"Dovresti capirlo da solo,"* ecco cosa dicevano.

Sì, come no. Dopo millenni di esperienza, non avevano ancora compreso che gli uomini erano un po' ottusi quando si trattava di sentimenti e aspettative femminili.

Se solo le donne parlassero in modo chiaro e diretto, ci sarebbero meno equivoci e meno crisi.

Slade fissò al buio il soffitto e, al pensiero che lui e Diamond potessero davvero impegnarsi in una specie di relazione, sentì il cuore stringersi nel petto.

Era decisamente più di semplice sesso, ma Slade non sapeva dire quanto.

Né era sicuro di volersi spingere troppo oltre.

Era arrivato a Shadow Valley solo per cercare delle risposte, ma poi si era invischiato a fondo in quel club, più di quanto avesse previsto inizialmente.

In realtà, si era pentito di essersi fatto tatuare i simboli del DAMC sulla schiena. Tuttavia, aveva pensato che quel gesto avrebbe diminuito i sospetti di Diesel su di lui. Sfortunatamente, Slade si era reso conto di non essere riuscito nel suo intento. L'omone continuava a squadrarlo e probabilmente non avrebbe mai smesso.

Qualcosa gli diceva che avrebbe persino cercato di mettergli Diamond contro. Non aveva la certezza che Diesel sapesse della loro tresca, ma poiché era il compagno della sorella di Diamond, era difficile che fosse ignaro di tutto.

Slade rotolò su un fianco e fissò Diamond che nel frattempo si era messa supina.

"Principessa," sussurrò, e le passò un pollice sulla guancia. Diamond si mosse un po' ma non rispose. "Piccola," disse un po' più forte e le avvolse delicatamente la mano intorno alla gola, sentendo il suo battito pulsare sotto le dita.

Lei sbatté le palpebre e girò la testa verso di lui. "Sì. Che c'è?"

"Dimmelo tu."

Diamond non fiatò per un bel po' e Slade avvertì di nuovo il batticuore. Non la riconosceva. Non era né la Diamond stronza né quella dolce. Era solo... spenta.

"Che succede?" insistette lui. Sarebbe venuto a capo di quella situazione, in un modo o nell'altro.

"Stavo dormendo," rispose lei, poi sbadigliò.

Slade si chiese se stesse fingendo. Scosse la testa. "No, cosa ti passa per la testa? Perché ti sento distante?"

"Nulla. Sono solo stanca."

Lui sentì una morsa allo stomaco. Diamond gli stava mentendo. "Principessa..."

"Slade, sono stanca. Voglio soltanto dormire."

Lui si mise seduto e la guardò. "No. C'è qualcosa che non va e voglio che tu sia sincera."

Anche lei si sedette e si portò il lenzuolo al petto per coprirsi, accorgimento al quale non era mai ricorsa prima. Aveva un corpo fantastico e un seno stupendo, e non si era mai presa la briga di nasconderli. Certo, andavano a letto insieme solo da un paio di settimane, ma Diamond non si era mai vergognata della propria nudità. Mai. Non aveva fatto altro che girare da una stanza all'altra, coperta solo dai capelli scuri.

C'era qualcosa di strano.

"Ti sei pentita di avermi dato la copia della chiave?"

Quando lei non rispose, Slade ci rifletté seriamente: forse era stato un errore, un passo troppo affrettato verso una sorta di impegno che nessuno dei due era pronto a prendere?

"Tutto qui, Diamond? Rivuoi la chiave?"

Slade la sentì sospirare sonoramente.

"Pensavo che stessimo bene insieme, ma forse mi sbagliavo."

"Sì, *siamo stati* bene," lo corresse lei dolcemente.

Slade avrebbe voluto accendere la luce per guardarle il viso e gli occhi. "*Siamo stati?*" le chiese lui, e deglutì a fatica.

Era finito a letto con molte donne nel corso degli anni e non aveva mai avuto difficoltà a uscirne. Mai.

Almeno fino a quel momento.

Fino a Diamond.

La ragione per cui l'aveva allontanata la scorsa estate non era il suo carattere esplosivo. No, niente affatto. Quella era solo una scusa.

L'aveva tenuta a debita distanza perché aveva paura di annegare in quegli occhioni azzurri. Temeva di essere risucchiato in una fossa dalla quale non sarebbe più potuto uscire. Sapeva che lei avrebbe potuto guadagnarsi un pezzo del suo cuore e diventare la ragione per cui lui avrebbe smesso di viaggiare, cercare e vivere come un nomade.

"Vuoi che me ne vada, Diamond? È questo che vuoi? Perché non resterò dove non sono il benvenuto."

"Sì, Slade, è quello che voglio."

Lui si sentì mancare. Finché Diamond non aveva proferito parola, gli era rimasto un briciolo di speranza. Ma dopo quella risposta...

Non avrebbe mai immaginato che quelle parole potessero essere una pugnalata. Non si era ancora reso conto di quanto Diamond gli fosse entrata dentro.

Si sbagliava a pensare che quella relazione era solo puro divertimento. Era diventato qualcosa di molto più importante.

A Slade non interessavano altre donne e non aveva intenzione di lasciar andare quella che sedeva accanto a lui, quella che si era aperta e gli aveva dato tutta sé stessa.

Sentì il sangue salirgli al cervello e la rabbia ribollirgli nelle vene. "Che cazzo è successo?"

"Niente."

Una bugia. L'ennesima.

"Mi stai mentendo, cazzo. E non ho la pallida idea del perché." Lasciò cadere le gambe sul lato del letto e da sopra la spalla fissò la figura di Diamond in penombra. "Ho fatto qualcosa?" Non riusciva a vederla bene al buio, ma aveva la sensazione che lei avesse gli occhi chiusi.

Contò cinque respiri prima che lei rispondesse.

"No... Sono io che ho fatto qualcosa."

Lui si voltò per guardarla, con il battito accelerato e il cuore impazzito. "E cosa?"

"Io, ehm..."

"Principessa," sussurrò lui, nel tentativo di soffocare l'ansia. Cosa aveva potuto mai combinare Diamond per decidere di allontanarlo?

"Slade, forse è meglio che tu vada."

"Smettila di respingermi. Dimmi cosa hai fatto," replicò lui, e si strofinò il petto nudo nel punto in cui avvertiva un forte dolore.

"Cazzo," mormorò lei.

Cazzo!

"Diamond, te lo chiedo un'ultima volta..."

"Mi sono scopata Rig, va bene?" urlò lei, poi si schiantò di nuovo sul letto e si coprì il viso con le mani, tremando talmente forte che Slade riuscì a notarlo anche al buio.

"Ma che diamine..." disse lui con un filo di voce. Sentì il cuore battergli forte in gola e una vena pulsargli sulla tempia.

"Lo desideravo da molto tempo e lui ha sempre resistito... fino a quando... è... è successo a basta," disse Diamond con voce ovattata da dietro le mani.

"È successo e basta? Ma quando?"

"Oggi."

Slade immaginò i peggiori scenari e balzò in piedi. "È stato su questo letto poco prima di me?"

Lei non rispose.

"Diamond! Hai scopato con lui e subito dopo con me?" le gridò.

Lei si tolse le mani dal viso e gridò: "Sì! Mi dispiace. Io non volevo..."

"Non volevi?! È successo e basta? Lo desideravi da tempo?! Ma che cazzo, Diamond? Pensavo che tra noi ci fosse qualcosa di..." S'interruppe prima di rivelare un'informazione di troppo. "Lui lo sa che siamo andati a letto insieme tutto questo tempo?"

In caso affermativo, lui e Rig avrebbero dovuto fare due chiacchiere. Due parole contate, perché non ci sarebbe stato molto da dire. I fratelli non si scopavano le donne degli altri fratelli. Mai.

"No."

Slade arricciò le labbra in un'espressione disgustata e disse: "Fottuta puttana."

"Ma io e te non facevamo sul serio!"

Lui scosse la testa e trovò la pila di vestiti nel punto in cui li aveva lasciati. "Ma che cazzo, Diamond? Maledizione..." Si mise i boxer e i jeans in una sola mossa. Afferrò la maglia a maniche lunghe e se la infilò rapidamente da sopra la testa. Poi trovò gli stivali e i calzini al buio e li indossò. Afferrò il suo gilet che era appeso alla maniglia della porta, sebbene in quel momento non avesse voglia di indossarlo.

Era appena stato tradito da un fratello.

Tradito dalla donna alle sue spalle.

Dannazione, gli stava venendo da vomitare.

Si precipitò fuori dalla sua stanza, poi tirò la chiave fuori dalla tasca, la gettò sul tavolo e si diresse verso la porta d'ingresso. Dopo averla attraversata di corsa, la sbatté con forza dietro di sé.

Non si sentì per nulla meglio.

Non avrebbe mai dovuto mettere piede a Shadow Valley. Non sarebbe mai dovuto finire a letto con Diamond.

Avrebbe dovuto continuare a vagare senza mai fermarsi.

"Fottuta puttana!"

"Sta' calmo, Rig," ringhiò Jag con gli occhi stretti mentre sollevava una mano.

"Non mi scoperei mai la donna di un fratello. Mai."

"Lo so," borbottò Diesel.

"Perché diavolo hai usato me come scusa?!" Rig spalancò gli occhi su Diamond, che deglutì a fatica.

"Sono andata nel panico. Avevo bisogno di giustificare la mia scelta, il fatto che lo stessi..." Chiuse gli occhi per un secondo. "...cacciando di casa."

"E non sei riuscita a sparare un altro nome? A inventarne uno qualunque?"

"Scusa, è solo che ieri in ufficio ho parlato con te, e il primo nome che mi è venuto in mente è stato il tuo. Ho dovuto scegliere qualcuno che non mi fosse affezionato."

"Fantastico," gridò Rig con le mani in aria. "Ora quello mi farà il culo a strisce."

"Non farà proprio nulla," mormorò Diesel.

Rig spalancò gli occhi e fissò D contrariato. "Sì, certo. È un ex marine, dannazione. Probabilmente sa come intrufolarsi nella mia stanza e spezzarmi l'osso del collo senza nemmeno svegliarmi."

"Dovete mantenere la calma," annunciò Zak al gruppetto riunito in piedi in una delle rientranze dell'officina. Era il posto migliore dove incontrarsi per parlare di quel casino senza farsi sentire da Slade.

"È un ex marine, non un fottuto ninja," gli fece notare Jag.

"Già, perché i ninja sono i dipendenti di Diesel, non è vero? E guardate un po', sono tutti ex marine!" esclamò Rig mentre si tirava nervosamente la barba.

"In quel caso è... diverso."

Rig continuò: "Non sappiamo se Slade abbia delle abilità speciali..."

"Nei Marines era un pugile. Da quello che mi ha raccontato, era anche bravo," aggiunse Diamond a bassa voce.

Si voltarono tutti a guardarla.

"Fantastico," mormorò Rig, e scosse la testa. "Io faccio l'amore, non la guerra!"

Jag si lasciò sfuggire una risatina, ma cercò subito di smorzarla.

"Qualcuno sa almeno dove si trova?" chiese Z.

Jag scosse la testa. "Hawk ha controllato la sua stanza. Era vuota." Poi si rivolse verso la sorella. "A che ora se n'è andato da casa tua?"

"Non ricordo bene. Forse all'una o alle due."

"Se avessi saputo che l'avresti scaricato ieri sera, l'avrei fatto pedinare da uno dei miei uomini."

Diamond spalancò gli occhi su Diesel. "Mi hai detto di mollarlo e basta."

"Già."

"Già! E così ho fatto. Pensi che sia stato facile per me? Pensi che mi sia piaciuto mentirgli?" D la guardò e lei sollevò le mani a mezz'aria in segno di disgusto. "Non tutti riescono a essere dei bastardi freddi e insensibili come te, D."

Diamond notò il *Sergeant at Arms* irrigidirsi, ma lui non

controbatté, quantomeno non ad alta voce. Non l'avrebbe mai fatto.

Diamond conosceva la vera natura di Diesel, quella che aveva mostrato alla sorella, Jewel: la natura che era l'opposto di quella che mostrava al resto del mondo. A ogni modo… in quel momento Diamond aveva sentito il bisogno di colpirlo nel punto più debole, perché lei stava soffrendo come un cane, e voleva che anche lui provasse un po' di quel dolore. Era stato lui a imporle di lasciare Slade. Di certo quella decisione non sarebbe mai partita da lei.

Forse, se Diesel non si fosse intromesso, lei e Slade avrebbero potuto parlare dei loro padri e concordare che loro, da figli, erano diversi. Non era stata Diamond a uccidere il padre di Slade e, se Rocky fosse marcito nel carcere di SCI Greene, Slade non ne avrebbe avuto nessuna colpa e forse ci avrebbero messo una pietra sopra. Invece, per colpa di Diesel, non c'era più alcuna possibilità di riconciliazione.

Nessuna speranza.

"Quindi se viene a cercarmi dovrò dargli ogni fottuto dettaglio… quando l'abbiamo fatto?" le chiese Rig con la fronte aggrottata.

"Ieri."

Lui sgranò gli occhi. "E poi l'hai fatto con lui? E gli hai detto di me *subito dopo* che ti ha scopato?"

Di nuovo, tutti le puntarono gli occhi addosso, persino il fratello Jag. Quando sentì un'ondata di calore pervaderla tutta, Diamond si portò le mani sulle guance. "I dettagli non sono importanti," mormorò.

Rig scosse la testa, più arrabbiato che mai. "Hai fatto un casino, Diamond. Nessun uomo vuole essere la seconda scelta di una donna."

"Non l'abbiamo fatto davvero, Rig!" urlò lei.

Rig ricambiò le sue grida: "Ma questo *lui* non lo sa!"

"Ne ho abbastanza. La mia pazienza finisce qui. Hai ottenuto ciò che volevi, D. Spero che tu sia felice." Dopo quelle parole, Diamond si precipitò nel proprio ufficio, sbattendosi la porta alle spalle. Appoggiò la schiena alla porta e si portò i palmi delle mani sugli occhi per respingere le lacrime.

Mentre faceva uno sforzo immane per non singhiozzare, il corpo le sussultò tutto. Tuttavia, Diamond non sarebbe crollata. Non poteva. Se avesse iniziato a piangere, avrebbe continuato a lungo. Non voleva dare a quel branco di idioti la soddisfazione di farsi vedere in lacrime o sconfitta.

Nessuno doveva sapere quanto profondamente si fosse innamorata di un uomo che poteva essere il nemico. Voleva che tutti la considerassero una donna fredda e con le palle, capace di scrollarsi di dosso qualsiasi problema e di andare avanti.

Doveva essere dura. Come un diamante. Perché lei lo era, di nome e di fatto.

Era sempre stata orgogliosa di far parte del DAMC. Ma in quel momento, lo odiava.

Capitolo undici

"...Svegliati, cazzo."

Slade emise un gemito proveniente dal petto. Era come se qualcuno si fosse seduto su di lui e lo stesse schiacciando. Si portò una mano sullo sterno. No, non c'era nessuno seduto lì.

"Pensavo avessi smesso con questa storia."

Sentì la testa pesante come un macigno e non riuscì a sollevarla, quindi si limitò a inclinarla di lato. Aprì un occhio, solo leggermente.

"Moose ti riporterà al club."

"N..." Slade provò a schiarirsi la voce, ma sembrava avesse della carta vetrata in gola. "No. Io... Non ci... torno là."

Per qualche istante regnò solo il silenzio. Non volava una mosca. Finalmente.

All'improvviso, si ritrovò il viso di Dawg a pochi centimetri dal suo. "Che cazzo stai blaterando?"

Slade fece una smorfia. Accidenti. Perché quello lì stava urlando? Non sapeva che la gente stava cercando di dormire?

Inspirò in modo da poter pronunciare meglio quelle parole: "Non ci torno là."

"Mai più?"

Quando la stanza iniziò a girargli tutt'intorno, Slade socchiuse la palpebra che aveva aperto.

"Slade, fratello. Non so di cosa tu stia parlando. Sei solo ubriaco fradicio."

"No," gracchiò lui.

"Sì invece. Moose ti..."

"No."

"Non puoi restare qui."

"Lasciami dormire in pace," borbottò Slade mentre si rannicchiava ancora di più contro il divano. Ammesso e non concesso che quello fosse un divano. Slade non ne era sicuro, sentiva la parte inferiore del corpo piuttosto intorpidita.

Dawg, a corto di pazienza, emise un lungo e sonoro sospiro. "Vomita sul mio divano e te lo faccio ricomprare."

Ah, quindi *era* un divano. Slade diede uno schiaffo verso quello che pensava fosse Dawg, ma colpì solo l'aria.

"Non ti faccio entrare più al locale. Ne ho le palle piene. Basta."

Slade tentò di colpirlo di nuovo con la mano, ma gli ricadde sul petto.

"Fa' come cazzo ti pare," mormorò Dawg, e finalmente il silenzio pervase la stanza. Poi... anche le luci si spensero.

Con un ringhio disperato, Slade si mise a sedere confuso. Sbatté le palpebre e poi scosse la testa per schiarirsi le idee.

Ma che diavolo...

Doveva essersi addormentato sul divano dell'*Heaven's Angels*. Tra l'altro, "addormentato" era un eufemismo: a giudicare dal fortissimo mal di testa e dalla bocca secca, era praticamente svenuto.

In ogni caso, era sorpreso che Dawg non lo avesse fatto buttare fuori da Moose. Si alzò in piedi e mise alla prova il suo equilibrio. Stava bene.

Bene abbastanza da salire sul suo bolide e andarsene da Shadow Valley, poco ma sicuro.

Si diresse dietro il bancone e tirò una bottiglia d'acqua fuori dal frigo. Non appena svitò il tappo, la mandò tutta giù in un sol sorso, poi gettò la bottiglia vuota in un bidone della spazzatura, ne afferrò un'altra e se la scolò quasi tutta. Si asciugò la bocca con il dorso della mano e si diresse subito verso il bagno degli uomini poiché gli stava scoppiando la vescica. Mentre avanzava lungo il palcoscenico buio e vuoto, fu sopraffatto da un improvviso senso di delusione e disgusto verso sé stesso: per essersi ridotto di nuovo in quel modo la sera prima, per essersi sbronzato fino al punto da svenire. Di nuovo.

Cercò di convincersi che quello che era successo tra Diamond e Rig non avrebbe dovuto infastidirlo più di tanto. In fondo lei aveva ragione: non erano mai stati esclusivi. Era solo sesso. Un po' di sano divertimento, perciò... lei poteva fare tutto quello che voleva. O farsi chiunque volesse. Tuttavia, in cuor suo lui sapeva che era una bugia. Era ancora più furioso al pensiero che Diamond fosse andata a letto con lui subito dopo Rig. Non aveva nemmeno provato a fermarlo. Neanche un po'.

Inoltre, Slade non capiva quella relazione con Rig. Non lo aveva mai visto flirtare con Diamond; che diamine, i due a malapena si parlavano alle feste, al club o in ufficio. Non aveva mai captato nemmeno il minimo accenno di attrazione tra i due. Tuttavia, lavoravano insieme, perciò Diamond lo vedeva molto più degli altri fratelli.

Forse era proprio sul luogo di lavoro che era scoppiata la scintilla.

O forse Diamond stava mentendo e stava usando Rig come scusa per buttare Slade fuori dal letto e dalla sua vita. Forse gli stava nascondendo qualcos'altro.

A ogni modo, qualunque fosse la verità, Diamond non lo voleva e di certo Slade non desiderava dormire accanto a una vipera o una sgualdrina.

Forse aveva solo bisogno di una pausa dal club, di rimettere la testa a posto, portare a termine ciò che si era prefissato e poi pensare alla prossima mossa.

Svuotò la bottiglia, la schiacciò nel pugno ed entrò in bagno. Nemmeno cinque minuti dopo, uscì all'esterno nella luce del mattino e strizzò gli occhi per la fitta di dolore che gli attraversò la testa.

Ogni volta che andava allo strip club, parcheggiava sempre negli stalli dei dipendenti. Gli unici mezzi posteggiati a quell'ora del mattino erano il suo bolide e la moto e il pickup di Dawg. Si voltò e sollevò lo sguardo verso il grande appartamento sopra il club. Dalle finestre vide l'interno completamente buio: di sicuro Dawg si era messo già a letto.

Si frugò nelle tasche, tirò fuori la chiave della moto e si avvicinò alla sua bambina, l'unica costante della sua vita: la sua Harley. Passò una mano sul serbatoio del gas, personalizzato con una verniciatura particolare, e poi sul sedile su cui aveva guidato per migliaia di chilometri. Poteva succedergli di tutto, ma alla fine la sua moto era sempre lì per lui.

L'adorava, non c'erano dubbi. Se ne prendeva cura come se fosse una persona. Era un vero gioiellino.

Slade chiuse gli occhi e inspirò l'aria del primo mattino.

Anche Diamond era un bel gioiellino. Di sicuro era bella in sella con lui, durante le due corse dell'estate precedente a cui Slade l'aveva invitata. Però era anche cocciuta, e non c'era stato verso di farle indossare il casco come alle altre donne del DAMC. Si era limitata a mettere un paio di occhiali da sole e a legarsi una bandana sui lunghi capelli scuri per evitare che si annodassero per il vento.

Accidenti. Sì, in quelle due occasioni gli era sembrata una vera e propria motociclista, con una canotta attillata del DAMC che le metteva in risalto la generosa scollatura, dei jeans stretti che le abbracciavano quei fianchi da urlo e le cosce sinuose, e un paio di stivali sexy da morire. Aveva in vita anche una cintura di pelle nera con la fibbia recante lo stemma del club.

Gli era piaciuto sentirla aggrappata a lui mentre sfrecciavano con il gruppo lungo le strade tortuose della Pennsylvania sud-occidentale. La Harley era uno dei migliori vibratori femminili e Slade avrebbe giurato che durante quelle corse Diamond fosse venuta almeno una volta. Non aveva sentito nulla a causa del forte vento nelle orecchie, ma gli si era avvinghiata alla schiena e lo aveva stretto fino a stritolarlo. Dannazione, glielo aveva fatto venire durissimo...

Dopo quelle giornate, Slade aveva preso le distanze e l'aveva lasciata in pace. Non era pronto a impegnarsi: andarci a letto sapendo che non era un bel culetto o una delle ragazze di Dawg poteva rivelarsi complicato. Tuttavia, durante i festeggiamenti del trentesimo compleanno di lei, Slade non aveva avuto più scampo. Stronza o meno, non poteva negare di desiderarla. Quell'aria di sfida non gli dispiaceva, anzi: la sua vita era stata tutta una sfida, e affrontarne un'altra non l'avrebbe spaventato. In più, lui non voleva una vita noiosa, e lei non lo era di certo.

Mentre montava in sella, si rese conto che frequentare Diamond era stato un grosso sbaglio. Un errore imperdonabile, perché non riusciva più a smettere di pensare a lei... Che fosse per il rimpianto di aver fatto quel passo falso settimane prima, o per la rabbia nei suoi confronti per essere stato preso

in giro, o la delusione per il rinnovato senso di solitudine...
Insomma, non riusciva a togliersela dalla testa.

Non aveva mai avuto una compagna, ma ogni notte che si
metteva nel letto con Diamond, aveva iniziato a credere che
finalmente ce l'avesse, che qualcuno nella sua vita sarebbe
finalmente rimasto.

Ma in quel momento sapeva che non sarebbe successo e
dubitava che si sarebbe aperto di nuovo a quel tipo di dolore.

Sì, faceva male, dannazione.

Calciò il pedalino d'avviamento e sentì il rombo del
motore. Il rimbombo dei tubi riempì l'aria del primo mattino e
la familiare vibrazione del motore gli affondò fin nelle ossa e
lo fece sentire come a casa.

Perché casa sua era quella: in sella alla sua moto.

In quel momento ne aveva la certezza.

Tirò il portafoglio fuori dalla tasca posteriore e ci frugò
dentro finché non trovò quello che stava cercando: una
piccola fotografia consumata, risalente a oltre trent'anni
prima. Osservò l'uomo nella foto, anche lui in sella a una
moto. Sfortunatamente, la foto era stata scattata da lontano e
Slade non riusciva a distinguere chiaramente il viso. Passò il
pollice sulla vecchia immagine, poi la capovolse per leggere il
nome che era stato scritto a penna blu sul retro. Nonostante
fosse parecchio consumata, riusciva ancora a vederlo...

Buzz.

Quella foto era tutto ciò che gli restava del padre.

La ripose con cura nel portafoglio, sollevò il cavalletto e
rombò fuori dal parcheggio imboccando una strada laterale.
Non aveva la più pallida idea di dove fosse diretto.

Non sarebbe tornato al club né tantomeno da Diamond.
Aveva solo bisogno di andarsene lontano, anche se solo per
poco tempo.

Perciò si diresse verso nord e diede gas.

A cavalcioni sulla Harley, Slade la spinse all'indietro nella fila di moto parcheggiate davanti al bar. Il cartello illuminato sul tetto si leggeva a malapena. Uno dei faretti si era fulminato e la scritta dipinta sull'insegna di legno era vecchia e logora. Dubitava che i proprietari avessero intenzione di metterla a nuovo. Dopotutto, era un locale per motociclisti, non un noto pub. Molti dei ritrovi per centauri come quello non erano interessati ad attirare ogni tipo di clientela, a differenza di locali più comuni che mostravano il cartello "Colori vietati" pur di impedire l'ingresso ai motociclisti. In quel posto, i membri di qualsiasi club sarebbero potuti entrare a condizione di non causare problemi.

Slade spense il motore e, dopo essere smontato, si tolse il gilet, lo piegò con cura e lo infilò in una delle bisacce di pelle. Poi distese le braccia verso l'alto per dare sollievo ai muscoli irrigiditi della schiena e mosse i fianchi a destra e a sinistra per sgranchirli.

Harrisburg non era lontana da Shadow Valley, ma Slade ci era arrivato dopo tanti giri: dopo aver lasciato l'*Heaven's Angels*, si era diretto a nord, prima verso la città in cui era cresciuto, poi verso Manning Grove, per andare a trovare un amico di lunga data. Dopo un paio di notti di sonno agitato, si era diretto a sud-est per raggiungere quel luogo: *Wheels of Steel, Bar and Grille.*

Era affamato, assetato e stanco. Sperava che quella cosiddetta "braceria" avesse del cibo decente ma, onestamente, non si aspettava altro che dei piatti surgelati. Quando varcò la porta d'ingresso, si sentì investito da una nuvola di fumo denso, e la inspirò.

Non fumava una sigaretta da secoli, dalle missioni in Medio Oriente per essere precisi. Laggiù il tabacco era molto più buono ed economico, e se lo rollava da solo. Al suo ritorno negli Stati Uniti, dopo aver acquistato un pacchetto di sigarette al costo di un rene, aveva subito deciso di smettere. Tuttavia, mentre dilatava le narici per inalare quel fumo familiare, ne avvertì di nuovo la voglia improvvisa, nonostante sapesse che poco dopo se ne sarebbe pentito.

Scrutò il bar scarsamente illuminato e vide che c'erano membri di diversi club. Alcuni erano più chiassosi di altri e se ne stavano con il loro gruppo a giocare a biliardo o freccette oppure a prendersi una bella sbronza.

Slade lanciò un'occhiata al bancone posizionato sul fondo della stanza e notò cinque o sei motociclisti seduti in fila sugli sgabelli. Erano tutti di spalle, ma riuscì a distinguerne chiaramente i colori.

Erano Shadow Warriors.

Due di loro si voltarono appena e lo fissarono, e lui sollevò il mento per salutarli. Entrambi ricambiarono il saluto.

Si fece coraggio e si diresse verso il bar per occupare l'unico sgabello vuoto e ordinare qualcosa di forte...

Quella sera, di sicuro non gli sarebbe bastata una birra.

Capitolo dodici

"L'hai più sentito?" chiese Hawk.

Diamond afferrò la bottiglia di whisky da dietro il bancone, svitò il tappo e si riempì il bicchiere per metà, poi ci versò un po' di Coca zero. Mescolò il tutto con un dito, se lo succhiò e lo asciugò su un canovaccio.

"No," rispose lei, prima di bere un bel sorso di quel cocktail. Non appena il calore del whisky le colpì l'intestino, continuò: "Dubito che lo sentirò più."

Era improbabile, dopo avergli mentito su Rig. Di certo Diamond non poteva biasimarlo.

"Per fortuna ho i rinforzi per il *The Iron Horse*."

"Sì, buon per te," mormorò Diamond. Non le importava un fico secco che Hawk avesse perso un dipendente. Avrebbe dovuto assumere Diesel, dato che era stata tutta colpa sua.

Lui e le sue dannate paranoie.

"Neanch'io l'ho più sentito," borbottò Z mentre si sistemava su uno sgabello del bar. "Gli ho mandato un messaggio un paio di volte, ma non mi ha risposto."

"Come sta il bambino?" gli domandò Hawk.

"Sempre attaccato alla tetta della mia donna. Devo insegnargli a lasciarmene un po'."

Hawk fece una risatina e scosse la testa.

"Tranquillo, *Chicken Hawk*, quel momento arriverà anche per te. Non appena le metterai l'anello al dito, vedrai come comincerà a sfornare bambini."

"Vedremo," ridacchiò Hawk.

"Sì, vedremo. Devo dire che se bevessi tutto quel latte caldo, persino io dormirei come un sasso. Ma mio figlio no, cazzo. Quella piccola peste si sveglia a tutte le ore della notte."

Hawk si schiarì la voce. "Va bene... Chi è che l'ha visto per l'ultima volta?"

"Visto chi?" chiese Z.

"Slade."

"Giusto," disse Z con un brusco cenno del capo, poi si voltò verso Diamond. "Tu l'hai visto?"

Lei scosse la testa. "Non da quando l'ho cacciato di casa."

Z si passò le dita tra i capelli lunghi fino alle spalle e fece un respiro profondo.

"Non è più tornato nella sua stanza," affermò Hawk. "E nemmeno al bar." Girò la testa e alzò la voce per farsi sentire fino all'estremità opposta del bancone. "Grizz?"

"Che c'è?" gridò l'uomo.

"Hai visto Slade?"

Grizzly aggrottò la fronte. "Se ho visto lo skate? Perché diamine me lo chiedi, ragazzo? Voi siete motociclisti, dannazione, mica dei ragazzini!"

Hawk fece un'altra risatina e agitò una mano verso il vecchio. "Non importa," borbottò.

D'un tratto, tutti spostarono lo sguardo sulla porta sul retro: Jewel stava entrando come una furia, seguita dal passo lento di Diesel.

La ragazza si precipitò verso il bancone e abbracciò la sorella, chiedendole dolcemente: "Stai bene?"

"Tu che dici?"

Jewel si limitò a restare in silenzio.

"Dammi una birra, donna," grugnì Diesel.

Jewel alzò gli occhi al cielo in direzione di Diamond, ed entrambe le sorelle fecero una piccola smorfia a quell'ordine. Quando Jewel distese un braccio per prendere un bicchiere, Di la fermò dandole uno schiaffetto sulla mano.

"Ahi!"

"Non ti azzardare! Non sei la sua schiava." Diesel si voltò di scatto verso Diamond e incontrò direttamente il suo sguardo. "Hai sentito bene. Non è la tua schiavetta. Serviti da solo."

Lui distolse lo sguardo con un cipiglio, aprì la bocca, poi la richiuse e si avvicinò al bancone, scansando le donne in modo da potersi riempire un bicchiere di birra.

"Ecco perché tua sorella è ancora single, Jewelee," bofonchiò poi.

Diamond lo fissò con sguardo torvo. "Non lo ero, in realtà, ma poi *qualcuno* mi ha obbligato a sbarazzarmi del mio uomo."

"Ci sono tanti altri pesci nel mare."

Diamond non voleva altri pesci, ma sarebbe stata una perdita di tempo raccontarlo al bestione che torreggiava su di lei.

Si allontanò dal bancone e avanzò nel bar fino a raggiungere Crow, il quale le tese le braccia. Diamond si appoggiò a lui e si rannicchiò tra le sue cosce mentre lui le avvolgeva il braccio intorno e la teneva stretta a sé, poi gli appoggiò la testa sulla spalla.

"Te l'avevo detto che era una mina vagante," le sussurrò all'orecchio.

"Sì, beh, e io l'ho pestata fino a farla esplodere."

"Lo so, ma D lo ha fatto per il tuo bene."

"Certo, e poi mi prende in giro perché non ho un compagno."

"Come ha detto lui, ci sono tanti uomini al mondo."

"Non è così facile."

"Ho capito. Non stai più cercando dei rapporti occasionali, ma una relazione stabile."

Diamond sospirò e Crow le diede una stretta affettuosa.

"Lo troverai, bambolina. Non preoccuparti, tu sei come un diamante: dura, con spigoli affilati, ma luminosissima. Qualcuno apprezzerà ciò che hai da offrire."

Era esausta di parlarne. Fortunatamente, vennero distratti dalle parole di Dawg.

"...l'altra notte. Si è ubriacato di nuovo al mio locale. Ho provato a cacciarlo, perché non voleva saperne di andarsene. Ho provato a dirgli di tornarsene al club con Moose, ma ha continuato a dirmi di no. L'ultima volta che l'ho visto era in coma su un divanetto sotto al palco."

Diamond sentì le orecchie fischiarle e il battito farsi più rapido. Il palco? Dell'*Heaven's Angels*?

"Era la prima volta che si comportava così da te? O era già successo?" gli chiese Hawk.

Dawg lanciò uno sguardo furtivo a Diamond. Lei inarcò un sopracciglio e lo fissò, come per incoraggiarlo a rispondere. "Sì."

Hawk aggrottò la fronte. "Sì cosa?"

"Veniva spesso fino a qualche settimana fa. Poi, per un po', ha smesso. Rivederlo l'altra sera mi ha spiazzato."

"Pensi che si sia preso una sbronza e si sia scopato una delle tue ragazze?"

"Boh."

"Che tu sappia, in passato se n'è fatta qualcuna?"

Dawg guardò di nuovo Diamond, ma distolse rapidamente lo sguardo prima di rispondere a Hawk. "Sì."

"Sai chi in particolare?"

"Savannah."

Diesel sbatté la mano sul bancone con un tale impeto da far sussultare Diamond tra le braccia di Crow. "Chiamala subito. Vedi se si sta nascondendo da lei."

Diamond guardò Dawg allontanarsi dal bar, dirigersi verso un angolo lontano della grande sala comune e tirare il cellulare fuori dalla tasca. Quando si portò il telefono all'orecchio, l'uomo lanciò l'ennesima occhiata imbarazzata a Diamond, poi si voltò, in modo che lei non potesse guardarlo in faccia mentre parlava con quella "Savannah".

Di sicuro era la donna con cui Slade era stato la mattina in cui lui e Diamond si erano incrociati al club. Quel giorno in cui lei gli aveva detto che puzzava di sesso. Mise il broncio.

Savannah. Classico nome da spogliarellista.

"Diamond, falla finita," ringhiò D.

Lei gli lanciò un'occhiataccia.

"Lo farò cercare da Hunter. Chi meglio di lui?"

Certo, scelta saggia, ma se... "Se si è messo alla guida ubriaco fradicio, potrebbe essersi schiantato da qualche parte, D."

"Con i nostri colori addosso? Impossibile, a quest'ora l'avrei già saputo."

"E se non fosse stato ancora trovato? Potrebbe essere ferito o moribondo in qualche fosso."

"È possibile," grugnì Diesel.

Lei contrasse le dita nei pugni, ma combatté l'impulso di sferrargli un destro nello stomaco. Probabilmente si sarebbe fratturata la mano per provocargli solo un leggero solletico. "Forse dovremmo segnalare la sua scomparsa ad Axel e fargli emettere un mandato di ricerca ufficiale, o come lo chiamano."

Diesel fece una smorfia. "Non coinvolgere quel maiale, chiaro?"

Jewel gli mise un braccio intorno alla vita e gli piantò una mano sullo stomaco, proprio sotto il gilet. "È solo preoccupata."

"Sì, per il nemico," ringhiò lui, incontrando gli occhi della sua signora.

"Non siamo sicuri che lo sia," ribatté Jewel dolcemente.

"D'accordo, ma se sparisce così, non mi dà neanche modo di indagare."

"Forse è sparito perché era sconvolto," suggerì lei.

"Da cosa?" grugnì l'omone.

Jewel fece una smorfia impaziente. "Hai mai pensato che Diamond potrebbe *piacergli* sul serio? O che possa perfino *volerle bene*? Scoprire di essere stato tradito dalla donna che... *frequentava*, lo ha fatto di sicuro incazzare."

Diesel spostò lo sguardo su Diamond e la studiò, come se non l'avesse mai vista prima. Quasi come se non la riconoscesse.

Era inquietante. Improvvisamente, Diesel assunse per un attimo un'espressione più dolce, che però represse subito. Poi riportò di nuovo gli occhi su Jewel.

"Sì, piccola, ho capito," brontolò alla fine. "Forse per lui non era solo una botta e via."

Diamond trattenne il respiro. Jewel alzò gli occhi al cielo e si allontanò da lui mentre scuoteva la testa.

"È solo un po' spigolosa, ma basta poco per smussarla," s'intromise Crow per allentare la tensione.

"Giusto, " grugnì D. "Dolce quando scopa, dura quando è a secco."

Diamond si staccò dalla presa di Crow.

"Ho bisogno di un cupcake," annunciò.

"Vengo con te," aggiunse Jewel.

Diamond doveva andarsene da lì prima che il suo lato da stronza esplodesse una volta per tutte. Forse avrebbe potuto approfittarne per fare un giro di ricognizione. Nonostante Slade fosse solo un finto lupo solitario, Diamond non voleva che si cacciasse nei guai e, Shadow Warrior o meno, di certo non voleva che soffrisse in qualche fosso sperduto.

Slade emise un lamento. Stava morendo di mal di testa. C'era cascato di nuovo: si era ubriacato fino a ridursi a uno straccio. Non ricordava nemmeno in quale letto fosse finito la sera prima. Di sicuro non in quello che voleva.

Sdraiato su un fianco, si rese conto che non solo gli faceva male la testa, ma tutto il corpo. Provava un dolore cane e aveva le braccia intorpidite, come addormentate.

Qualcosa di duro e pesante gli colpì le costole e Slade gridò di dolore.

"Avrei potuto ucciderti, ma non l'ho fatto."

Ma che diavolo...

Cercò di aprire gli occhi. Riuscì a sollevare parzialmente la palpebra sinistra; quella destra sembrò non funzionare, nonostante gli sforzi, per qualche motivo non riusciva ad aprirla.

Per colpa della visuale ristretta non ci vedeva granché. Eppure, dritto nel suo campo visivo, notò qualcosa che somigliava al suo gilet del DAMC, proprio accanto alla sua testa. *A terra.*

Chi diamine era stato? I colori non avrebbero mai dovuto toccare il pavimento. Gettarli a terra significava mancare di rispetto al club e alla fratellanza. Un fratello avrebbe potuto prenderle di santa ragione per quel gesto, o persino essere radiato dal DAMC.

Slade ricordava di averlo riposto con cura nella borsa della moto.

Quando tentò di girarsi, scoprì con fastidio di non poter muovere né braccia né gambe. Non solo gli si erano atrofizzate a causa della posizione scomoda, ma erano legate a qualcosa che non riusciva a vedere.

Porca miseria.

Quei Warriors infami lo avevano di sicuro messo al tappeto o drogato. Effettivamente, aveva un mal di testa atroce.

"Voglio sapere perché hai chiesto di Buzz, stronzo."

Dovevano averlo pestato a sangue dopo averlo messo KO, perché se fosse stato cosciente, Slade non si sarebbe mai fatto picchiare fino a stramazzare al suolo. Non solo aveva difficoltà a respirare, ma qualsiasi movimento era straziante, non riusciva a vedere un fico secco e non aveva ancora tentato di parlare.

Stava per provarci.

Nonostante la visuale limitata, vide uno stivale calpestargli il gilet e schiacciarlo nel cemento sudicio.

"Perché cazzo hai chiesto di Buzz?" tuonò di nuovo la voce impaziente da qualche parte sopra di lui.

"Papà..." provò a dire Slade con un colpo di tosse.

"Cos'ha detto?"

"Credo abbia detto 'papà'," suggerì una seconda voce maschile.

Slade fece uno sforzo enorme per dire: "Cercavo mio... padre."

"Buzz non è tuo padre."

"Lo conosci?" domandò Slade, incapace di riconoscere le figure nella stanza. Il fatto che non ci vedesse lo metteva in una posizione di netta inferiorità. Come se non bastasse, era anche legato.

Non ricevette risposta. Sentì solo dei mormorii distanti.

Poi udì dei passi pesanti, ci fu una pausa e infine qualcuno gli assestò un calcio nelle costole.

Santi numi, che male. Intravide un volto sfocato sempre più vicino. "Perché sei un membro dei Dirty Angels se tuo padre era un Warrior? Stai mentendo."

Slade respirò profondamente per rispondere, ma non ci riuscì.

Il padre era uno Shadow Warrior.

Maledizione.

Non lo avrebbe mai immaginato. Sapeva solo che era un motociclista.

Nel corso degli anni, Slade aveva frequentato tantissimi bar di motociclisti e aveva chiesto a tutti se ne conoscessero uno di nome Buzz, ma nessuno gli aveva mai dato una pista solida.

Finalmente aveva una risposta...

Una risposta che avrebbe preferito non ricevere mai.

Il padre era un fottuto *Warrior*, mentre Slade era diventato un Angel, il peggior rivale dei Warriors.

Che scherzo del destino...

A ogni modo, lui voleva saperne di più. Voleva sapere perché il padre avesse abbandonato la madre quando lei aveva scoperto di essere incinta.

Voleva sapere perché Buzz non era tornato quando la madre di suo figlio era morta.

Voleva sapere perché il padre non era andato a prenderlo quando lui era finito in una famiglia affidataria.

Quando si era ritrovato senza famiglia.

Quando non lo voleva nessuno.

Quando era stato cresciuto da dei perfetti sconosciuti.

Perché il padre lo odiava al punto da abbandonarlo?

"Devo... parlare con... lui," implorò Slade a fatica.

Fu travolto da una fragorosa risata. Slade cercò di capire quanti Warriors gli stessero sopra. Immaginò che fossero i sei con cui aveva parlato al bar.

Suppose anche che non sarebbe uscito vivo da lì. A meno che non fosse riuscito a convincerli a portarlo dal padre.

"Potrai parlarci nell'aldilà, quando ti faremo fuori."

"Non riesco davvero a capire perché tu sia un Angel se uno di loro ha ucciso tuo padre."

"Questo stronzo non ha alcun senso della lealtà."

Un Angel aveva ucciso il padre?

"Forse possiamo mandare un messaggio agli Angels. Potremmo dire a quei cretini di venire a riprendersi quest'infame, così quando arrivano ne facciamo fuori più di uno."

"Gli tendiamo un'imboscata come hanno fatto loro con i nostri fratelli a South Side."

"Mi sorprende che abbiano dato i colori a questo stronzo. Nelle vene gli scorre il sangue dei Warriors."

"Stupidi idioti."

"Abbiamo bisogno di un motivo valido per farli venire qui. Una buona ragione per continuare a tenerlo in vita piuttosto che farlo fuori."

"Pensi che abbiano ancora Black Jack?"

"Dopo tutti questi mesi? Certo che no. Scommetto che Jack è morto e sepolto."

"Cosa potrebbero darci in cambio?"

"Li voglio tutti morti."

"Vogliamo Shadow Valley."

"Non rinunceranno mai al loro territorio per questo stronzo."

Era vero, e lo sapeva anche Slade. Il DAMC non avrebbe mai rinunciato al club per salvargli la pelle. Lui era nuovo, non aveva radici nella loro famiglia, e non appena i Dirty Angels avessero saputo che lui aveva il sangue di un Warrior, sicuramente lo avrebbero spogliato dei colori.

Nessuno di loro, specialmente Diesel, avrebbe mai scelto di negoziare per lui.

Era fottuto. I Warriors ce l'avevano in pugno, nelle loro mani sadiche. La situazione non era di certo rosea.

"Potremmo dire che vogliamo pistole e munizioni in cambio. Hanno quel negozio di armi. Potremmo fare scorta."

"Sì, e poi usarle contro di loro." Un paio di loro si misero a ridere.

Avevano già sparato al *The Iron Horse* durante la festa di Natale del club. Se avessero avuto più armi e munizioni, avrebbero potuto fare molto peggio. Slade aveva la sensazione che gli uomini di D stessero lentamente eliminando alcuni di quei bastardi nomadi, uno per uno. Tuttavia, non poteva esserne sicuro, dal momento che Diesel non ne parlava mai. Teneva quelle informazioni strettamente riservate. Dopotutto, Slade lo capiva, dato che D voleva tenere il club lontano dal radar della polizia di Shadow Valley.

Il DAMC aveva molta sete di vendetta nei confronti dei Warriors. Non solo per la sparatoria al *The Iron Horse*, ma anche perché avevano incastrato Zak e lo avevano mandato in prigione per dieci anni; avevano aggredito Kiki e Jazz e rapito Jewel; avevano bombardato la pasticceria, distrutto la moto di Jag e molto altro. Da quello che aveva potuto capire Slade, la loro rivalità era iniziata decenni prima.

Eppure, per il DAMC era difficile agire nella legalità e non vendicarsi mai dei Warriors. Era un equilibrio sottile. Gli Angels cercavano di fare in modo che nessuno dei fratelli venisse arrestato, ma allo stesso tempo volevano farla pagare al club rivale e tenere tutti al sicuro.

Probabilmente era per quello che Diesel non si fidava di

Slade. Lui era un estraneo e D sentiva la forte pressione di dover proteggere tutti. Erano troppi problemi da gestire per un solo uomo e Slade capiva perché D avesse messo su il suo team di "Shadows".

"Prendigli il cellulare. Manderò un messaggio a uno degli stronzi per fare una richiesta."

Se avessero mandato un messaggio a Diesel, probabilmente lui avrebbe risposto di andare a farsi fottere e di fare a Slade ciò che volevano.

"Forse dovremmo dirgli che vogliamo sederci a un tavolo e valutare una tregua. Potremmo chiedere ugualmente pistole e munizioni come vendetta per Black Jack."

"Pensi che crederanno che vogliamo una tregua?"

"So che stanno cercando di mantenere il loro club in regola. Fottute femminucce. Potrebbero accettarla se ci facciamo vedere disposti a dimenticare il passato e ricominciare da zero. Qualcosa mi dice che gli uomini di Diesel ci stanno dando la caccia. Non ho più avuto notizie da due dei nostri membri, mi chiedo che fine abbiano fatto."

"Pensi che il DAMC li abbia fatti fuori?"

"Sì, o comunque sento che ci stiano cercando."

"Cazzo."

"Già. Usiamo questo pezzo di merda per attirarli qui. Siamo in sei. Gli diremo che siamo in due e di mandare due di loro. Sappiamo già che ne manderanno di più. Significa che anche noi ci terremo pronti. Dobbiamo far venire il presidente, il vice, e il capo della sicurezza, poco ma sicuro. Dobbiamo sbarazzarci prima dei piani alti. Poi raduneremo i nostri fratelli per una perlustrazione del loro territorio e li faremo fuori tutti. Ci prenderemo Shadow Valley e tutte le loro attività. Al diavolo, ci prenderemo anche le loro donne. *Ce le scoperemo tutte.*"

Capitolo tredici

Diamond si mordicchiò il labbro inferiore. Al club erano presenti tutti i membri, le reclute e le donne del DAMC. Non mancava nessuno, tranne le donne più anziane che erano state obbligate a rimanere alla fattoria con Ace, Rooster e Moose.

Sua Maledetta Maestà Diesel aveva inviato un messaggio di gruppo in cui chiedeva a tutti di presentarsi al club alle quattro del pomeriggio. Non voleva sentire eccezioni, né scuse.

Suonava come una riunione di emergenza, ma di solito alle donne non era permesso parteciparvi, quindi doveva trattarsi di qualcos'altro. Un evento eccezionale.

Diamond sentì il cuore batterle forte nel petto. Aveva di sicuro a che fare con Slade. Ne era certa.

Diesel, Hawk e Zak erano in piedi nella parte anteriore della stanza vicino al bar, e un basso mormorio animava l'area comune.

Sophie stava cullando il piccolo Zeke sul bancone in una specie di sediolina a dondolo, con l'intento di tenerlo buono.

Nonostante Diamond, insieme a Jewel, Bella e Kelsea, fosse un po' lontana, notò il volto di Sophie: era pallida e sembrava preoccupata. La donna aveva occhi solo per Zeke e Zak. Per lei erano tutto.

Diamond poteva capirla.

Aveva bisogno di sapere cosa stava succedendo. Non poteva più aspettare, stava per impazzire. Era sul punto di chiedere a Diesel il motivo di quella riunione, ma poi lo domandò a Jewel: "Sai cosa diavolo sta succedendo?"

La sorella si voltò preoccupata verso di lei, ma scosse la testa. "No, D non mi ha detto nemmeno una parola. Quando fa così mi manda davvero in bestia. Comunque, di qualunque cosa si tratti, è una novità. Deve essere successo qualcosa di recente."

"Pensi che abbia a che fare con Slade?"

Jewel le avvolse un braccio intorno alla vita e le diede una stretta. "Non lo so per certo, sorellina, ma temo di sì."

Diamond incontrò gli occhi di Ivy dall'altra parte della stanza e vide la sua chioma rossa stretta contro il petto di Jag. Le lanciò un'occhiata e sollevò il mento verso il fratello. Ivy scosse leggermente la testa e scrollò le spalle.

Santo cielo, nemmeno Ivy ne sapeva nulla, il che significava che anche Jag era all'oscuro di tutto.

Sperò che Diesel, Zak o Hawk iniziassero a parlare presto, altrimenti avrebbe perso la pazienza.

Tirò un sospiro di sollievo quando Hawk finalmente annunciò ad alta voce: "D'accordo, ascoltate bene. I Warriors sono tornati all'attacco. Ho bisogno che tutti coloro che non sono coinvolti rimangano qui al club fino a quando questa situazione di merda non sarà risolta. Tutto chiaro?"

Un mormorio serpeggiò nella stanza.

"Chiuderemo tutte le attività finché non avremo..."

Hawk si fermò bruscamente quando Diesel gli afferrò il braccio.

D fulminò Bella con lo sguardo e l'avvertì: "Quello che sentirai non dovrà arrivare alle orecchie del tuo uomo, intesi?"

Tutti puntarono gli occhi su di lei mentre la ragazza si metteva più dritta e appiattiva visibilmente le labbra.

"Rispondi, Bella. La notizia non deve uscire da questa stanza. Se pensi di non poter mantenere il segreto e che la tua lealtà possa vacillare, allora esci subito di qui."

Tutte le donne trattennero il fiato. D era sempre stato legato alla cugina e molto protettivo nei suoi confronti, e nessuno si sarebbe mai aspettato che potesse rivolgerle certe parole. Eppure, sapevano anche che i panni sporchi si lavavano in casa, soprattutto se si trattava di attività illegali o generalmente poco trasparenti. Sebbene l'uomo di Bella fosse il fratello di Zak, Axel era pur sempre un poliziotto. Avrebbe potuto scombussolare i piani del DAMC.

Dopo l'avvertimento che Diesel fece a Bella, era chiaro che stesse succedendo qualcosa di cui la polizia doveva restare ignara. A quella realizzazione, Diamond si affondò le unghie nei palmi delle mani per evitare di cadere in ginocchio e stramazzare al suolo.

Era anche evidente che nessuno dei fratelli avrebbe continuato a parlare finché non avessero ricevuto una risposta da Bella.

Diamond non avrebbe voluto essere al suo posto. Bella doveva scegliere tra il suo uomo e la sua famiglia, e per lei non doveva essere facile.

"Non me ne andrò," disse infine Bella con il broncio.

Guardare l'amica fare i conti con la propria coscienza ricordò a Diamond che anche lei era nella stessa situazione. Sapere che Slade aveva il sangue di un Warrior le impediva

di stargli accanto, ma era difficile reprimere i propri sentimenti e allontanarsi da lui come se non le importasse nulla.

Perché a lei interessava eccome di Slade, non c'erano
dubbi.

Eppure, il club era più importante. Il DAMC sarebbe
sempre stato il suo faro, il suo porto sicuro, ciò su cui poteva
fare affidamento indipendentemente dalle circostanze. Non
poteva semplicemente ignorarlo. Diamond non l'avrebbe mai
fatto.

Mentre si guardava intorno nella stanza gremita, si rese
conto di quanto amasse quel club, di quanto volesse bene a
quella famiglia e a ogni singolo membro.

"Bene, continuiamo," urlò Hawk. "Questa è la situazione:
Diesel ha ricevuto un messaggio dal telefono di Slade da
parte di un presunto Warrior, che ha dichiarato di aver preso
Slade."

Nella stanza si udì un boato generale. Hawk sollevò una
mano e Diesel batté il pugno sul bancone per mettere tutti a
tacere.

"Ci ha scritto che, se rivogliamo Slade, dobbiamo
incontrarli..."

"Perché diavolo dovremmo farlo?" protestò una voce indi-
gnata dall'altra parte della sala.

"Chiedono una tregua."

Diamond sentì intorno a sé solo brontolii e maledizioni.
Nemmeno lei credeva che i Warriors volessero veramente
una tregua.

Era di sicuro una trappola.

"Da quando abbiamo scoperto che il padre di Slade era
un Warrior, non sappiamo da che parte lui abbia deciso di
schierarsi. Può darsi che lo stiano usando come esca. Può darsi
che vogliano davvero una tregua. Io, però, stento a crederci."

"Fottuti bastardi subdoli," urlò Crash.

"Già!" gridarono tutti all'unisono.

Hawk alzò di nuovo la mano. "Non hanno chiesto solo un incontro, ma anche delle pistole e delle munizioni come vendetta per la... *scomparsa* di Black Jack."

Black Jack era il Warrior che aveva rapito Jewel, lo stesso che aveva aggredito Kiki e violentato Jazz. Diesel, Hawk e Zak, così come gli uomini di D, gli avevano dato la caccia, ma avevano detto che era riuscito a fuggire.

Apparentemente, non era vero. Diamond sperava che lo avessero fatto fuori tra atroci sofferenze.

Guardò Bella. Aveva il viso pallido ed era appoggiata a Crow, che la sosteneva con un braccio.

Forse Bella avrebbe fatto meglio ad andarsene: più dettagli ascoltava e più ne avrebbe dovuti nascondere ad Axel. Diamond non voleva che litigassero. Axel era un bene per Bella, e nessuno meritava di essere felice più di lei.

Diamond riportò l'attenzione su Hawk: "Vogliono che andiamo io, Zak e Diesel. Ho risposto che si possono scordare Z, non importa cosa cazzo vogliono." Hawk sollevò il mento verso Sophie e il bambino. Quel cenno parlava chiaro. Diesel e Hawk non avrebbero messo in pericolo il presidente del club, nonché neo-papà.

"Sei sicuro che abbiano Slade e che non sia tutta una trappola?"

"Potrebbe tranquillamente esserlo. Come ho detto, è probabile che lo stiano usando come esca. Lui stesso potrebbe essere complice. Diesel ha chiesto loro una foto, in modo da poter risalire alle coordinate geografiche e trovarli come abbiamo fatto con Jewel, ma gli stronzi hanno rifiutato. Così ha chiesto di parlare con Slade, e quando gli hanno passato il telefono, lui ha detto di non andare a prenderlo. I bastardi glielo hanno tolto di mano prima che potesse aggiungere altro."

Diamond sentì lo stomaco in subbuglio.

Chiuse gli occhi e cercò di ignorare l'immagine di Slade ferito o, peggio, morto nelle mani dei Warriors. Le venne la nausea all'idea che sarebbe potuto non uscirne vivo. I Warriors avrebbero potuto farlo fuori senza pensarci due volte.

Come avevano fatto a catturarlo? Perché Slade era il loro obiettivo? Forse era lui che voleva dare il DAMC in pasto al nemico? Che fosse davvero un Warrior come suo padre?

Voleva forse vendicare la sua morte?

Diamond non riusciva a crederci. Sapeva che era da ingenui, ma per lei era impossibile. Voleva credere che Slade fosse un uomo leale con dei principi. Anzi, non *voleva* crederci, *aveva bisogno* di crederci.

Sentiva la necessità di aggrapparsi saldamente a quel sottile filo di speranza.

"Il piano è questo," intervenne Zak al posto di Hawk. "Dovrete restare tutti qui. Ho piazzato Moose e Rooster a guardia delle donne nella fattoria. Voi altri non andrete da nessuna parte finché non ne sapremo di più. Non voglio che ci attacchino a tradimento mentre siamo impegnati a gestire la situazione con Slade. Perciò, *nessuno si muoverà di qui,* chiaro?"

"Chi è che andrà? E, soprattutto, dov'è che sono?" chiese Dex.

"Non lo sappiamo ancora. Ci manderanno un messaggio con la posizione quando saremo pronti. Ho detto loro che abbiamo bisogno di tempo per raccogliere le armi e le munizioni che hanno chiesto. Li ho avvertiti che nel frattempo devono tenere in vita Slade, altrimenti l'accordo salta."

Nash urlò: "Hai davvero intenzione di negoziare una tregua con quei fottuti bastardi?"

La stanza divenne tanto silenziosa che Diamond riuscì a sentire il proprio respiro.

Hawk e Diesel si guardarono dritto negli occhi, poi il primo esaminò la stanza. "No, non scenderemo a patti con loro, ma dobbiamo avere un piano. Per adesso dobbiamo agire in segreto. Come ha detto Z, per motivi di sicurezza dovete restare qui finché non torneremo... con o senza Slade."

"Se è davvero un Warrior, faremo fuori anche lui," borbottò Diesel abbastanza forte da farsi sentire da Di. Il bestione la guardò con occhi freddi come il ghiaccio, poi posò lo sguardo su Jewel che aveva ancora il braccio avvolto intorno alla vita della sorella. Con la mascella serrata, Diesel distolse lo sguardo.

"Spero che Slade non ci stesse prendendo in giro," mormorò Jewel. "Spero che non stia attirando il mio uomo lì dentro per ucciderlo. Non mi piace che D rischi la vita in questo modo. Si è già beccato un proiettile da Black Jack. È stato fortunato quella volta, ma potrebbe non esserlo una seconda."

"Scusa," le sussurrò Diamond.

"Non è colpa tua, sorellina."

"Se è vero che mi stava prendendo in giro e tramando alle nostre spalle, lo ammazzerò con le mie mani," la rassicurò Diamond.

Jewel le diede un'altra stretta, poi la lasciò andare e si rivolse a Bella. "Acqua in bocca, per favore. Non voglio che Diesel finisca dietro le sbarre. Promettimi che non dirai niente ad Axel. Non posso perderlo, è fuori discussione."

"Provo gli stessi sentimenti per Axel, ma... Sì, te lo prometto," la tranquillizzò Bella, con la voce un po' tremante.

"So che hai bisogno di Axel nella tua vita, ma anch'io ho bisogno di Diesel. Ora più che mai e..."

Jewel lasciò la frase in sospeso e Diamond la scrutò. Non era il momento di farle il terzo grado e capire cosa intendesse: dovevano restare concentrate. Hawk, Diesel e qualche altro dovevano partire in missione e recuperare Slade. *Loro stessi* dovevano uscirne tutti vivi.

Diamond non riusciva a credere che Diesel avrebbe rischiato non solo la propria vita, ma anche quella del fratello per salvare un uomo di cui non si era mai fidato davvero.

Forse Diesel stava nascondendo un segreto. Non era noto per essere loquace o trasparente.

A un certo punto, l'omone gridò: "Diamond, vieni qui, cazzo!" e lei balzò all'indietro sull'attenti.

Dopo aver lanciato una rapida occhiata a Jewel e Bella, lei si fece strada verso la parte anteriore. Il discorso sembrava finito, e i fratelli e le reclute si stavano dividendo in gruppi, chi per andare in cucina a mangiare qualcosa o prendere una birra, chi per iniziare una partita a biliardo o a freccette. Sarebbero rimasti lì dentro per un bel po', e gli uomini del DAMC sapevano bene come godersi quelle ore di confinamento.

Quando Diamond raggiunse Zak, Diesel e Hawk, li fissò uno per volta. Avevano un'espressione funerea, e lei avvertì un pizzico di paura nelle viscere. Se avesse dovuto scegliere tra loro e Slade, non ci avrebbe pensato due volte. Sarebbe stato straziante, ma lei adorava quei tre uomini, nonostante fossero a volte frustranti.

"Fate tutto ciò che..." iniziò a dire lei.

"Sta' zitta e ascolta," abbaiò D.

Diamond aggrottò la fronte e rivalutò il pensiero affettuoso avuto pochi secondi prima. Forse avrebbe dovuto sferrargli un bel destro sul naso.

"Tira fuori il telefono."

Lei lo guardò accigliata, ma obbedì, nonostante la voglia istintiva di mandarlo a quel paese.

"Scrivigli un messaggio. Di' a chiunque abbia il suo telefono che sei la signora di Slade e che hai bisogno di vedere una foto di lui come prova che sta bene."

Diamond fissò il telefono stretto nel pugno, poi guardò Diesel.

"Fallo!" gridò lui, facendola sobbalzare.

"Santo cielo, D," sbottò lei. "Fatti una cazzo di camomilla."

"È una cosa seria, donna. Non ho tempo da perdere."

"Pensavo che Slade ti stesse antipatico e invece ti preoccupi così tanto per lui."

"Non lo faccio per me. Lo faccio per te, e anche per tua sorella. Non mi perdonerebbe se il tuo uomo non tornasse tutto intero."

Il tuo uomo. Diamond lo guardò sgomenta. "Hai detto che poteva essere una spia."

"Non lo sappiamo per certo. Se non lo è, allora è un fratello come tutti noi. Se lo è, dobbiamo occuparcene. In un modo o nell'altro, andremo a prenderlo. Dopodiché, le sue sorti dipendono dal fatto che sia un Angel o un Warrior."

"Diesel..."

"Chiudi il becco e scrivigli. Adesso."

Diamond lanciò un'occhiata a Hawk, il quale le rivolse un cenno rassicurante e restò in silenzio.

Lei dovette compiere uno sforzo per controllare il tremore delle mani. Probabilmente Slade non avrebbe letto quel messaggio, perché lo avrebbe fatto un Warrior al posto suo.

Sono la donna di Slade. Provatemi che sta bene. Ho bisogno di vedere una foto.

"Perché proprio una foto?" domandò lei ai tre uomini mentre aspettava una risposta.

"È un metodo veloce per rintracciare il suo telefono. Da una foto Hunter sa come ottenere i metadati, o come diavolo si chiamano. È così che abbiamo trovato Jewelee," la informò D.

"E poi cosa farete?"

"Montiamo in sella e andiamo," le rispose Hawk, con voce fredda tanto quanto gli occhi di Diesel.

Diamond guardò il recente promesso sposo. "Kiki è d'accordo con te?"

"Le donne non prendono decisioni da queste parti," le ricordò Diesel.

"Certo, come dimenticarlo?!" gli rispose lei in tono ironico, alzando gli occhi al cielo.

"Non mi sta bene, ma che alternativa ho?" intervenne Kiki alle spalle di Diamond. "Sul serio, non abbiamo scelta se vogliamo riavere Slade."

"Ma..."

"Slade non è un Warrior," la interruppe Kiki dolcemente, ma Diamond notò l'occhiata preoccupata che la legale del club lanciò a Hawk un istante dopo: Kiki non era sicura di quelle parole, ma sperava di avere ragione.

Diamond ricevette una notifica e, dopo aver guardato lo schermo, sollevò il telefono per mostrarlo a Diesel. "Sembra che la pensino come te anche loro, D."

Le avevano risposto: *Le femmine non possono fare richieste.*

Zak si avvicinò, lesse il messaggio e poi imprecò, portandosi una mano tra i capelli già arruffati.

Hawk scosse la testa, facendo oscillare la cresta. "Ogni volta che penso che siano stupidi, questi stronzi mi dimostrano che mi sbaglio."

Tutti si bloccarono quando il telefono di Diamond squillò di nuovo. Sbloccò lo schermo. Era una foto.

Si sentì come investita da un turbinio di emozioni contrastanti. Era contenta che fossero talmente idioti da inviare una foto, ma la vista di quell'immagine le fece contorcere le budella e cedere le ginocchia.

"Hawk!" urlò Kiki, cercando di prendere Diamond, che cominciava ad accasciarsi.

Hawk afferrò la ragazza e la tenne in piedi mentre Diesel le toglieva il telefono dalle mani e scrutava la foto.

"Figli di puttana," abbaiò D.

Poi, mostrò il telefono a Hawk e Z.

"Piccola, tienila tu," disse Hawk a Kiki. "Jewel," gridò poi, "vieni qui e aiuta tua sorella."

Jag spinse Kiki da parte, afferrò la sorella da sotto le ascelle e la strinse forte a sé. "La reggo io," borbottò lui. Poi esplose: "Cazzo, quegli infami devono morire."

Diamond inspirò profondamente e si adagiò contro il fratello, chiuse gli occhi e si lasciò andare a un piagnucolio sconsolato.

"Santo cielo, Diamond," le mormorò all'orecchio mentre la reggeva a peso morto. "Andiamo a sederci da qualche parte."

"Non su quei divani logori!" esclamò Kiki, prima di correre via. Dopo pochi secondi, tornò dalla vicina sala riunioni con una sedia. Jag vi adagiò con cura la sorella.

Diamond si lasciò cadere con la testa tra le mani: non avrebbe voluto vedere quella dannata foto. Avrebbe dovuto consegnare il telefono a Diesel e lasciare che se ne occupasse lui.

A ogni modo, non era andata così e quella foto di Slade le era rimasta impressa nel cervello.

Cosa c'era di meglio che farsi trascinare da due stronzi sul selciato, su quello che sembrava un parcheggio dissestato, per poi essere sollevati e scaraventati sul retro di un veicolo? Probabilmente era un furgone, ma Slade non poteva dirlo con certezza, poiché la vista, già compromessa da un pezzo, era ormai fuori uso: aveva gli occhi gonfissimi.

Si sforzò di fare respiri superficiali attraverso la bocca, per ridurre al minimo il dolore delle costole fratturate. Poiché era un ex pugile, conosceva il dolore delle ossa rotte, ed era sicuro di averne alcune.

Non sapeva se gliene avessero incrinate altre oltre alle costole e alle ossa del viso ma, dopo essere stato legato e immobile nella stessa posizione per ore e ore, si sentiva le membra decisamente intorpidite.

Mentre veniva sballottato sul retro del veicolo, pensò che quello doveva essere lo stesso dolore che avrebbe provato se avesse affrontato sul ring Diesel, che gli avrebbe senz'altro sferrato anche dei pugni massicci letali.

A ogni modo, se fosse dipeso da Slade, avrebbe preferito non scoprirlo.

La vista completamente annullata lo portò ad aguzzare le orecchie per cercare di capire dove fossero diretti quei bastardi. Uno di loro istruì di andare a "ovest sull'autostrada", ma Slade non riuscì a sentire altro. A volte captava una o due parole qua e là dal conducente e dal passeggero del veicolo. Dedusse che fossero diretti verso Shadow Valley.

Quando sentì pronunciare il nome di Diamond e poi "sua signora", Slade si mise in ascolto come non mai.

Maledizione. Credevano che Diamond fosse la sua signora? Perché cazzo avrebbero dovuto pensarlo?

Avevano intenzione di usarlo come esca per farle del

male? Slade sperava che lei non fosse tanto ingenua. Tuttavia, continuava a chiedersi come facessero a conoscere il suo nome. Forse i Warriors erano riusciti a parlarle.

Dannazione. Lei non avrebbe dovuto farsi coinvolgere. Qualsiasi cosa gli fosse successa, lui lo avrebbe accettato, ma lei doveva restarne fuori, al sicuro.

Quando gli avevano passato il cellulare per farlo parlare con Diesel, Slade era riuscito a malapena ad avvertirlo e dirgli di non soccorrerlo, poi aveva perso di nuovo conoscenza. Probabilmente i Warriors non avevano gradito le sue parole, ed era abbastanza sicuro che l'improvviso black out fosse stato causato da un calcio strategico alla testa.

Grandioso.

Non sapeva quanto tempo avessero passato in viaggio, ma gli sembrò un'eternità. Non aveva idea di dove fossero, non riusciva nemmeno a capire se fosse notte o giorno. Sapeva solo che erano arrivati a destinazione. O lo avrebbero ucciso o lo avrebbero restituito al DAMC. A ogni modo, dato che suo padre era un Warrior, non credeva che tornare con gli Angels fosse l'opzione migliore: anche loro avrebbero potuto finire per farlo fuori.

All'improvviso, qualcuno lo afferrò dalle braccia e dalle gambe legate e lo lanciò all'esterno del furgone.

Cadde su quello che gli sembrò cemento, si sentì mancare il fiato, rovinò in avanti con la testa e colpì il suolo duro. Ancora una volta, tutto tornò beatamente nero.

***

Diamond guardò lo schermo per la milionesima volta. Erano passati solo due minuti. Due maledetti minuti. Si era mangiata le unghie fino alla pelle e stava per strapparsele. Bella le aveva preparato diversi drink per farla calmare, ma a meno che non si fosse ubriacata fino al coma etilico, l'alcol non l'avrebbe aiutata. Inoltre, voleva restare lucida per capire cosa diavolo stesse succedendo.

Hawk, Diesel, Jag e Dawg se n'erano andati un paio d'ore prima, e da allora nessuno aveva saputo più nulla. Se anche Zak avesse avuto notizie, non ne avrebbe parlato con anima viva. Tuttavia, Diamond lo aveva osservato come un falco per notare eventuali sbirciatine al cellulare, ma il presidente non l'aveva mai tirato fuori. Il telefono era rimasto sul bancone, dove lui era seduto insieme a Sophie.

Era strano vedere quel centauro da sempre cazzuto diventare tanto coccoloso, mentre teneva Zeke sulla spalla per fargli fare il ruttino dopo la poppata. Il contrasto tra padre e figlio era lampante. La creatura era innocente e ignara dei meccanismi di quel mondo, mentre Z era consapevole di quanto potesse essere precaria la vita in un club motociclistico, soprattutto dopo aver trascorso dieci anni in prigione. Tuttavia, per certi versi, i due erano simili. Dopo essere stato rilasciato e aver conosciuto Sophie, Z era rinato a nuova vita, ed era proprio grazie a Sophie che il piccolo era venuto al mondo.

Il bimbo era al centro delle attenzioni sia degli uomini che delle donne del club. Chi avrebbe mai detto che quei bestioni potessero avere un debole per un neonato? Eppure, presto anche lui sarebbe diventato un motociclista cazzuto.

All'inizio, estranea a quello stile di vita, Sophie aveva fatto fatica ad accettarlo. Aveva cercato di allontanare Z, ma lui non si era mai arreso. Sapeva che erano destinati a stare insieme. A ogni costo.

Sebbene venissero da due mondi diversi, si erano incontrati a metà strada. Nel frattempo, avevano messo al mondo una nuova vita.

Quando pensava alla loro relazione, Diamond si sentiva

rincuorata: nonostante le radici di Slade affondassero nel club dei Warriors e lei provenisse dal DAMC, *se* entrambi l'avessero voluto davvero, avrebbero trovato un modo per far funzionare la relazione. Non sapeva se lui lo desiderasse tanto quanto lei, ma lo sperava con tutto il cuore.

Tutto ciò sarebbe stato possibile a patto che l'uomo non li avesse traditi tutti. Se davvero li aveva pugnalati alle spalle, allora era tutta un'altra storia e Slade avrebbe dovuto essere punito di conseguenza.

Perfino Diamond sarebbe stata d'accordo.

Si guardò intorno nell'affollata area comune. Il *The Iron Horse* era chiuso al pubblico, il cancello del parcheggio privato era stato bloccato con le catene e le porte esterne del club erano chiuse a chiave. Nessuno poteva uscire nemmeno per fumare, fino a quando non avessero ricevuto notizie da Hawk o Diesel. Tuttavia, l'aria all'interno si stava facendo pesante.

A peggiorare la situazione c'erano i bei culetti: quelle tizie erano state autorizzate a entrare nel club prima che fosse deciso il confinamento. Diamond notò con sollievo che Lola non era presente. Dopo il litigio, Slade le aveva assicurato che se ne sarebbe occupato lui, e da quella volta Diamond non l'aveva più vista in giro, perciò presumeva che Zak l'avesse cacciata dal club.

Una bella liberazione.

A ogni modo, il club continuava a essere infestato da tutte le altre sgualdrine, e Diamond lanciò un'occhiataccia a Tequila: la gatta morta era avvinghiata a Crow. Era certa che la sciacquetta stesse cercando di convincere l'amico a portarla di sopra.

Da ciò che riusciva a vedere, benché Crow non si stesse ribellando a quelle moine, di certo non le stava nemmeno assecondando. Forse aveva bisogno di essere salvato. Dal canto suo, Diamond sentiva la necessità di scambiare due chiacchiere con qualcuno per non pensare a Slade.

Si diresse verso l'estremità del bancone dove sedeva Crow, il quale la guardò con sorriso malizioso mentre lei si avvicinava.

"Bambolina," la salutò con una risatina bassa e roca mentre scuoteva la testa.

Diamond guardò Tequila con un sopracciglio inarcato: la donna gli teneva l'enorme seno rifatto schiacciato contro il braccio, e aveva appoggiato i fianchi, strizzati in una minigonna di pelle nera oscenamente corta, contro quelli di lui. Crow, invece, se ne stava sullo sgabello. "Ti sta infastidendo?" gli chiese Diamond.

Tequila non la guardò nemmeno e rispose scocciata: "No, Diamond. Vattene."

"Bambolina, apprezzo la preoccupazione, ma posso vedermela da solo."

"Ti consiglio di fare delle analisi del sangue approfondite dopo esserle stato tanto vicino."

A quel punto, la donna si voltò verso Diamond, la fulminò con gli occhi scuri e replicò a brutto muso: "Sei una fottuta stronza, Diamond. Fatti gli affari tuoi. Nessuno mi impedisce di stare qui. Sono stata invitata, ricordi? E poi lui non è il tuo uomo..." Agitò una mano a mezz'aria come per scacciarla. "Perciò vattene."

Diamond socchiuse gli occhi. "Non è il mio uomo, ma la sua salute mi sta a cuore."

"Stai cercando di farmi cacciare come hai fatto con Lola? È questo che vuoi? Venire qui per dare il via a una rissa e farmi bandire da Zak? Sei tanto insicura da sentire il bisogno di farci fuori?"

Diamond inspirò profondamente, pronta a dirne due a quella sfigata, ma poi si zittì subito quando Crow disse con fermezza, fissandola negli occhi: "Tequila, dacci un minuto."

"Ma..."

"Dacci un minuto," ripeté più lentamente, enfatizzando ogni parola per farle capire che non avrebbe accettato obiezioni.

Tequila emise un enorme sbuffo melodrammatico, si staccò da lui e si allontanò pestando i piedi con i tacchi provocanti.

Crow aspettò fino a quando non fu abbastanza lontana. "So che sei arrabbiata, bambolina, ma non puoi cacciare tutte le spogliarelliste dal club. Lo sai, vero?"

Lei lo guardò corrucciata.

"Se continui così ti farai terra bruciata, e ogni volta che ne farai bandire una, ne riprenderanno un'altra. Capito?"

"Non ti abbasserai a questo, vero?" ribatté Diamond, che indicò Tequila con un cenno della testa.

"Assolutamente no, che diamine; sto solo passando il tempo. Come hai detto tu, non ho intenzione di finire in ospedale per un'iniezione di antibiotico. Sai che ho paura degli aghi." Il tatuatore rise alla sua stessa battuta, poi sospirò. "So che sei preoccupata, ma non è il momento di litigare. Dobbiamo mantenere la calma per Slade."

Diamond trattenne il respiro. "E se fosse davvero un Warrior?"

Crow inclinò la testa e la scrutò con quegli occhi scurissimi. "Allora sai cosa succederà."

"Già," sospirò lei.

"Già," le fece eco lui.

"Rocky ha ucciso suo padre."

"Lo so," rispose lui dolcemente.

"Anche se non fosse un Warrior..." Diamond esitò. "...è comunque un gran bel casino."

"Proprio così, bambolina."

Un forte colpo alla porta sul retro fece scattare Crow in piedi in una frazione di secondo. La stanza si fece silenziosa mentre qualcuno continuava a dare colpi e a gridare.

"Oh, cazzo," borbottò Crow mentre Bella si precipitava verso la porta.

"È solo Axel," urlò Bella col telefono in mano. "Mi ha appena mandato un messaggio."

"Non aprire quella porta!" urlò Dex alla sorella. "Ci penso io." Le si avvicinò e la spinse via. "Potrebbero sempre tenderci un agguato."

Non appena Dex rimosse il catenaccio, Axel spalancò la porta e si precipitò dentro. Dex la richiuse rapidamente a chiave.

"Che diavolo succede?" chiese Axel a voce talmente alta che Diamond riuscì a sentirlo dall'altra parte della stanza. Il poliziotto era accigliato e sembrava estremamente preoccupato. Almeno era in abiti borghesi, poiché indossava solo i jeans e una maglietta.

Bella gli afferrò il braccio e gli sussurrò qualcosa che Diamond non riuscì a sentire. Axel guardò la sua donna, le afferrò entrambe le spalle in uno strattone e la fissò dritto negli occhi. Diamond osservò Axel parlare alla velocità della luce: sembrava la stesse rimproverando: più lui si faceva rosso per la rabbia, più lei impallidiva per lo spavento.

Qualche minuto dopo, lui si zittì, sollevò lo sguardo e si accorse di avere tutti gli occhi puntati su di sé. Fece un respiro profondo, visibile dal petto che gli si sollevava e riabbassava.

Poi afferrò il polso di Bella e la trascinò con sé verso Sophie e Zak.

"Oh, merda," mormorò Diamond.

"Zak, cosa diavolo sta succedendo?" domandò al fratello. Poi sollevò il mento verso Bella. "La porto a casa."

"Dovrebbe rimanere qui," controbatté Zak in tono calmo.

"Perché cazzo l'avete rinchiusa qua? Che diamine succede?" Axel si guardò intorno e scrutò la stanza. "Dove sono Hawk e Diesel?"

"Non rispondo alle tue domande. Bella rimane qui."

"No, potrà anche far parte di questo club, ma sarà più al sicuro con me. Ne sono certo, anche se non so cosa diavolo state combinando. Avanti, sputa il rospo."

Zak si limitò a dirgli: "Affari del club," come se fosse una risposta esauriente. Era chiaro che Axel non si sarebbe accontentato. Anzi, quelle parole non fecero che irritarlo ulteriormente.

"Affari del club," mormorò Axel, scuotendo la testa. Spostò lo sguardo su Zeke che dormiva nel marsupio, poi li sollevò verso Sophie. "Si tratta dei Warriors?" domandò alla cognata.

Sophie sgranò gli occhi, ma Z intervenne all'istante. "Non farle l'interrogatorio. Non risponderà."

Sophie tirò fuori Zeke dal marsupio e si avvicinò al cognato, "Saluta tuo nipote, Axel."

Axel guardò il bambino e, per un attimo, mise in pausa la rabbia. Tese le mani e Sophie glielo mise in braccio. Lo zio cullò il bambino sul petto mentre osservava quel dolce visino.

Diamond quasi si sciolse quando Axel cominciò ad accarezzargli le guanciotte paffute.

Il poliziotto sollevò la testa per fissare il fratello. "Mio nipote è in pericolo?"

"So badare alla mia famiglia," replicò Zak stizzito, prima di strappargli il piccolo dalle braccia.

"Non credo," ribatté Axel mentre osservava la stanza

affollata. "Se vuoi l'aiuto della polizia, Z, devi essere schietto e dirci cosa sta succedendo."

"Non ho bisogno degli sbirri."

Axel sbuffò e scosse la testa prima di guardare Bella. "Torniamo a casa."

"Axel..."

"No, Bella, non resterai qui. Se mio fratello vuole mettere a rischio la sua famiglia, è una scelta sua, ma io sono responsabile per te, quindi verrai a casa con me. Saremmo potuti morire entrambi la notte della festa di Natale, quando i Warriors hanno sparato al *The Iron Horse*." Guardò di nuovo Zak. "Comunicherò alla stazione di pattugliare la zona."

Zak lo ignorò.

Axel sospirò e mise un braccio intorno a Bella. "Andiamo, piccola," la incoraggiò dolcemente.

Diamond guardò Axel condurre la sua donna attraverso la stanza e fuori dalla porta sul retro. Non appena i due furono usciti, Dex richiuse la porta a chiave.

Diamond sospirò. Voleva lo stesso tipo di amore intenso che Axel provava per Bella. Anche lei voleva essere oggetto di quel forte bisogno di protezione. Quell'uomo, pur di stare accanto a Bella, tollerava gli innumerevoli casini in cui si ficcava il club. Nonostante tutto, per lui ne valeva la pena.

"Se Slade non è un Warrior, gli chiederai scusa per avergli mentito. Se non ti perdonerà, allora ci metterai una pietra sopra," mormorò Crow accanto a Diamond, che aveva ancora lo sguardo incollato alla porta da cui Bella e Axel erano usciti. "Anche tu meriti quel tipo di amore, bambolina. Tutte le donne se lo meritano."

Lei si voltò verso l'amico e gli scrutò la pelle color miele, gli zigomi pronunciati, gli occhi scuri e i capelli corvini che gli ricadevano sulla schiena in una lunga coda di cavallo dritta. "Anche tu te lo meriti, Crow. Come tutti noi."

Lui si infilò una ciocca di capelli dietro l'orecchio. "Non tutti possono avere quel tipo di amore. Non è possibile."

"Per una volta, spero che tu ti sbagli."

Capitolo quattordici

Nemmeno un'aspirina avrebbe alleviato l'atroce mal di testa di Slade, non che qualcuno gliel'avesse offerta. Ancora una volta, si ritrovò su un pavimento freddo e di cemento, chissà dove.

Fece del suo meglio per aprire gli occhi, ma gli fu impossibile. Tuttavia, sentiva delle voci vicine, animate e rumorose.

Diede uno strattone ai polsi, ma il nastro adesivo non cedette minimamente. Se voleva scappare, quello era il momento perfetto, poiché sembrava che i Warriors fossero distratti dalla conversazione.

Maledizione!

Spostò la testa in modo da poter sentire meglio. Avrebbe potuto giurare di aver udito le urla infuriate di Hawk.

Eppure Slade aveva detto a Diesel di non andare a prenderlo. Sapeva che i fratelli sarebbero caduti in una trappola. Loro, però, erano andati lo stesso.

Avevano pensato per caso che ne valesse la pena? Si sarebbero pentiti della loro decisione non appena avessero scoperto che il padre di Slade era un Warrior. Probabilmente gli avrebbero tolto i colori e persino scarnificato la schiena per cancellare i tatuaggi che raffiguravano i simboli del club.

"Avete ottenuto le vostre fottute pistole e tutte le munizioni, ora ridateci Slade."

Quello è Diesel.

"Non abbiamo finito di negoziare," ribatté un Warrior. "Noi vogliamo una tregua."

"Perché? Per trasgredirla un attimo dopo?" Sì, quella era decisamente la voce di Hawk, teso come una corda di violino, come se stesse facendo del suo meglio per mantenere il controllo.

"Ci state dando la caccia con i vostri uomini?"

"Perché mai dovremmo dare la caccia a voi stronzi?"

"Un paio dei nostri hanno esagerato," mormorò uno dei Warriors.

Esagerato. Come no. Nessun Angel avrebbe creduto a quelle menzogne.

"Ti riferisci a Black Jack e Squirrel? Al fatto che hanno picchiato e stuprato le nostre donne? È così?"

"Il nostro presidente si è dissociato."

"Certo."

Santo cielo, quella sembrava la voce di Dawg. Perché diavolo anche il manager dello strip club era lì?

"E invece non si è dissociato dalla dannata sparatoria al mio bar?" ringhiò Hawk.

"Insomma, voi la volete, una tregua, sì o no?" gridò uno dei Warriors.

"Noi vogliamo solo Slade. Non accetteremo una tregua per permettervi di entrare e colpirci quando meno ce lo aspettiamo."

"Beh, allora andate al diavolo. Il bastardo è lì dentro. Non posso credere che vogliate davvero quel mezzo Warrior."

"Di certo non ha i colori dei Warrior tatuati sulla schiena."

L'ultimo a parlare era stato Jag. Dannazione, questo significava che erano andati a prenderlo almeno quattro Angels. Quattro dei suoi fratelli avevano corso il rischio di cadere in una trappola, perché era di questo che si trattava. I Warriors avrebbero usato lui come esca, per eliminare quanti più Angels potevano.

Slade sentì avvicinarsi il calpestio di diversi stivali. Cercò di gridare, di avvertire i fratelli, ma non riuscì a parlare. Gli uscì solo un ringhio di dolore.

"Santo cielo," gridò Diesel.

Slade sentì il rumore degli stivali sempre più vicino, poi qualcuno si abbassò a terra accanto a lui e, pochi secondi dopo, gli tagliò il nastro attorno ai polsi per liberarglieli.

"Respira ancora?" chiese Hawk.

"Sì," confermò Dawg vicino alla testa di Slade. "Respira, ma a fatica."

"Come osate chiedere una tregua dopo averlo ridotto così?" Hawk sembrava indignato.

"Stava facendo troppe domande," si giustificò uno dei Warriors.

Slade tentò di schiarirsi la gola e cercò di avvertirli di nuovo con un filo di voce: "Non ci... casca..."

Diesel finì di segare il nastro adesivo e gli rispose: "Sì, fratello, ti riportiamo a casa."

Slade si domandò se lo avesse sentito.

Mentre continuava a liberargli le caviglie, l'omone gli mormorò: "La giustizia è per chi se la merita... Chi non se la merita, deve solo implorare *misericordia*."

Slade non aveva idea di cosa diavolo stesse farfugliando, ma all'improvviso udì il boato di una bomba lampo che esplodeva. Si buttarono tutti a terra e qualcuno, molto probabilmente Dawg, gli coprì la testa.

Slade sentì il cuore martellargli nel petto e il sangue pompargli nelle orecchie. O forse non era il sangue, ma l'impatto dell'esplosione.

Improvvisamente, chiunque gli avesse coperto la testa si dileguò. Slade era libero, ma le sue membra non collaboravano poiché erano rimaste legate nella stessa posizione per troppo tempo.

Porca miseria! Non aveva idea di cosa diavolo stesse succedendo. Ancora in preda al dolore, si costrinse a mettersi seduto come meglio poteva e provò ad ascoltare i suoni che lo circondavano.

Non capiva chi stesse avendo la meglio: riusciva a sentire solo dei grugniti agitati e ovattati e quelli che sembravano corpi che cadevano a terra.

Quella situazione lo innervosiva, perché non poteva fare nulla per aiutare i fratelli. Non ci vedeva e riusciva a malapena a muoversi. Era più impotente di un neonato, dannazione.

Senza alcun preavviso, venne afferrato da braccia e gambe e trascinato fuori da due uomini.

"È tutto sotto controllo, fratello. D non ti ha mentito quando ti ha detto che ti avrebbe riportato a casa," lo rassicurò Hawk.

Slade cercò di chiedere cosa diavolo stesse succedendo. "Cosa..."

"Ci penseranno gli uomini di D al resto. Non ti serve sapere altro."

Slade capì di essere all'esterno perché l'aria fresca gli permise di respirare più facilmente. Una voce maschile profonda che Slade non riconobbe disse: "Ho trovato il suo gilet nel loro furgone. Mi sbarazzo del veicolo."

Diesel si limitò a grugnire.

"I Warriors..."

D interruppe chiunque stesse parlando: "Sì."

"Ricevuto, capo."

"Dove cazzo sarà la sua moto?" domandò Dawg. Forse era lui che gli stava reggendo le gambe.

"Non credo che gli stronzi riescano a risponderci, ormai. Per il momento penserei ad altro," precisò Hawk. "Dobbiamo portarlo in ospedale."

Slade sentì la portiera di un veicolo aprirsi, poi qualcuno lo adagiò sul sedile e richiuse sonoramente la portiera.

Due dei fratelli salirono davanti.

"No... ospedale," provò a dire Slade, sebbene con un filo di voce.

"Dobbiamo farti visitare, essere sicuri che tu non stia morendo e che non abbia danni cerebrali," disse Hawk da quello che sembrava il sedile del conducente.

"Per farsi Diamond, direi che i danni cerebrali ci sono già da tempo..." grugnì Diesel dal sedile del passeggero.

"Rig..."

"Lei non se l'è fatto..." borbottò D.

"Rig..." riprovò Slade.

"Non è mai andata a letto con Rig," sbottò Diesel spazientito. "Le ho detto di stare alla larga da te finché non avessimo scoperto se fossi leale o meno."

Ma che diamine... Quindi la storia di Rig era una bugia?

"Se lo è inventato nel tentativo di liberarsi di te, fratello. Non le abbiamo dato altra scelta," aggiunse Hawk, sovrastando il rombo del motore.

Slade non sapeva se sentirsi sollevato o incazzato. Ci avrebbe pensato in un secondo momento, dato che Diesel lo stava portando in ospedale e quello era l'ultimo posto in cui voleva andare.

Se i fratelli gli avevano detto la verità e Diamond non si era fatta Rig... c'era solo un letto su cui Slade si sarebbe voluto tuffare, e di certo non era quello di un ospedale. Quando i Warriors lo avevano pestato a sangue, Slade aveva avuto modo di riflettere: pur sapendo di essere furioso con Diamond per il fatto che gli aveva mentito, sapeva anche che l'avrebbe perdonata in fretta e che quella donna valeva molto di più di una bugia detta a fin di bene.

Poi, però, si ricordò che Diamond aveva solo eseguito gli ordini di Diesel: trovare una scusa per allontanarlo. L'aspetto più rilevante dell'intera questione era che Diamond aveva *ubbidito*. Di solito era indomabile, ma in quella situazione di pericolo aveva ascoltato il *Sergeant at Arms*. Per quel motivo, Slade era fiducioso, perché se si fosse mai sistemato con qualcuna, avrebbe voluto una donna capace di scendere a compromessi. Diamond gli aveva dimostrato di esserne in grado.

Per fortuna!

Diamond fece del suo meglio per non svenire mentre Jag e Dawg aiutavano Slade a varcare la soglia della casetta di lei.

Si coprì la bocca con le mani nel tentativo di non lasciarsi sfuggire un grido di disperazione.

Nonostante fosse stato in ospedale e fosse già stato dimesso, Slade aveva un aspetto piuttosto malconcio. Sembrava lo avessero picchiato a sangue.

Aveva gli occhi gonfi e arrossati, il naso coperto da una benda bianca, il labbro inferiore tutto spaccato e lo zigomo destro livido. Come se non bastasse, indossava una maglia insanguinata.

Dawg stringeva in mano il gilet logoro di Slade e, poco

dopo, lo porse a Diamond. Lei si precipitò in avanti, lo afferrò e lo appoggiò su una delle sedie della cucina. Avrebbe fatto il possibile per ripulirlo più tardi, non appena Slade si fosse sistemato comodamente nella sua stanza.

Quando aveva ricevuto la chiamata da Hawk e aveva saputo che erano tutti in ospedale, Diamond gli aveva ordinato di portare Slade da lei.

Si era trattenuta dal precipitarsi in ospedale, dato che Hawk le aveva riferito che lo stavano sottoponendo ai controlli per le fratture ossee e un'eventuale commozione cerebrale, e non aveva senso che lei li raggiungesse solo per rompere le scatole.

Lei. Una rompiscatole. Certo, come no.

I medici non avevano trovato traumi gravi, solo il naso rotto, così come un paio di costole, una lieve commozione cerebrale e il viso gravemente contuso. Non volevano tenerlo per la notte e lui aveva insistito così tanto per andarsene che nessuno lo avrebbe costretto a rimanere. Qualcuno, però, avrebbe dovuto tenerlo d'occhio e assisterlo.

Naturalmente Diamond aveva messo in chiaro che era l'unica che si sarebbe presa cura di Slade, che a lui piacesse o meno.

Prima che Dawg e Jag lo portassero a casa sua, lei si era assicurata di cambiare le lenzuola e andare al supermercato per fare scorta di cibo, antidolorifici da banco e qualsiasi altra cosa di cui Slade avesse bisogno per sentirsi a suo agio. Lei gli avrebbe dedicato tutto il tempo necessario, avrebbe fatto qualsiasi cosa per far sì che si rimettesse.

Gli avrebbe chiesto scusa per avergli mentito e averlo cacciato dal proprio letto.

"Portatelo in camera mia," ordinò a Jag e Dawg, indicando la direzione con un dito.

Prima che i due potessero muoversi, lei si precipitò

davanti a loro e fece strada. Slade per fortuna era in grado di camminare. Era lento e instabile, e aveva bisogno dell'aiuto di Jag e Dawg per avanzare, ma era comunque un buon segno.

Non ne poteva più del male che i Warriors stavano infliggendo alla sua famiglia: dovevano fermarli. Se l'unico modo era ucciderli, allora che procedessero il prima possibile.

Mentre entravano nella stanza da letto, Diamond chiese: "Che fine hanno fatto i Warriors che lo hanno ridotto così?"

"La fine che meritavano," mormorò Jag.

Lei si fermò e si voltò verso il fratello. "E quale sarebbe?"

"Diamond, sai che non posso parlarne."

"Dimmi solo una cosa: devo preoccuparmi che possano tornare di nuovo?"

Jag incontrò gli occhi di Dawg, poi si voltò di nuovo verso di lei. "No. Non serve aggiungere altro."

Diamond gli fece un brusco cenno del capo e si sfregò gli occhi prima di iniziare a piangere davanti a Dawg e al fratello. Tirò indietro il lenzuolo e fece loro cenno di adagiare Slade sul letto.

I fratelli gli tolsero gli stivali e i calzini e Slade, dopo qualche gridolino di dolore, si sistemò. Lei gli appoggiò con cura un paio di cuscini dietro la schiena, in modo che potesse sedersi comodamente, per quanto possibile.

Lei gli osservò meglio il viso tumefatto e gli chiese: "Riesci a vedermi?" Quel poco di bulbo oculare che lei riuscì a scorgere era pieno di sangue, poiché gli avevano rotto un vaso. Diamond sussultò.

"Un po'," rispose Slade.

Hawk le aveva detto che avevano dovuto mettergli dei punti e bendargli l'occhio sinistro.

"Vuoi il telecomando della TV?"

Quando lui non rispose, lei glielo mise in mano e aggiunse: "Accompagno gli altri fuori. Torno subito."

Ancora una volta, lui non rispose e Diamond sentì un tuffo al cuore. Probabilmente Slade odiava il pensiero di essere accudito da lei, perché credeva ancora che lo avesse tradito con Rig.

Seguì Dawg e Jag fuori dalla camera e si richiuse la porta alle spalle.

"Si è opposto quando ha saputo che lo avreste portato qui?" chiese mentre si dirigevano verso la porta d'ingresso.

"No," rispose Jag, prima di fermarsi in cucina accanto al gilet di Slade per fissarlo. Scosse la testa con la fronte aggrottata. "Maledetti Warriors," borbottò poi.

Dawg gli diede una pacca sulla spalla. "Fratello, devo andare a riaprire il club."

"Pensi che siamo davvero al sicuro?" gli domandò lei.

Dawg scrollò le spalle e si passò una mano sulla barba. "Non possiamo far vedere a quegli infami che abbiamo paura, altrimenti vinceranno loro."

"Assicurati di chiudere a chiave la porta quando ce ne andiamo, sorellina."

"Sì, lo farò. Ace, Moose e Rooster sono ancora alla fattoria, fermeranno e interrogheranno chiunque oserà imboccare la strada che porta qui."

"D'accordo, ma tu sei in aperta campagna." Il fratello sollevò il mento verso la camera da letto. "E in questo momento lui non può proteggerti in nessun modo."

"Magari puoi lasciarmi un'arma? Io non ho nulla... Sai, solo per stare sicuri," aggiunse lei.

Jag e Dawg si scambiarono un'occhiata, poi il fratello infilò la mano sotto il gilet, nella parte posteriore dei jeans, tirò fuori una pistola compatta e la posò sul tavolo della cucina, vicino al gilet di Slade.

"Fa' attenzione con quella," la avvertì. "So che sai come usarla, ma a ogni modo..."

"La metterò sul comodino accanto a Slade. Come ho detto... è solo per sicurezza."

Jag annuì. "Per qualsiasi problema, chiama immediatamente me o Diesel, chiaro?"

"Sì," sospirò lei, grata di avere un fratello come Jag. Nonostante il padre fosse stato dietro le sbarre per la maggior parte delle loro esistenze, Jag era diventato un brav'uomo. Si abbracciarono e lui le stampò un bacio sulla fronte. "Fammi un favore: di' a Crash che non tornerò al negozio finché Slade non starà meglio, va bene?"

"Sì, sorellina, glielo dirò," le rispose lui dolcemente prima di lasciarla andare. Pochi secondi dopo, Diamond guardò i ragazzi uscire e chiuse la porta a chiave.

Si voltò di schiena e si appoggiò contro il legno freddo, portandosi le mani al viso. Fece un paio di respiri profondi e tremanti, si allontanò dalla porta e tornò in camera da letto. Afferrò la pistola e controllò la sicura.

Aprì la porta della camera e si bloccò. L'ultima volta che si era fermata in quel modo sulla soglia era stata circa una settimana prima, quando prima di andare al lavoro aveva osservato Slade che dormiva nel suo letto. Ricordava ancora come si era sentita, quel senso di tenerezza...

Deglutì a fatica.

In quel momento, lui giaceva di nuovo lì, dopo essersela vista davvero brutta. I sentimenti di lei non erano cambiati per niente nell'ultima settimana. Semmai, la preoccupazione per lui li aveva resi ancora più intensi. Quei giorni di totale silenzio l'avevano distrutta, e Diamond si era resa conto di quanto volesse bene a Slade solo dopo che lui era scomparso.

Comunque, lui era tornato e lei avrebbe dovuto fare i conti con ciò che provava. Dopo avergli mentito su Rig, sapeva che da quel momento in poi non avrebbe dovuto fare altro che essere onesta. Era l'unico modo per recuperare il loro rapporto.

Abbassò lo sguardo sulla pistola che aveva in mano e chiuse gli occhi. Probabilmente c'erano dieci proiettili. Avrebbe tanto voluto fare fuori altrettanti Warriors per vendicare Slade, per riscattare il dolore che avevano inflitto anche a lei.

Non aveva idea di quanti Warriors fossero di preciso, dato che erano nomadi e si muovevano veloci come scarafaggi: per uno che si faceva vedere in giro, ce n'erano altri dieci che si nascondevano, e continuavano a moltiplicarsi; gli Angels ne facevano fuori alcuni e quegli infami puntualmente rispuntavano. Evidentemente, quel club di fuorilegge non era mai a corto di reclute e nuovi membri, i quali si facevano carico di una guerra che non li riguardava affatto e continuavano una faida di cui non sapevano nulla. Diamond si chiedeva il perché: le sembrava un'assurdità.

Emise un sospiro, entrò nella stanza e posò la pistola sul comodino accanto a Slade. Lui la guardò, ma non fiatò.

Non le piaceva vederlo tanto silenzioso. Probabilmente, però, era esausto. Visto che la TV era ancora spenta, Diamond mise via il telecomando, si sedette sul bordo del letto e gli posò una mano sulla coscia. Avrebbe dovuto spogliarlo da quei cenci insanguinati, ma si rese conto di non avere vestiti di ricambio per Slade.

L'indomani sarebbe corsa al club a prenderli. A ogni modo, in quel momento aveva bisogno di parlargli e capire se l'avrebbe mai perdonata, non solo perché gli aveva mentito, ma anche per quello che aveva fatto suo padre in passato. Non aveva idea di cosa gli passasse per la testa.

Hawk non ne aveva parlato durante la telefonata e lei era troppo preoccupata per il benessere fisico di Slade per chiedere altro.

Diamond arricciò le dita contro i jeans di lui e gli fissò il petto che si alzava e abbassava a un ritmo cadenzato. "So che questo è probabilmente l'ultimo posto in cui vorresti stare, ma non puoi tornare al club e stare da solo in camera, e sono sicura che non vuoi essere assistito da un fratello, quindi mi dispiace, ma sarò io a prendermi cura di te."

"Principessa..."

"Devo confessarti una cosa..."

Sentì sotto le dita i muscoli della coscia di Slade che si irrigidivano. "Principessa..."

Non poteva permettergli di interromperla, Diamond doveva vuotare il sacco. "Non sono andata a letto con Rig. Mi dispiace di averti mentito, ma non avevo scelta. Io... Io..."

Oh, porca miseria. Le lacrime presero a rigarle il volto più velocemente di quanto lei potesse asciugarle, e presto avrebbe iniziato a smoccolare e a piagnucolare come una bambina.

Chinò la testa e proseguì. "Mi dispiace, Slade. Mi dispiace da morire, maledizione. Non sapevo cosa fare, così ho detto la prima balla che mi è venuta in mente..." Tirò su con il naso. "So che non è una giustificazione e so anche che... se non te ne fossi andato... non saresti caduto nelle mani del Warriors, ed è tutta colpa mia se..."

Si arrese alle lacrime e smise di asciugarsi il viso. Non riusciva più a contenerle e non aveva nemmeno senso provarci.

Quando Slade le accarezzò la guancia e le asciugò la guancia con il pollice, lei alzò lo sguardo. "Non è colpa tua," la rassicurò dolcemente lui.

"Sì, invece. Te ne sei andato per colpa mia, per quello che ho fatto... o meglio, per quello che ho detto."

"Principessa... D mi ha raccontato tutto. Mi ha detto che ha saputo di mio padre. Dopo i guai che gli hanno causato i Warriors, non posso biasimarlo per essere stato cauto."

"Non sapevi che tuo padre era un Warrior?"

"Non ne avevo la più pallida idea. È da tempo che chiedo di lui in giro. Tutto ciò che mi resta di lui è una foto sgualcita con il suo nome sul retro."

Diamond provò a tastare il terreno. "Sai cosa gli è successo?"

Lui scosse leggermente la testa. "No. I Warriors mi hanno detto che è morto. Non so altro. Non so né quando né come, ma solo che non c'è più. Non vedo perché non debba crederci."

Diamond gli si avvicinò per afferrargli la mano e se la portò in grembo in una calorosa stretta. "Non ti hanno detto come è morto?"

"No. Era impossibile parlare a cuore aperto con quegli infami, principessa." Slade girò la mano e intrecciò le dita a quelle di Diamond.

"Diesel non ti ha detto niente?"

Slade continuò a muovere le dita e sollevò lo sguardo su di lei. "Perché? D lo sa?"

Oh, cavolo... Oh, santissimo cielo.

Diamond spalancò la bocca e si sentì a corto di fiato.

Non poteva raccontarglielo. Non ancora. Slade doveva prima rimettersi. Non appena fosse tornato in forze, lei gliene avrebbe parlato, e poi sarebbe stato lui a decidere se restare o andare via. Tuttavia, fino a quel momento non si sarebbe dovuto muovere di lì. Diamond aveva bisogno di passare del tempo con lui. Doveva farsi perdonare per le proprie azioni. Se fosse stato necessario, anche per quelle di Rocky.

Eppure, in quel momento, l'unica cosa che importava era che lui era lì, nel suo letto, e aveva bisogno di lei. Diamond fissò le loro mani giunte.

"Volevo uccidere Rig. È giusto che tu lo sappia."

Diamond sollevò lo sguardo, sorpresa.

"Ogni volta che chiudevo gli occhi, lo vedevo sopra di te... lo immaginavo prendere ciò che dovrebbe essere solo mio, principessa. Pensarvi insieme mi ha ucciso, mi ha divorato da dentro. Non riuscivo a togliermi quel tarlo dalla testa. È stata durissima. Ho cercato di berci su, ma non ha funzionato."

Diamond non sapeva cosa dire. Mentre Slade parlava, lei avvertì come un nodo in gola e nuove lacrime pronte a sgorgare.

Che diavolo stava succedendo? Non era più una bambina, né una debole. Si diede uno scossone per tornare alla realtà.

"Devo toglierti questi vestiti di dosso," gli disse infine. Si schiarì la gola nella speranza che quel gesto avrebbe mandato via anche le sue emozioni. Distese una mano verso il lembo inferiore della maglia di Slade. "Sono luridi."

Lui gliela afferrò e gliela tenne ferma per un momento. "Devi spogliarti anche tu, principessa. Ho bisogno di sentire il tuo corpo nudo contro il mio. Solo io e te. Non posso fare di più, ma voglio stringerti forte e sentire la tua presenza, per ricordarmi che non sono morto nelle mani dei Warriors."

Diamond si morse il labbro inferiore per trattenere un piagnisteo. "No, non sei morto nelle mani dei Warriors. Io sono qui, nella realtà, e lo sei anche tu," gli sussurrò lei.

Poi, gli sollevò con cautela la maglia macchiata di sangue e la gettò sul pavimento. Con l'aiuto di Diamond, Slade si sbottonò i jeans e li mise da parte. Lei non poté fare a meno di udire i gemiti doloranti di lui, e proseguì a spogliarlo anche dei boxer.

Slade avrebbe tanto dovuto farsi una doccia, ma quella sera non era il caso. Diamond raccolse i suoi indumenti e li gettò nel cesto della biancheria sporca che teneva nell'armadio, poi andò a prendere una bacinella di acqua calda e un panno per lavarlo.

Quando tornò, lo ritrovò nudo sul letto e gli fissò il corpo contuso. I tatuaggi non erano più gli unici colori che gli adornavano il petto e le costole. Lei si fece forza e portò la bacinella vicino al letto.

"Ti do una bella ripulita, tesoro. Dimmi se ti faccio male." Si mordicchiò il labbro inferiore mentre immergeva il panno nell'acqua, poi lo strizzò e iniziò a rimuovere delicatamente il sangue secco dal viso e dal petto.

Non riusciva a decifrare l'espressione di Slade, perché aveva il viso troppo gonfio e gli occhi ridotti a delle minuscole fessure. Dopo averlo accudito come meglio poteva, Diamond gettò il panno nella bacinella e si sedette meglio per osservarlo. Gli passò la punta delle dita sulla clavicola e lungo lo sterno, gli raddrizzò le piastrine e poi scese verso gli addominali e seguì la sottile linea di peli che gli partiva dall'ombelico e gli raggiungeva il pube.

Lui le afferrò la mano e la bloccò. "Scusa, principessa. Non sai quanto vorrei farlo, ma stasera non ci riesco."

"Lo so. Avevo solo bisogno di toccarti."

"Sono qui anch'io, nella realtà," le disse, ripetendo le parole di lei. "Puoi continuare a essere la mia dolce Diamond anche in astinenza? Non riesco a fare davvero nulla adesso, ma spero che tu mi rimanga accanto."

Diamond accennò un piccolo sorriso. "Prometto che farò del mio meglio, purché tu rimanga nel mio letto."

"Come vedi, principessa, non posso andare da nessuna parte. Ma se anche potessi, non vorrei essere altrove, per nulla al mondo."

Diamond pensò che Slade avrebbe potuto cambiare idea se avesse saputo la verità sul padre.

"Ho bisogno di riposare adesso, così più tardi sarò più lucido."

Sì, anche Diamond avrebbe fatto lo stesso.

Capitolo quindici

"Hai detto che sei stato cresciuto da una ragazza madre?" Diamond posò la forchetta e scrutò Slade, seduto di fronte a lei al tavolo della cucina. Finalmente si era ripreso abbastanza da camminare da solo, farsi una doccia e sedersi a tavola con lei. Diamond era convinta che presto sarebbe tornato a vivere al club.

L'idea non la entusiasmava di certo, ma se lui voleva così, lei di sicuro non lo avrebbe fermato.

Nonostante tutto, era giunto il momento di affrontare il problema che lei stava rimandando ormai da tempo; poi, se Slade avesse deciso di lasciarla, Diamond avrebbe rispettato la sua scelta.

"No, non proprio. Sono cresciuto in una famiglia affidataria. Nessun familiare voleva farsi avanti e adottarmi. Mio zio era un motociclista: era fuori discussione che si prendesse cura di un orfanello. I parenti più lontani non volevano avere niente a che fare con me, e comunque nessuno di loro poteva permettersi di sfamare una bocca in più."

Diamond allontanò il piatto e prese a giocare con l'etichetta della bottiglia di birra.

Slade osservò il cibo che le restava nel piatto. "Non hai fame, principessa?"

Maledizione, no che non aveva fame. Le veniva da vomitare.

Aveva appena scoperto che da quando suo padre aveva ucciso quello di Slade, lui era diventato orfano ed era finito in una famiglia affidataria. La situazione non faceva che peggiorare.

"Slade," iniziò a dire lei, ma poi dovette ingoiare il nodo in gola.

Lui s'infilò una forchettata di fagiolini in bocca. "Che c'è?"

Quando la stanza iniziò a girare, lei chiuse gli occhi.

"Che c'è, Diamond?" le chiese di nuovo in tono più deciso.

"Devo dirti una cosa..."

Slade fece cadere la forchetta nel piatto in un gran fracasso e lei sgranò gli occhi. La stava guardando con un'espressione buia, che non aveva nulla a che fare con i lividi. "Se ti azzardi di nuovo a dirmi che hai scopato con..."

Diamond spalancò gli occhi ancora di più. "No!" gridò, poi fece un respiro e, con tono di voce più basso, continuò: "No, non c'è mai stato nessuno oltre te... Si tratta di mio padre."

Slade allontanò il piatto, si sistemò meglio sulla sedia e la fissò. "Ti ascolto."

"C'entra anche il tuo."

Lui si accigliò, confuso. "Diamond, che diavolo stai cercando di dirmi?"

Lei si mordicchiò il labbro inferiore e guardò l'uomo che nell'ultima settimana aveva vissuto con lei, di cui lei si era presa cura e di cui, in qualche momento a lei ignoto, si era innamorata. Il motociclista che lei desiderava come suo uomo.

Diamond ne era sicura. Lo sentiva nelle ossa. A ogni modo, non era certa che lui avrebbe ricambiato, soprattutto dopo che gli avrebbe rivelato i dettagli di quella storia.

Doveva vuotare il sacco. Slade meritava di saperlo, e Diamond aveva chiesto a D, Hawk e a tutti gli altri di lasciare che fosse lei a parlargliene.

Sorprendentemente, i fratelli avevano rispettato il suo volere.

"Mio padre... Rocky è finito in prigione molto tempo fa..."

"Sì, piccola, lo so."

"E tuo padre è stato ucciso molto tempo fa..."

Slade inclinò la testa e la fissò corrucciato. "Non so quando sia stato ucciso, ma voglio chiedere a D di indagare meglio."

"Slade..."

Lui sbatté la mano sul tavolo, facendo sobbalzare non solo le posate, ma anche Diamond. "Dove diavolo vuoi andare a parare?"

Lei deglutì di nuovo, poi raccolse tutte le sue forze: "Diesel sa già tutto. Ha già indagato abbondantemente con l'aiuto di Hunter."

Slade continuò a fissarla con gli occhi castano scuro intensi e le sopracciglia aggrottate. "Anche tu sai tutto?"

"Sì," gli rispose lei con un sussurro. "So tutto."

Lui dilatò le narici e non proferì parola per un lungo momento. "Perché me l'hai tenuto nascosto?"

"Quando ti dirò quello che so, spero che capirai perché l'ho fatto."

Slade serrò la mascella, poi la incoraggiò a proseguire: "Dimmelo."

"Mio padre è finito in prigione per aver ucciso due Warriors."

"Già... *oh, cazzo*." Slade spinse la sedia indietro, talmente forte che fece stridere le gambe contro il pavimento. Poi si alzò in piedi.

"Uno dei Warriors era..."

"*Oh, cazzo*," mormorò lui, scuotendo la testa.

"...Buzz," concluse lei, con gli occhi chiusi in attesa che lui uscisse di corsa dalla stanza. Quando lui non si mosse, lei li riaprì. Slade, però, non stava guardando lei. Aveva la mano avvolta dietro la nuca e stava fissando il soffitto.

"Cazzo," mormorò di nuovo.

Lei si alzò e si precipitò intorno al tavolo per andargli incontro, ma lui indietreggiò e tese una mano nella sua direzione per impedirle di avvicinarsi.

La fissò di nuovo con sguardo cupo. "Mi stai dicendo che tuo padre ha ucciso il mio?"

Diamond fece un respiro tremante. "Sì, è corretto."

"E da quant'è che lo sapevi?"

"Dal giorno in cui..."

"Che giorno?"

"Il giorno in cui ti ho mentito su Rig."

"Hai scoperto che mio padre era un Warrior e mi hai allontanato."

"Sì."

"Ecco perché Diesel dubitava della mia lealtà."

"Già."

"Diamond..."

"Sì," sospirò lei.

Lui continuò a guardarla. "Mio padre non è venuto mai a prendermi in orfanotrofio perché probabilmente era già morto, cazzo."

Oh, maledizione. Diamond si strofinò il petto in preda a un improvviso e insopportabile dolore. "Sì, è probabile."

Slade si voltò e si spostò in salotto. Iniziò a camminare nervosamente avanti e indietro davanti al camino mentre si passava una mano tra i capelli corti. "Sarebbe potuto venire a prendermi se lo avesse saputo."

"Sì, avrebbe potuto farlo," ripeté lei, ma onestamente non sapeva se un Warrior di nome Buzz, che non si era mai preso la briga di stare vicino alla famiglia quando la compagna era rimasta incinta, sarebbe tornato a prendere il figlio. Nessuno poteva saperlo.

Improvvisamente, Slade smise di camminare e si girò sui talloni. Si precipitò verso di lei e l'afferrò per le braccia. "Tu sei cresciuta senza un padre perché stava scontando la pena per aver ucciso il mio."

Diamond restò in silenzio. Immaginava che Slade non si aspettasse una risposta. Stava semplicemente elaborando le informazioni ad alta voce.

"I nostri padri ci hanno rovinato la vita."

Era un'osservazione valida.

Lui la fissò di nuovo. "Perché Rocky ha ucciso mio padre?"

"Io... Io non lo so. So solo che aveva tutto a che fare con la vendetta per un altro omicidio."

"Non conosci i dettagli?"

"Non abbastanza."

Lui scosse la testa. "Devo scoprirli."

"Cosa?" sussurrò lei mentre lo fissava.

Slade la lasciò andare bruscamente e si avvicinò alla finestra per guardare fuori. Riprese a passarsi una mano tra i capelli. "Ho bisogno di altre informazioni, principessa. Devo parlare con Rocky." Si voltò di scatto. "Devo parlare con tuo padre."

Santo cielo. Voleva andare a trovarlo in prigione?

"Non possiamo permettere che questa brutta storia pesi sulle nostre vite. Entrambi abbiamo perso il padre per questa stronzata che va avanti da anni e anni. Devo sapere perché."

"Se senti il bisogno di andartene, ti capisco."

Lui si voltò di nuovo di scatto. "Cosa?"

"Se non mi vuoi più nella tua vita perché mio padre ha ucciso il tuo, lo capisco."

Lui fece un respiro profondo e le si avvicinò lentamente, con un'espressione indecifrabile. Lei indietreggiò di un passo, ma lui la fermò e le ordinò: "Non osare muoverti."

Quando Slade le si mise faccia a faccia e la fissò dritto negli occhi, lei sbatté le palpebre.

"Mi dispiace," iniziò a dirgli.

"Per cosa?"

"Per quello che mio padre ha..."

"Pensi di dover pagare per i peccati di tuo padre?"

"Sì, non credi?"

"Assolutamente no, cazzo. Allora anche tu dovresti odiarmi, dato che mio padre era un Warrior."

"No."

"Tu non sei Rocky, così come io non sono Buzz."

"Ma..."

"Diamond, togliti quella merda dalla testa. Non sei responsabile delle sue azioni." Allungò una mano e le passò il pollice sul labbro inferiore.

"Vuoi davvero andare a trovare Rocky al carcere di Greene?"

"Certo che sì. Qual è l'orario di visita?"

Lei scosse la testa. "Non lo so. È da un po' che non ci vado. M'informerò, ma se vuoi andare oggi temo che sia troppo tardi."

"Assolutamente no, cazzo. In questo momento ho solo

bisogno di portarti in camera da letto e assaporare il tuo miele dolce e splendente come un *diamante*."

Lei sgranò gli occhi. "Sei sicuro di farcela?"

"Sì, cazzo. È passato troppo tempo, principessa. Farò attenzione, però dovrai tenere a bada il tuo lato selvaggio, perché so che sei passionale. A ogni modo, ho bisogno di mettertelo dentro."

"Anch'io ho bisogno di averti..."

Lui la interruppe con un bacio sulle labbra. Diamond lasciò che le esplorasse la bocca con la lingua. Era sollevata che lui non fosse scappato e che la volesse ancora nella propria vita. Attorcigliò la lingua contro quella di lui e, man mano che il bacio diventava più intenso, lei si lasciò sfuggire un gemito.

Dannazione. *Ne era passato di tempo*. Negli ultimi giorni, Diamond aveva esaudito i suoi desideri sessuali solo con un paio di *fellatio*. Lui naturalmente non si era lamentato, ma l'aveva inevitabilmente lasciata a secco. Lei aveva provato a masturbarsi mentre lui la guardava, ma lui l'aveva fermata: se non poteva scoparsela, allora sarebbe stata solo una tortura.

Finalmente, però, si sentiva pronto a fare di nuovo l'amore...

Lui interruppe il bacio, a corto di fiato quasi quanto lei, e le appoggiò la fronte sulla sua. "Tesoro, non sai quanto vorrei prenderti di peso, portarti in camera e buttarti sul letto per possederti con la foga che tanto ti piace, ma è ancora presto. Facciamo, dunque, che mi segui in camera, ti spogli lentamente e poi mi cavalchi l'uccello. Che ne pensi?"

"Oh, sì," sospirò lei, e strinse le cosce mentre il calore e l'umidità la attraversavano tutta. "Mi sembra un ottimo piano."

Lui sorrise, le diede un bacio fugace e poi la trascinò in camera.

Quando lei lo aiutò a togliersi la maglietta, Slade gemette per il dolore. "Sei sicuro?" gli chiese lei.

"Cazzo, sì, principessa. Riesco a sopportare un po' di dolore. Ne vale la pena."

Lei continuò a tirargli la maglia da sopra la testa e la gettò da parte. Slade si sbottonò i jeans e se li sfilò con calma. Non appena fu nudo, salì sul letto e si sedette contro la testiera.

"Ora spogliati... lentamente. Fammi uno spettacolo, piccola."

Appoggiato alla testiera del letto, Slade era sempre più impaziente. Voleva infilarglielo dentro più di ogni altra cosa, ma ricordò a sé stesso che aveva un sacco di tempo. *Avevano* un sacco di tempo.

Si trovava proprio nel luogo in cui doveva essere. Nel letto di Diamond, nella sua vita, e lei era proprio dove lui la voleva. Beh, in quel momento era ancora un pochino lontana, ma la visuale era magnifica, meglio di qualsiasi spogliarellista dell'*Heaven's Angels*.

Ecco il motivo per cui Diamond era sua. Solo sua.

Nessun altro uomo avrebbe mai potuto assistere a quello spettacolo. Slade aveva l'esclusiva.

Fatta eccezione per le mutandine e reggiseno, Diamond si era già svestita di tutti gli indumenti, e lo aveva fatto tanto lentamente che Slade avrebbe voluto urlarle di farsi più vicina e cavalcarlo, ma si trattenne. La lasciò continuare. Lei fece oscillare i fianchi, poi si voltò, si piegò in avanti e scosse il sedere finché le mutandine nere e setose non le risalirono sulle natiche.

Porca miseria. Slade fremeva dalla voglia di dare qualche pacca a quei globi perfetti.

Solo qualche settimana prima aveva scoperto che a lei piaceva essere sculacciata. Quella sera lui non era in forze, ma presto... presto avrebbe visto quel bel fondoschiena andare a fuoco, proprio come desiderava Diamond.

Slade si afferrò il membro e lo strinse.

Ancora piegata, Diamond si sganciò il reggiseno, lo lasciò cadere a terra e, quando si raddrizzò, si voltò verso di lui con le mani sul seno. Si strizzò i capezzoli tra le dita, con gli occhi socchiusi per il piacere e la bocca dannatamente esperta schiusa in un'espressione passionale.

"Santissimi numi, piccola. Non so dove hai imparato a fare certi spogliarelli. Vorrei tanto avere una mazzetta di banconote per infilartele ovunque."

Diamond emise un risolino lascivo, e Slade sentì l'uccello pulsargli sotto la mano. Mentre lei continuava ad accarezzarsi le tette, lui non riusciva a distogliere lo sguardo. Non che volesse farlo. Cominciò a segarsi intensamente e osservò una punta di liquido preseminale bagnargli la punta. Non l'asciugò, perché lo avrebbe fatto leccare a lei. Oh, porca miseria, non stava nella pelle.

Lei abbassò le mani e, quando lui vide quei capezzoli turgidi e scuri per l'intensa stimolazione, ringhiò per il piacere. Erano duri come diamanti. Come lei.

"Voglio succhiarti il seno."

Lei sorrise e scosse la testa. "Lo spettacolo non è ancora finito."

Slade si lasciò sfuggire un lungo sospiro. "Allora sbrigati. Altrimenti verrò in meno di un minuto e dovrai aspettare fino a quando non sarò di nuovo pronto."

"Non ti azzardare," lo ammonì lei con un broncio sexy.

Lui sussultò per la sorpresa. Chi diavolo era quella donna?

Lo stupore si trasformò in un ampio sorriso. D'accordo, se lei voleva torturarlo, non si sarebbe opposto. Anche lui l'avrebbe intrattenuta con un bello spettacolo.

"Togliti le mutandine," le ordinò con voce decisa, e si schiarì bruscamente la gola. Appoggiò la testa all'indietro, contro la testiera del letto, e la fissò ipnotizzato mentre lei agganciava i pollici all'elastico degli slip per provocarlo...

Maledizione, lo stava stuzzicando per bene mentre giocava con il lembo di pizzo e lo tirava leggermente verso il basso, in modo da fargli intravedere solo il monte di Venere e un accenno di peluria... Sì, aveva quella strisciolina scura su cui Slade adorava far scorrere la lingua fino a raggiungere il traguardo... la piccola protuberanza che lui amava mordere e succhiare fino a farla supplicare.

Quel piccolo bottone che le faceva scuotere i fianchi quando lui lo lambiva con la punta della lingua e lo raschiava con i denti...

Porca miseria.

Prese a segarsi più velocemente, con le palpebre abbassate e il respiro affannoso.

"Fammi vedere quanto sei bagnata, principessa."

Diamond aveva le guance rossissime, e quando fece scivolare lentamente quelle mutandine nere di seta lungo le cosce lussureggianti fino alle caviglie, divenne seria. Le calciò via e, scorrendo le mani verso l'alto, si accarezzò la pelle delle gambe lisce e si fermò alla dolce fessura. Slade non riusciva più a vedere la piccola striscia di peli scuri.

Diamond si aprì le pieghe scivolose e cominciò a giocarci mentre si abbandonava a dei gemiti passionali. Dannazione, nemmeno lui riuscì a trattenere un ringhio. Stava cominciando a perdere il controllo.

"Fammi vedere quanto sono bagnate le tue dita, principessa."

Diamond le tirò subito fuori e, anche a distanza, Slade riuscì a notarle sui polpastrelli il delizioso nettare scintillante, quel dolce miele che avrebbe tanto voluto assaggiare.

"Mettitele in bocca e succhiale fino a pulirle."

Santo cielo. Mentre lei eseguiva l'ordine alla perfezione, Slade sentì una fitta ai testicoli. Tuttavia, non stava raggiungendo il limite solo perché lei si stava assaggiando, ma lo eccitava al massimo anche la diligenza di Diamond nell'obbedire a ogni ordine.

Non c'era niente di più sexy di una donna che faceva ciò che le veniva detto.

Quella che si trovava davanti non solo era ubbidiente, ma desiderava compiacerlo.

Porca. Miseria.

Già, Diamond avrebbe fatto davvero di tutto. Al diavolo, anche lui avrebbe fatto qualsiasi cosa per darle piacere.

Sebbene fosse un po' acciaccato, conosceva numerosi modi in cui farla venire, gridare ed eccitare in preda al desiderio.

"Vieni qui, piccola. *Subito.*"

Senza alcun accenno di esitazione, Diamond fece oscillare i fianchi sinuosi e si avvicinò al letto, con i seni pesanti che le dondolavano.

Maledizione, Slade avrebbe tanto voluto essere in forze per buttarla sul letto e scoparla a sangue.

Tuttavia, non gli era possibile, così si alzò dal letto, la tirò a sé in un bacio profondo, lungo e bagnato in modo da poterla assaggiare dalle sue stesse labbra, e poi indicò il materasso.

"Mani sul letto, sedere in fuori. Voglio vedere entrambi i tuoi bellissimi buchi."

Santi numi. Diamond fece proprio come le era stato chiesto: mise le mani sul piumone, si chinò e gli mostrò proprio quello che lui voleva vedere. Aveva la passera paffuta, rosa e bagnata, pronta per accoglierlo. Slade era tentato anche dal buco più piccolo e increspato: voleva penetrarla anche lì.

Non avevano ancora compiuto quel passo, sebbene fosse

nei suoi piani. Magari un'altra sera: non appena si fosse ripreso al cento per cento, l'avrebbe posseduta in tutti i modi.

Perché Diamond era sua. Sua e di nessun altro.

Alla prossima corsa di moto, lei sarebbe salita sul retro della sua Harley e non si sarebbe mossa di lì.

La missione di Slade era quella di rendere Diamond felice e fare in modo che il suo lato da stronza restasse per sempre sopito. Avrebbe fatto in modo che lei non volesse nessun altro al di fuori di lui.

Si sarebbe assicurato che gli altri fratelli, secondo i quali non valeva la pena corteggiare quella donna, si rendessero conto di aver commesso un errore. Ne valeva la pena, altroché.

Troppo tardi. Se l'erano lasciata sfuggire.

Diamond era diventata sua. Nessuno di loro avrebbe più avuto alcuna possibilità con lei. Non finché ci fosse stato Slade nei paraggi.

Le afferrò il fianco con una mano e con l'altra premette l'uccello contro di lei. "Sei pronta per me, piccola?"

Diamond annuì e lo guardò da sopra la spalla, con gli occhi annebbiati dal piacere e le guance arrossate. "Sono prontissima."

"Vedo che sei bagnatissima. Lo sento anche. Niente protezioni, d'accordo?"

Prima che Diamond potesse rispondere, Slade si spinse in avanti e scivolò nel calore umido di lei. Chiuse gli occhi mentre lei gli circondava il pene con il sesso caldo, stretto e bagnato. Riusciva solo a sentire quella dolce sensazione, Diamond che lo stringeva dentro di sé. Senza il preservativo non c'era più alcuna barriera tra loro. Lui sapeva che lei prendeva la pillola; l'aveva vista ingoiarla ogni mattina. Diamond sarebbe stata sua e di nessun altro.

Iniziò con spinte lente per mettere alla prova il dolore alle costole, ma non sentì nulla. Allora, accelerò il ritmo, pompò più forte, più velocemente, stringendole forte il bacino mentre i loro corpi sbattevano l'uno contro l'altro. Non appena Diamond cominciò con il suo concerto di grida, gemiti e piagnucolii, Slade capì di essere completamente spacciato.

Quella donna non si tratteneva mai, non era consapevole del chiasso che faceva, di ciò che diceva o dei rumori che emetteva. Si abbandonava al piacere e Slade la adorava per quello. Gli piaceva tantissimo e, dannazione, lo eccitava da morire, tanto da portarlo all'orgasmo troppo in fretta. Lui dovette fare uno sforzo immane per trattenersi ed evitare di venire all'istante. Erano passate un paio di settimane dall'ultima volta che l'avevano fatto, ma a lui sembrava una vita. Nell'ultima settimana, poi, lei gli aveva dormito accanto nuda ogni notte, e lui non l'aveva potuta sfiorare nemmeno con un dito.

Finalmente, però... potevano recuperare il tempo perduto.

Capitolo sedici

Diamond gli affondò i denti nel collo e lui si contorse sotto di lei. Amava essere morso, proprio come a lei piaceva morderlo. Benché non volesse di certo fargli del male, visto che era già piuttosto malconcio, lei non riusciva a resistere alla tentazione di dargli ciò che lui desiderava. Slade fece un respiro profondo, le affondò le dita tra i capelli e glieli tirò con decisione.

"Cazzo, più forte, principessa."

Quella richiesta aggressiva le provocò un brivido lungo la schiena.

Diamond si spostò in un altro punto del collo di Slade e ubbidì. Sentì l'uccello pulsarle dentro. Gli sorrise contro la pelle e continuò a dondolare i fianchi su e giù per prenderlo più profondamente possibile.

Diamond aveva sempre preferito la posizione del missionario, essere sottomessa e lasciare che Slade la dominasse; ma fino a quando lui non fosse guarito, avrebbero dovuto optare per altre posizioni. Soprattutto perché, quando lui era sopra, Diamond diventava troppo esigente.

Gli sorrise di nuovo e gli passò la punta della lingua sulla gola tatuata e sul petto, poi gli tirò le piastrine con i denti.

Con movimenti circolari dei fianchi, premette sempre di più contro di lui e, a colpi di gemiti, gli espresse la propria soddisfazione.

Più lei gridava, più lui la penetrava con foga, entrambi comunque attenti al corpo martoriato di Slade.

"È bellissimo, tesoro. Non mi stancherò mai di te."

Già, anche a lei piaceva tantissimo. Gli mordicchiò un capezzolo, poi l'altro, ma lui nemmeno sussultò. Omise la parte all'altezza delle costole e raddrizzò la schiena, liberandosi così i capelli dalla presa di lui. Con entrambe le mani sul seno, si strusciò di nuovo contro di lui fino a farlo ringhiare.

"Dannazione... Così mi ucciderai."

Diamond si fermò. "Ti faccio male?"

"Assolutamente no, cazzo. Continua a scoparmi," le rispose Slade, poi la sculacciò energicamente.

Lei rise e continuò a cavalcarlo mentre si godeva il bruciore del colpo che le aveva appena inferto. Era fottutamente bagnata e lui ce l'aveva dannatamente duro.

"Sì, così tesoro, dammela tutta."

"Sì," sibilò lei.

"Vorrei tanto mettermi sopra e scoparti ancora e ancora finché non riuscirai più a muoverti."

Anche lei lo desiderava, e avvertiva il senso di frustrazione di Slade nel suo balbettio insensato.

Gli portò le mani a entrambi i lati della testa, poi si chinò e lo baciò intensamente, esplorando ogni singola parte della sua bocca. Slade aggrovigliò la propria lingua contro quella di Diamond, e lei lo imitò fino a gemergli in bocca.

Lui le afferrò i capezzoli tra le dita e li contorse più forte che poteva. Diamond allontanò le labbra dalle sue per gridare, inarcò la schiena e contrasse la passera tutt'intorno al suo membro.

"Sto per venire, piccola... Non posso..." Slade gettò gli occhi al cielo per il piacere e le strinse i capezzoli sempre più vigorosamente.

"Sì, tesoro, così," lo incoraggiò lei. "Fammi venire."

"Cazzo," ansimò lui. "Devo... Sto per... *Porca miseria.*"

"Vienimi dentro, tesoro."

"Devo..." grugnì ancora.

"Vieni con me."

"Sto per..." grugnì Slade per l'ennesima volta. All'improvviso spalancò gli occhi e allungò la mano, poi le strinse i capelli e la guardò dritto negli occhi. A denti stretti, le ordinò: "Vieni per me, principessa."

"Sto venendo," gridò Diamond mentre lo cavalcava ormai a un ritmo più veloce di un atleta al traguardo e si stimolava il clitoride furiosamente per assicurarsi di venire insieme a lui. All'improvviso, restò a corto di fiato e arricciò le dita dei piedi mentre veniva travolta da un'ondata di intensa goduria.

"Cazzo!" urlò Slade con la testa all'indietro. Respirava affannosamente, con il petto che si alzava e si abbassava rapidamente e l'uccello che continuava a pulsare dentro di lei.

Passò qualche secondo prima che entrambi si riprendessero da quel picco... Slade le teneva ancora i capelli stretti nel pugno, così le abbassò la testa.

"Sei mia, principessa. Mia e di nessun altro. Chiaro?"

Lei scrutò il suo uomo sotto di sé e gli asciugò una goccia di sudore dalla fronte. "Agli ordini."

Slade dilatò le narici e la osservò con sguardo torvo. "Crow non ti toccherà mai più, mi hai capito?"

"Slade," sussurrò lei.

"È fuori discussione. Quell'uomo non ti deve nemmeno

sfiorare. Se vuoi un tatuaggio da lui, ti accompagno io e resto lì per tutto il tempo."

Diamond sospirò e si allontanò con cautela per sistemarsi accanto a lui. "Tesoro," iniziò a dirgli.

Lui scosse la testa, poi si voltò per guardarla negli occhi. "Vederlo mentre ti tocca, principessa..." Lasciò la frase in sospeso, come per avvertirla velatamente.

"Ma non vuol dire niente. È solo il suo modo di scherzare."

"Ti lasceresti toccare in quel modo anche da Pierce?"

Diamond trattenne il respiro. No, di sicuro non gliel'avrebbe mai permesso. "Crow non è affatto come Pierce..."

"Dimmi che mi capisci. Devo sentirtelo dire."

Lei chiuse gli occhi per un istante. "Ti capisco."

"Se vengo a sapere che ti ha toccato di nuovo, ti darò una sculacciata che non ti scorderai facilmente, poi farò due chiacchiere con lui. Solo perché tu lo sappia."

Lei si girò su un fianco, appoggiò la testa su una mano e lo fissò. "Mi stai forse rivendicando?"

Slade restò in silenzio per qualche istante. "Ti sto solo dicendo come stanno le cose."

"D'accordo, stai solo stabilendo un'altra regola," affermò lei in un sussurro. Di sicuro lui si sentiva in diritto di dettare legge e stabilire nuove "regole", ma non al punto da volerla reclamare.

"E non è l'ultima."

"*Accidenti.* Anch'io posso stabilire le mie, ricordi?"

Slade fece un'altra lunga pausa. "Non ho intenzione di avere altre donne."

"Pensi che sarà l'unica regola?"

"È l'unica che conta."

Lei rise col naso e scosse la testa. Poi fece per allontanarsi, ma si fermò bruscamente quando lui le afferrò il polso.

Senza nemmeno guardarlo, lei sbottò: "Dobbiamo andare a farci una doccia se vogliamo andare a trovare mio padre oggi, Slade. Non posso andare da lui con l'odore di sesso addosso."

Lui la lasciò andare e grugnì: "Giusto."

"Dato che non si sa ancora dove sia finita la tua moto, dovremo prendere la mia auto."

"Hai ragione," grugnì lui di nuovo.

Si voltò a guardarlo. Slade continuava a stare immobile e supino, con gli occhi fissi al soffitto. "Immagino che vorrai guidare tu."

"Esatto," borbottò lui.

Diamond inspirò lentamente, poi espirò con calma per scacciare l'impulso di lanciargli addosso qualcosa. "Esatto," gli fece eco lei, poi si diresse in bagno per ripulirsi.

<hr>

Slade era in piedi dietro Diamond mentre lei era seduta di fronte al vetro spesso, in attesa che il padre venisse scortato nella stanza scelta per il colloquio.

Non avevano parlato quasi per niente lungo il tragitto verso la prigione, non solo perché lei era ancora arrabbiata per la conversazione di poco prima, ma anche perché era tesa come una corda di violino. Odiava il carcere di massima sicurezza in cui era rinchiuso il padre. La sola vista di quel postaccio le faceva venire il mal di stomaco. Non aveva idea di come lui fosse sopravvissuto lì dentro.

Beh, in realtà lo sapeva. Il padre non aveva molta scelta.

La porta dall'altra parte del vetro si aprì e dopo circa un anno che non lo incontrava, Diamond vide entrare suo padre con indosso una tuta che le ricordava le uniformi degli infermieri, con la differenza che quella era di un brutto color arancione e portava sul petto il numero da detenuto.

Diamond non l'aveva mai visto in altri abiti. Non riusciva nemmeno a immaginare come sarebbe stato vederlo in jeans e t-shirt come un comune mortale. Aveva solo dei ricordi sfocati di alcune vecchie foto della madre.

Immagini che mostravano la madre giovane e felice, del tutto inconsapevole che sarebbe rimasta sola con tre figli e un marito lontano condannato per omicidio di primo grado.

Diamond sentì il cuore smettere di batterle per un momento, e poi riprendere a martellarle forte nel petto mentre la guardia chiudeva la porta e Rocky, che aveva trascorso più di metà della propria vita rinchiuso lì dentro, si avvicinava al vetro.

L'uomo sollevò il palmo per premerlo affettuosamente contro il separatore e lei notò un nuovo tatuaggio sul collo e sul dorso delle dita. Con quel gesto, Diamond immaginò che lui volesse un momento di affettuosità tra di loro, in cui sovrapporre i palmi l'uno contro l'altro, sul vetro spesso, ma lei non lo assecondò. Era lì per un altro motivo.

Dopo qualche secondo, Rocky si arrese e abbassò la mano, ma non smise di sorriderle. Prese posto e si passò le dita tra i lunghi capelli brizzolati. Almeno non lo avevano ammanettato come un animale.

"Diamond. Ne è passato di tempo." Aveva la voce roca e più profonda di quanto lei ricordasse. "Mi sei mancata, piccola."

Non sarebbe riuscito a farla sentire in difetto per non averlo visitato più spesso. No, niente affatto. Era colpa di lui, non della figlia, se si era fatto arrestare e recludere per trent'anni. Era stato lui a commettere un reato e ad allontanarsi dalla famiglia, lasciando sua madre sola con tre figli piccoli.

"Rocky," rispose lei.

Lui la guardò amareggiato. Aveva più rughe intorno agli occhi azzurri e sulla fronte di quante ne avesse l'ultima volta che era stata lì. "Lo sai che non mi piace quando mi chiami così." Rocky inclinò la testa e la scrutò meglio. "Sei bellissima." Addolcì lo sguardo e le rivolse un altro sorriso. Poi sollevò gli occhi e, non appena vide Slade, s'irrigidì di nuovo. "Quello chi è?"

Senza preoccuparsi di guardarsi alle spalle, Diamond gli rispose: "Slade."

Rocky continuò a fissarlo, poi chiese più lentamente: "Chi è?!"

"È un membro del DAMC, Rocky... ehm... *Papà*."

"Non porta i colori."

"Sai che non può indossarli qui. Gli hanno chiesto di lasciare fuori persino il portafoglio."

Le guardie non ammettevano portafogli con catenelle agganciate ai passanti della cintura, moda piuttosto popolare tra i Dirty Angels.

"Allora immagino li abbia anche sulla schiena." Rocky non glielo stava chiedendo. Stava facendo un'insinuazione.

"Sì, papà, ce li ha."

Rocky spostò gli occhi su quelli della figlia. "Tu li hai visti?"

Ah, dannazione.

"Sì, li ho visti," rispose Diamond con riluttanza, pronta alla prossima insinuazione.

Rocky fissò di nuovo Slade. "Ti fai la mia bambina?"

Slade le mise una mano sulla spalla, come se la volesse rivendicare, sebbene, anche quella volta, non fosse quello che intendeva fare. "Sì, fratello, affermativo."

Diamond sentì le guance andarle a fuoco mentre il padre si irrigidiva per la rabbia. Erano andati fin lì per affrontare un discorso *molto* più serio.

"Da quanto tempo fai parte del club, *fratello*?" ringhiò Rocky.

Lei sollevò la mano e la agitò davanti al vetro per attirare l'attenzione del padre. "Papà, non è per questo che... siamo qui. È un Angel già da un bel po'."

Il più anziano tornò corrucciato su di lei. "Perché ha la faccia gonfia?"

"Colpa dei Warriors."

"Cosa c'entrano quegli infami?"

"Alcuni di loro lo hanno malmenato."

Rocky strinse le labbra, poi domandò: "Sono morti?"

Diamond scrutò la piccola stanza divisa a metà. Probabilmente c'erano delle videocamere o qualcosa del genere, per cui decise che non ne avrebbe parlato lì.

Sospirò. "Non lo so, papà."

"Di' a Z di occuparsene."

Lei alzò gli occhi al cielo. "Z non ha intenzione di farsi rispedire in prigione. Si è già fatto dieci anni dentro; non vuole tornare qui."

"Tua madre mi ha detto che lui ha appena avuto un figlio. È vero?"

"Certo. Perché, mamma ti mentirebbe mai?"

Rocky fece una piccola smorfia. "No."

"Ecco. Quindi sì, è vero."

L'uomo sorrise di nuovo. "Abbiamo dato il via alla quarta generazione, bambina mia. Presto anche tu metterai al mondo dei figli. Poi dovrai portarli qui e farmeli vedere, hai capito?"

L'ultima cosa che Diamond avrebbe voluto fare era portare lì i suoi figli, sempre *se* ne avesse avuti, a visitare il nonno che era un assassino in cella ormai da anni.

A ogni modo, non aveva il tempo di discutere di quella storia. "Sì, certo."

"Farai dei bambini con quello?" Rocky sollevò il mento verso Slade.

Santo cielo. Era contenta di dare le spalle a Slade, così lui non poteva vedere quanto fosse imbarazzata.

Dopo un momento, replicò: "Non lo so, papà."

"Non sai niente, figlia mia." Rocky puntò di nuovo gli occhi verso Slade. "Hai intenzione di metterla incinta dei miei nipoti?"

Oh, maledizione! A lei *non importava affatto* di sfornare figli come conigli.

Strinse gli occhi in un cipiglio e urlò: "Papà, no! Smettila! Non è per questo che siamo qui! *Porca miseria.*" Quando Slade iniziò a dire qualcosa, Diamond si voltò sulla sedia e gli gridò: "E tu non osare rispondergli!"

Slade le sorrise con fare malizioso e alzò le mani in segno di resa. Poi, lei si voltò verso Rocky e vide che anche lui stava sorridendo.

"Sai cosa devi fare, fratello," ordinò l'uomo a Slade, poi rivolse alla figlia uno sguardo da finto innocente.

Lei emise un lungo, lunghissimo sospiro.

Rocky alzò una mano. "D'accordo, scusa, la smetto. So che non sei qui perché ti mancava il tuo papino, e allora dimmi: come mai sei venuta?"

"Ho bisogno di risposte."

Lui inarcò un folto e scuro sopracciglio. "In merito a cosa?"

"Al motivo per il quale sei dentro."

Rocky la scrutò per un minuto. "Sai perché sono qui."

"Non conosco i dettagli."

"Non ce n'è bisogno."

"Sì, papà. Per noi è importante."

Rocky fissò lei, poi Slade e di nuovo lei. "*Noi?*"

"Sì, io... Devo dirti una cosa." Diamond sentì Slade avvicinarsi, tanto da percepirne il calore dritto sulla schiena.

"Hai ucciso un motociclista di nome Buzz," brontolò Slade.

Rocky strinse la mascella e fissò Slade. "Sì, era un Warrior, un infame."

Slade cominciava ad avere i nervi a fior di pelle, e Diamond si tese tutta.

"E perché?" lo interrogò Slade.

"Mi stai chiedendo perché era un infame? O perché l'ho ucciso?"

"Probabilmente la risposta è la stessa," mormorò Slade.

Il più anziano socchiuse gli occhi e scrutò Slade con sguardo inquisitorio. "Perché ti interessa?"

"Rispondi e basta, papà."

"È acqua passata."

"No, non lo è. È questo il problema," controbatté lei.

"Che diavolo sta succedendo?"

"Papà, per favore."

Rocky si appoggiò allo schienale duro della sedia di plastica e incrociò le braccia al petto mentre studiava i due ragazzi con le labbra serrate e imbronciate.

"Quello stronzo aveva ucciso tuo nonno," rivelò alla fine.

Slade si lasciò sfuggire un movimento brusco che la fece sobbalzare.

Diamond sapeva che Bear era stato ucciso dai Warriors e che Rocky lo aveva vendicato, ma quell'informazione era nuova... Rendeva la loro situazione ancora più complicata. Quando Rocky continuò, Diamond avvertì un tuffo al cuore.

"Ha ucciso anche altre due persone."

Lei si fece coraggio per chiedere chi fossero gli altri, ma Slade la batté sul tempo.

"Chi erano?"

"Non li conosci, ragazzo."

"Dobbiamo sapere tutta la storia," insistette Diamond.

Rocky li guardò in silenzio per un momento, poi si sporse in avanti. "Ha ucciso un altro Angel, poi ha violentato e ucciso la sua signora. Un bambino è diventato orfano per colpa di quello stronzo."

Diamond inspirò affannosamente e sentì il cuore stringerlesi nel petto, al punto che quasi non riusciva a respirare. Che lei sapesse, tra il DAMC e i Warriors, erano già due i bambini che erano diventati orfani. Slade e...

"Come si chiamava questo Angel?" domandò lei con un filo di voce, tanto che si chiese se Rocky l'avesse sentita da dietro il separatore. Sì, l'aveva sentita.

"Coyote. Non puoi ricordarti di lui. È stato ucciso prima ancora che tu nascessi. La sua signora era adorabile, una ragazza squisita di origini indios. Buzz, insieme a un altro Warrior di nome Hammer, ha teso un'imboscata a Coyote, lo ha sventrato, poi ha violentato la sua donna e le ha tagliato la gola. Il bimbo era proprio lì, ha visto tutto. Fortunatamente era ancora molto piccolo, probabilmente non ricorda nulla."

Porca miseria.

Diamond si portò la mano sullo stomaco in subbuglio. "Papà, cosa intendi per indios? Una nativa americana?"

Lui aggrottò la fronte a quel termine più altolocato. "Sì, è la stessa cosa."

Diamond si prese la testa tra le mani e fu travolta da una sensazione di terrore. "Come si chiamava quel bambino?" chiese, in preda a un senso di confusione.

Oh, santissimi numi. Diamond conosceva già la risposta.

Oh, santo cielo. Forse non voleva neanche sentirla. Non voleva sentire che il padre di Slade aveva ucciso e violentato...

"Crow."

...La madre di Crow.

Diamond cercò di ingoiare il nodo che le si era formato in gola, ma invano. Aveva paura di voltarsi e assistere alla reazione di Slade a quelle informazioni. Il ragazzo non aveva più detto una parola, ma lei lo sentiva ancora dietro di sé.

La parte peggiore era che Crow aveva assistito alla tragedia. Certo, era davvero piccolo, ma comunque...

"Dopo aver seppellito i genitori del bambino, i parenti della madre sono venuti a prenderlo. Non volevano che lo crescessimo al club. Credevano che crescerlo nella loro famiglia in South Dakota fosse un'opzione migliore. Non so quanto fosse vero, ma lo abbiamo lasciato andare con loro. Quando anni dopo ho saputo che era tornato al DAMC per arruolarsi come recluta, mi sono sentito fiero di lui. Quell'uomo è un Angel, nelle vene gli scorre il nostro sangue."

Diamond fissò il padre. "Perché non ho mai sentito parlare di questa storia?"

"Non so quanto ne sappia Crow. Probabilmente sapeva solo che il padre era un Angel. Viene a trovarmi ogni tanto, si siede qui e a malapena scambiamo due parole."

"Gli hai detto quello che hai appena detto a noi?"

"Non me l'ha mai chiesto."

Diamond fissò il padre con un cipiglio. "Non pensi che vorrebbe saperlo?"

Rocky scrollò le spalle. "Se vuole saperlo, deve domandarmelo lui."

Diceva sul serio?! Diamond scosse la testa per schiarirsi le idee. "Papà, devo chiederti una cosa..."

"Oggi sei in vena di curiosare, Diamond."

"Devo sapere se... te ne sei pentito."

L'uomo dilatò le narici e s'incupì di nuovo. "Bambolina, lo rifarei altre mille volte."

Nell'udire quel nomignolo, Diamond ebbe un brivido: anche Crow la chiamava sempre in quel modo.

"Mi pento solo di aver abbandonato tua madre e di non aver visto crescere voi figli. Sapevo che i miei fratelli vi sarebbero stati vicini. Hanno fatto un ottimo lavoro, e sono orgoglioso che siate cresciuti tanto bene." Si appoggiò di nuovo allo schienale e fissò Slade dietro di lei. "Solleva un po' quella manica, ragazzo."

Diamond non lo vedeva, ma Slade doveva aver obbedito perché suo padre annuì e dichiarò: "Sei un Marine, eh? *Evviva.* Non posso lamentarmi se sarà un veterano di guerra a portarsi a letto la mia bambina. Il DAMC ha bisogno di gente come te."

Senza voltarsi, Diamond chiese a Slade: "Hai sentito?" Perché lei di sicuro sì, forse anche troppo per i suoi gusti.

"Sì," rispose lui a denti serrati.

Diamond abbassò la voce abbastanza da sperare che il padre non potesse sentirla e chiese a Slade: "Vuoi dirglielo?"

"Non sono sicuro che sia una buona idea, principessa."

Anche lei era d'accordo. Forse non era un'ottima idea, almeno non in quel momento.

Sentirono la porta vibrare con uno scatto alle spalle di Rocky: la visita era giunta al termine.

Mentre si alzava in piedi, il padre le disse: "Di' a tua sorella di venirmi a trovare, e dille di portare il fidanzatino, così lo conosco."

Diamond era andata a trovare il padre con la speranza di uscirne con le idee più chiare, ma purtroppo si sentì solo più confusa.

Slade fissò Diamond, seduta sul sedile del passeggero della sua piccola auto sportiva: teneva il gilet di lui drappeggiato in grembo e accarezzava incessantemente le toppe cucite sulla schiena. Slade immaginò che non lo stesse lisciando consape-volmente.

Diamond lo aveva ripulito come meglio poteva dopo che i Warriors l'avevano calpestato in malo modo. Sarebbe stata un'ottima signora, solo per il fatto che conosceva quella vita e sapeva quanto fossero importanti i colori per lui e per il club.

Slade lanciò un'ultima occhiata alla prigione dal fine-strino dietro di lei, poi inserì la prima e rilasciò la frizione.

Si erano scambiati solo poche parole dopo il piccolo litigio di quella mattina e, mentre lasciavano il carcere, lei si era quasi ammutolita.

Quando uscirono dal parcheggio dei visitatori, Diamond finalmente sussurrò: "Mio padre mi ha chiamata bambolina."

"Sì, e...?"

"È così che mi chiama Crow."

Slade avrebbe tanto voluto aggiungere che Crow doveva smettere di chiamarla in quel modo, ma già si era fatto odiare abbastanza con la scenata di gelosia di qualche ora prima. Forse avrebbe fatto meglio a prendere da parte l'Angel e a mettere qualche paletto. "E allora?"

"Non pensi che significhi qualcosa?"

"Ha detto che Crow va a trovarlo. Forse quando tuo padre chiede di te, Crow ti chiama bambolina."

Slade fece scivolare gli occhi su di lei, la quale stava fissando un punto nel vuoto, dritto davanti a sé fuori dal para-brezza, e intanto si mordeva il labbro inferiore.

Lui trattenne un sospiro. Quel gesto dimostrava che Diamond era persa nei pensieri. "Principessa, il tuo papà che ti chiama bambolina è l'ultimo dei nostri problemi in questo momento."

Diamond si voltò verso di lui. "Già, puoi dirlo forte. Che gran casino."

Sì, decisamente. "Non parlarne con nessuno, capito?"

Lei sgranò gli occhioni azzurri. "Cosa?"

"Dobbiamo dimenticarci di questa storia."

"Vuoi dire che non dovremmo raccontarlo a Crow?"

"Esatto. Magari già sa tutto." Slade decelerò e prese l'uscita verso Shadow Valley.

"Pensi che D sappia cosa ha fatto tuo padre? Che oltre a Bear, ha ucciso anche Coyote e la moglie? Per non parlare dello stupro."

Diamond era preoccupata e Slade la capiva: anche lui era in pensiero. "Immagino che non sappia tutto. Altrimenti, mi avrebbe già scuoiato i tatuaggi dalla schiena."

La sentì inspirare affannosamente.

"Principessa, quel casino è successo tanti anni fa. A questo punto, non so nemmeno se qualcuno conosca tutti i dettagli; forse Grizz o Ace, magari anche Pierce. O forse nessuno sa niente. Tutto quello che sanno è che un Warrior ha ucciso tuo nonno e che Rocky si è vendicato. Se non hai mai sentito parlare di Coyote e della sua signora, allora è probabile che nessuno lo abbia mai menzionato."

"Forse nessuno ne parla perché non vogliono che Crow riviva quell'orrore."

"Può darsi, ma anche quando lui non è nei paraggi, nessuno ha mai detto una parola sul suo passato."

"Sì, perché vogliono solo voltare pagina. È per colpa di quei dannati Warriors che..."

Diamond lasciò la frase in sospeso e Slade serrò la mascella. Rocky aveva ragione: Buzz era un dannato pezzo di merda, un maledetto infame. Slade era un membro del DAMC, ma di nascita rimaneva un Warrior, per di più della peggiore specie. La feccia della feccia.

"Sono contento che l'abbia fatto."

Con la coda dell'occhio, Slade vide la testa di Diamond voltarsi verso di lui. "A chi e a che cosa ti riferisci?"

Slade non si era nemmeno reso conto di aver parlato ad alta voce. "Sono contento che tuo padre abbia ucciso il mio."

"Slade..." sospirò lei, poi allungò una mano e gli scaldò la coscia.

Lui lasciò il cambio e arricciò le dita intorno a quelle di lei. "No, principessa. Quell'uomo era un mostro. Mi dispiace che tu sia dovuta crescere senza un padre per tutta la vita, e anche che io sia dovuto crescere in fretta e da solo. È terribile che anche a Crow sia toccato lo stesso destino, ma sono contento che Buzz non stia più respirando il nostro ossigeno. Sono felice di non averlo mai conosciuto."

"Dimentichi che anche mio padre è un assassino."

"Lo so, ma ha solo fatto un favore a questo mondo. Io la vedo così."

Slade non aveva idea di come fosse fatto suo padre, fatta eccezione per quella vecchia foto logora che teneva ancora nel portafoglio. Tuttavia, non riusciva a togliersi dalla testa l'immagine di Buzz che violentava una donna, una giovane madre, per poi toglierle la vita proprio di fronte al figlioletto.

Da quello che sapeva lui, la faida era iniziata quando gli Shadow Warriors avevano rivendicato Shadow Valley, il territorio del DAMC. Avevano commesso omicidi e violenze e si erano accaniti su quella piccola cittadina. Eppure c'erano tanti altri territori disponibili, non solo in Pennsylvania, ma in tutto il Paese. Quei bastardi nomadi sarebbero potuti andare ovunque, ma niente da fare. Si erano impuntati con i possedimenti del DAMC, e non si sarebbero mai arresi.

Le conseguenze di quella stupida lotta tra club le stavano pagando, più di trent'anni dopo, le due persone sedute in quell'auto. Uno con il sangue dei Warriors, l'altra con quello degli Angels.

Slade sterzò bruscamente e si fermò nel parcheggio di un'azienda abbandonata. Sbatté i palmi delle mani sul volante, poi si coprì il viso e urlò tra le mani mentre respirava in affanno.

Non poteva guardare Diamond. Non ci riusciva. Non finché non si fosse rimesso in sesto. Fece dei respiri profondi nel tentativo di calmare i pensieri soffocanti.

Non lo aiutò molto, perché aveva un pensiero fisso in testa: era stato contaminato. "Quel veleno mi scorre nelle vene."

"Cosa?" gli domandò Diamond in un sussurro mentre gli stringeva la coscia con la mano.

"Il sangue tossico di Buzz. Il suo sangue criminale mi scorre nelle vene, cazzo."

"Non sei *affatto* come lui, Slade. Toglitelo dalla testa."

"Come fai a saperlo?"

Lui abbassò le mani e lei ne afferrò immediatamente una per premersela sul cuore. "Tesoro, lo so. Lo sento proprio qui."

Lui scosse la testa. Diamond avrebbe potuto sbagliarsi. Magari anche lui si sarebbe rivelato un mostro, proprio come suo padre.

Rifletté sul motivo per cui aveva deciso di praticare la boxe. Adorava picchiare a sangue qualcuno; lo trovava soddisfacente, lo faceva sentire vincente. Forse quella tendenza violenta era ereditaria. Si sentì peggio che mai...

Slade non avrebbe mai voluto fare del male alla donna che gli sedeva accanto. Eppure, dopo essere venuto a conoscenza dei crimini del proprio padre, temeva che sarebbe potuto accadere. Aveva paura di impazzire e perdere il controllo.

"Se hai un veleno tossico nelle vene, allora ce l'ho anch'io. Mio padre non è tanto meglio del tuo."

"No, Diamond, tuo padre ha pareggiato i conti per gli omicidi commessi dai Warriors. Sono i Warriors che hanno iniziato a uccidere per primi. Doc, Rocky e chiunque altro abbia dato la caccia a quel club di delinquenti lo ha fatto solo *dopo* che quegli stronzi hanno distrutto il DAMC. O meglio, dopo che ci hanno provato." Lui allungò una mano e le afferrò il mento per tirarla più a sé. Nonostante l'auto fosse piccola e il cambio impediva loro di avvicinarsi troppo, lui si sporse in avanti e premette la propria fronte su quella di lei, poi le dichiarò: "Principessa, se qualcuno ti facesse un torto, puoi stare sicura che finirei in cella all'istante, proprio accanto a Rocky e Doc. Non dubitarne mai."

Quella era la dannata verità. Se qualcuno avesse cercato di torcerle anche solo un capello, Slade si sarebbe assicurato che quella persona non respirasse più. L'avrebbe stritolata lui stesso, con le proprie mani. Si sarebbe fatto giustizia da solo. Non avrebbe permesso che se ne occupassero gli Shadows di Diesel.

No, neanche morto.

Chiunque avesse toccato la sua signora, non l'avrebbe fatta franca.

Capitolo diciassette

Slade si appoggiò al lavandino del bagno e si voltò per guardarsi le spalle nello specchio. Scrutò il grande disegno che Crow gli aveva tatuato sulla schiena qualche mese prima.

Quei bilancieri neri e grigi e il logo del DAMC avevano un significato.

Uno scopo ben preciso.

Per lui, portare quei colori sulla schiena e sul gilet suggellava un legame unico con i fratelli del DAMC. Un legame che non voleva spezzare. Finalmente conosceva la verità su suo padre e non aveva più motivo di continuare la vita da vagabondo a bordo della sua Harley.

No, niente affatto.

Anche se lo avesse voluto, non avrebbe potuto. Lui e i suoi fratelli non avevano ancora ritrovato la moto. Non aveva idea di cosa ne avessero fatto i Warriors, ma sospettava che fosse stata distrutta o smantellata pezzo per pezzo.

Cercò di non pensarci e provò a frenare l'istinto di unirsi al team di D a caccia di eventuali Warriors ancora a piede libero. Quella Harley era da sempre il suo orgoglio e la sua gioia. La sua bambina. Gli aveva tenuto compagnia più a lungo di qualsiasi altro oggetto o persona. Nonostante fosse solo un ammasso di metallo, pelle e gomma, per lui aveva un valore inestimabile.

A prescindere da cosa avesse deciso di fare, Slade doveva prendersi un'altra moto. Avrebbe dovuto rivolgersi a Jag e chiedergli se avesse qualche proposta interessante. Il fratello di Diamond era bravissimo nel personalizzare le moto: Slade non aveva mai visto niente di simile. Anche a costo di fare più turni al *The Iron Horse* per pagarlo, ne sarebbe valsa di sicuro la pena. Avrebbe fatto anche i salti mortali. Non poteva essere un motociclista... anzi, non poteva nemmeno far parte di un club di motociclisti senza una dannata moto.

Diede un'ultima occhiata al tatuaggio. I colori non rappresentavano solo il legame con i fratelli o la sua appartenenza al DAMC. Quei colori significavano...

Casa.

Famiglia.

Gli Angels lo avevano soccorso e salvato dai Warriors, nonostante avessero scoperto che anche suo padre faceva parte di quei fuorilegge e aveva ucciso alcuni dei loro fratelli.

Anche Diamond, pur conoscendo il suo passato, lo guardava con gli stessi occhi di sempre.

Era passata una settimana da quando erano andati a trovare Rocky, e sebbene Slade stesse meglio e avesse ripreso a lavorare, lei non gli aveva chiesto di tornare al club. Non ci sarebbe stato motivo per restare lì. Tranne uno...

Diamond.

Negli ultimi giorni Slade aveva riflettuto parecchio. Su ciò che quel club significava per lui. Su quanto Diamond fosse importante. Ormai aveva deciso...

Voleva restare lì.

Lui era parte del DAMC. Shadow Valley era la sua casa.

Non voleva più abbandonare il letto di Diamond.

Spense la luce del bagno e tornò in camera per guardarla dormire. Con il viso rilassato, circondato dai capelli come da una nuvola scura, aveva un aspetto placido mentre respirava dolcemente dalle labbra socchiuse.

Era contento che almeno lei riuscisse a riposare, perché, dannazione, per lui non c'era verso. Troppi pensieri gli popolavano la mente.

Prima di andare a trovare Rocky, Diamond gli aveva chiesto se poi l'avrebbe reclamata. Lui non le aveva risposto.

In quel momento l'aveva colto di sorpresa. Tuttavia quella sera, di ritorno alla casetta, dopo un estenuante turno al *The Iron Horse*, Slade si era reso conto di avere le idee più chiare.

Finalmente sapeva cosa voleva.

Sapeva *chi* voleva. Nel proprio letto, sul retro della sua moto, nella sua vita, per il resto dei suoi giorni. Diamond conosceva tutti i suoi segreti, e li aveva accettati uno per uno. Lo aveva accettato per quello che era.

Lei era una motociclista con le palle. Ogni volta che cadeva, si rialzava più forte di prima. Era proprio questo che Slade amava di lei. La sua tenacia, la sua energia.

La vita aveva riservato a entrambi un destino duro, ma nelle ultime due settimane, nonostante tutto, li aveva uniti ancor di più, invece che allontanarli.

Slade era sorpreso da quei pensieri, dal fatto che stesse davvero considerando l'idea di reclamarla alla prima riunione utile del club. Accidenti, voleva ufficializzare il loro rapporto. L'idea gli faceva battere il cuore forte nel petto e gli faceva sudare i palmi delle mani.

C'era un'altra richiesta che avrebbe voluto avanzare davanti al comitato esecutivo: non voleva più lavorare al bar e gestire i clienti ubriachi per tutta la vita. Poiché aveva intenzione di mettere radici in quella città e in quel club, Slade lo avrebbe fatto nel migliore dei modi.

Non avrebbe pensato solo al futuro con Diamond, ma anche a come avrebbe potuto aiutare il club. Aveva avuto un'ottima idea che non solo avrebbe giovato al DAMC, ma anche al rapporto tra loro due.

Diamond si mosse tra le lenzuola, si mise a sedere, sbatté le palpebre e si passò una mano sugli occhi. "Che stai facendo?"

"Niente." Slade si avvicinò al letto.

Lei sbadigliò e si coprì la bocca. "Da quanto sei rientrato?"

"Da un po'."

Diamond lanciò un'occhiata all'orologio digitale sul comodino. "È tardi."

Già, motivo per cui Slade non aveva voluto svegliarla. "Ho dovuto chiudere il bar."

"C'erano tanti clienti?"

Con un sospiro, Slade si sfilò i boxer e, quando lei sollevò le coperte, le si accomodò accanto. "Sì. Probabilmente inizierò a fare tardi ogni sera. Voglio mettere da parte un bel gruzzoletto per ricomprare una moto il prima possibile."

Lei non disse nulla e lui si voltò su un fianco per osservarla. "Se ti dà fastidio che rientro troppo tardi, lo capisco. Posso tornare a vivere nella mia stanza del club."

"Non sapevo che non ci vivessi più."

"È da un po' che non dormo lì." Non che avesse bisogno di rimarcarlo. Diamond già lo sapeva bene.

"Giusto, ma nella tua stanza hai ancora buona parte delle tue cose. Qui hai solo un paio di vestiti per uno o due giorni." Lei smise di parlare, poi lo fissò con i soliti occhi blu e penetranti. "Non mi piace dormire senza averti accanto."

"Non piace neanche a me, principessa."

"Allora perché non ti trasferisci ufficialmente?"

"Te l'ho già detto: quando lavoro fino a tardi, è difficile guidare fin qui a notte fonda."

"Possiamo trasferirci in città."

Slade fece scattare la testa di lato e aggrottò le sopracciglia. "Perché vorresti farlo?" Quando settimane prima era stato lui a proporglielo, poiché la casetta era decisamente isolata, lei aveva rifiutato.

"Per renderti le cose più facili."

Santi numi. Era disposta a lasciare quella graziosa capanna nel bosco solo per stare con lui. "E a te sta bene?"

Lei sollevò una spalla rosea e la lasciò cadere. "Voglio il meglio per entrambi."

"Pensi che vivere insieme sarebbe la scelta migliore?"

"Perché, tu no?"

"Principessa, una settimana fa mi hai chiesto di reclamarti." Slade fece un respiro profondo e dilatò le narici prima di domandarle: "Lo desideri ancora?"

Lei si voltò su un fianco per guardarlo dritto negli occhi. "E tu?" Il tono sorpreso di lei lo infastidì un po'.

"Voglio solo il meglio per entrambi," le fece eco lui, ed era vero.

Diamond spalancò la bocca, si lasciò sfuggire un piccolo verso e si buttò su Slade. Gli coprì il corpo con il proprio e gli catturò le labbra in un bacio intenso. Lui ridacchiò e la interruppe, ma si ritrovò di nuovo con le labbra di lei sulle proprie, in balìa della sua lingua.

Porca miseria, aveva un sapore paradisiaco.

Diamond era bellissima. Nuda come lui, gli premeva i capezzoli duri contro il petto mentre gli teneva la testa ferma con le dita e gli strusciava il sesso caldo e morbido contro l'uccello, ormai sull'attenti.

Lui le mise le mani tra i capelli e le tirò indietro la testa. "Immagino che sia un sì."

Lei lo guardò con aria compiaciuta. "*Cazzo, sì!*"

Slade le sorrise e, con una torsione improvvisa, la fece girare sotto di sé, perché in quel momento aveva bisogno di starle sopra. Che diamine, voleva starle dentro.

"Voglio scoparti."

Diamond reagì con un ghigno malizioso. "Che cosa stai aspettando?"

Lui si allineò per penetrarla e la prese con foga, contento che fosse pronta per lui, ma in fin dei conti lei era Diamond, la sua donna: era sempre disponibile per lui. Dal punto di vista sessuale, aveva trovato la sua anima gemella, non c'erano dubbi.

Tutto ciò che lui le dava, lei poteva restituirglielo due volte. Santo cielo, forse anche tre.

Quando sentì la passera di lei stringerglielo talmente forte da farlo rabbrividire tutto, Slade sibilò per il piacere. Era come essere circondato da seta calda che gli avvolgeva l'asta e gli faceva contrarre i testicoli. Non sarebbe durato a lungo, non quella sera. Solo lo stretto necessario per reclamare la sua donna.

Per fare sua Diamond, in quel preciso istante. Poi l'avrebbe rivendicata pubblicamente davanti al club. Avrebbe portato la richiesta sul tavolo, al comitato esecutivo, e avrebbe chiesto di metterla al voto.

Nessuno avrebbe votato a sfavore. Anzi, probabilmente avrebbero tutti tirato un sospiro di sollievo per il fatto che qualcuno stesse scegliendo Diamond. Non che lui fosse scoraggiato da quel carattere fumantino: finalmente lo accettava e amava quella ragazza per quello che era.

"Tesoro..."

"Sì?" sussurrò lei.

"Dannazione, stringimi forte... Sì, così, principessa."

Diamond gli graffiò la schiena con le unghie e inarcò i fianchi per sentirlo più in profondità. Gli affondò i talloni dietro le cosce e gli circondò i fianchi con le gambe.

Quando lei cominciò con la solita melodia di dolci gemiti che lo facevano impazzire, Slade si sentì già pronto a venire solo dopo qualche spinta. Diamond gettò la testa all'indietro ed emise un lungo e forte lamento mentre il suo corpo si contorceva intorno a quello di lui. Slade imprecò mentre cercava di mantenere la calma, ma invano.

Era sfinito. Era spacciato.

Con un grugnito, spinse forte e le venne dentro, nelle viscere.

Molto probabilmente era stata la scopata più veloce di sempre. Di sicuro lui non voleva che diventasse un'abitudine. A ogni modo, era stata lei a venire per prima, perciò non poteva lamentarsi troppo. O almeno era quello che Slade si augurava da lei.

Tirò un profondo respiro per rallentare il battito martellante e la fissò negli occhioni azzurri. "Scusami, principessa. Non volevo perdere il controllo così in fretta."

Lei gli rispose con una bella pacca sul sedere e lui scattò in avanti, poi sorrise, godendosi quel momento di piacevole dolore.

"Non preoccuparti, ti farai perdonare. Devo comunque alzarmi presto per andare al lavoro."

Non appena Slade le cadde accanto con un gemito, lei si alzò dal letto e si diresse verso il bagno nuda e piena del suo seme. Lui la seguì con gli occhi per tutto il tempo.

Dopo qualche minuto tornò e strisciò di nuovo sotto le coperte. Slade le avvolse un braccio attorno alla vita e la tirò a sé, le scostò dalle spalle i lunghi capelli scuri e le stampò un bacio sulla fronte.

"Allora, hai davvero intenzione di reclamarmi?"

"Sì, tesoro, ti reclamerò."

"Quindi... significa che..." sussurrò lei.

In quel momento, il vecchio Slade sarebbe andato nel panico, pronto a fuggire da quel letto e da quella casa; lui invece si sentiva bene; come pervaso da un incredibile senso di calma. "Sì, tesoro, proprio così."

Un dolce sorriso le illuminò il viso. "Anche io ti amo, Slade."

Lui grugnì, la strinse a sé e disse: "Dormi un po', principessa. Manca poco all'alba."

Slade già prevedeva una giornata impegnativa: avrebbe dovuto svuotare la sua camera al club e parlare con Jag riguardo alla moto nuova.

Avrebbe anche dovuto scambiare due parole con Zak sul proprio futuro. Dannazione, il futuro suo e di Diamond. Il *loro* futuro.

Epilogo

"È per questo che ti avevo chiesto di aspettare prima di reclamare Diamond," replicò Zak, seduto a capo del grande tavolo in legno laccato nella sala riunioni del comitato esecutivo. Quello con la sigla DAMC incisa al centro da uno dei fondatori del club, l'ormai defunto fratello Bear.

Quando Slade aveva chiesto a Z di autorizzarlo ad avanzare la sua richiesta durante uno degli incontri del club, il presidente gli aveva chiesto di aspettare un mese.

Un mese intero, dannazione. Slade non aveva idea del perché. Anche Diamond sosteneva di non saperne nulla, sebbene si comportasse in modo sorprendentemente paziente, motivo per cui Slade sospettava che sapesse qualcosa.

Guardò Z: con il martelletto in mano, il presidente gettò uno sguardo sugli altri membri seduti intorno al tavolo: Ace, il tesoriere; Jag, il *Road Captain*; Hawk, il vicepresidente; Dex, segretario del club; e infine, Diesel, il *Sergeant at Arms*. L'omone non lo guardava più con il cipiglio di sempre; anzi, ormai lo considerava un folle per il fatto che volesse reclamare Diamond.

Forse Slade avrebbe dovuto ricordargli che anche lui aveva una bella gatta da pelare. Jewel non era tanto meglio della sorella, per cui Diesel non era nella posizione di giudicarlo.

L'uomo spinse indietro la sedia e si alzò stringendo qualcosa in mano. Slade non l'aveva notato prima, quando avevano votato la sua richiesta. Probabilmente, Diesel l'aveva tenuto nascosto sotto il tavolo per tutto il tempo.

Porse l'indumento a Slade, il quale, dopo aver lanciato un'altra rapida occhiata ai volti seri dei fratelli, si avvicinò e lo prese.

Era un gilet di pelle nera. Non capiva. Si era già guadagnato i colori e li indossava con orgoglio. I Warriors, poi, non avevano danneggiato il gilet più di tanto, per cui non aveva senso acquistarne uno nuovo...

Slade lo aprì e lo scrutò meglio, poi spalancò gli occhi e trattenne il respiro. Il gilet non era per lui.

No, santo cielo, niente affatto.

Porca miseria.

La scritta sul retro dichiarava: "Proprietà di Slade".

Quel gilet era per Diamond.

Slade spostò lo sguardo su Diesel. "Credi che lo indosserà?"

Nessuna delle signore degli uomini seduti a quel tavolo portava mai il gilet. Né Jewel, né Sophie, né Kiki. Solo Janice lo metteva durante le corse.

"Sì che lo indosserà," grugnì Diesel.

Lui aggrottò la fronte. "Come fai a saperlo?" Slade di certo voleva evitare di farsi prendere pubblicamente a calci da Diamond, quando glielo avrebbe consegnato il gilet nell'area comune dove lei lo stava aspettando. Se fosse uscito con il gilet in mano, non avrebbe nemmeno avuto modo di nasconderlo.

"È stata Jewelee a occuparsene," lo rassicurò D. "Sapeva che la sorella lo desiderava."

Se c'era qualcuno che conosceva i desideri di Diamond, quella era di sicuro Jewel, o almeno Slade sperava fosse così.

Strinse l'indumento tra le mani e annuì. "Non mi stai prendendo in giro, vero? Sai com'è, mi piacerebbe conservare intatti bulbi oculari e testicoli."

I fratelli scoppiarono a ridere.

"Che c'è? Hai paura della tua signora?" lo provocò Diesel con un sorrisetto.

Slade inarcò un sopracciglio. "Perché, tu non hai paura di Jewel?" controbatté lui.

Diesel tornò subito serio. Sì, forse aveva ragione. La sua donna lo teneva al guinzaglio.

Slade sbuffò e sollevò il gilet. "Qualora non mi vedeste tornare, voglio che sappiate che è stato bello conoscervi... A parte gli scherzi, sono contento di avervi come fratelli e di aver finalmente trovato la mia casa. Sono felicissimo di essermi imbattuto in Shadow Valley."

Gli Angels batterono i pugni sul tavolo e pestarono i piedi a terra in segno di affetto.

Slade sollevò una mano: non aveva finito. "E devo ringraziarvi tutti per aver votato a favore del mio progetto... O, meglio, del nostro progetto. Devo dare credito a Diamond anche per questo. A quanto pare lo desiderava da un po', ma temeva un vostro rifiuto."

Un paio di fratelli ridacchiarono. Diesel, però, restò serio.

"Probabilmente non sarei stato d'accordo se avesse voluto sbrigare tutto da sola," borbottò Diesel.

Quindi Diamond aveva ragione. D non avrebbe approvato l'idea di farle aprire una palestra. Invece, con Slade a sostenerla, l'omone non aveva fatto storie; il che era stato anche l'approccio degli altri fratelli presenti al tavolo. A ogni modo, Slade non avrebbe raccontato quel retroscena a Diamond. Certo che no. Se gli uomini del comitato erano davvero coraggiosi come dicevano di essere, allora ci avrebbero messo la faccia. Potevano correre il rischio di affrontare Diamond.

In quel momento, non vedeva l'ora di annunciarle che entrambi avrebbero fatto ciò che amavano. Lei avrebbe insegnato kickboxing e lui sarebbe diventato allenatore di boxe. Inoltre, il club avrebbe avuto una bella palestra dove tutti si sarebbero potuti allenare... compresi gli "Shadows" di Diesel. Il *Sergeant at Arms* aveva addirittura accennato un piccolo sorriso. Forse era stato proprio quello il fattore decisivo per tutti i voti a favore dei finanziamenti della nuova impresa. In altre parole, Diamond avrebbe finalmente realizzato il progetto di una vita, un sogno che l'avrebbe resa felice. Così, anche Slade lo sarebbe stato.

Accidenti, quella sì che era proprio una bellissima giornata.

"Ho un'altra cosa per te, fratello, ma non è in questa stanza," annunciò Z, poi sbatté il martelletto sul tavolo e, nello stesso istante, tutti si alzarono in piedi e iniziarono a lasciare la sala riunioni.

Anche Slade uscì e notò che nell'area comune non c'era anima viva. Si chiese dove fosse finita Diamond.

Si diressero tutti verso la porta sul retro del parcheggio e lui li seguì, perplesso su cosa diavolo stesse succedendo, dal momento che nessuno diceva una parola.

Tutti si spinsero fuori, nella luce del tardo pomeriggio. Slade inspirò l'aria calda di inizio primavera: già non vedeva l'ora di salire su una moto e fare un lungo giro con la sua signora dietro di sé, aggrappata alla vita.

Superò il corpo massiccio di Diesel e vide in piedi e in cerchio i fratelli che non avevano partecipato alla riunione. Quando il comitato fu abbastanza vicino, la piccola folla fece un passo indietro per offrire una visuale migliore. Slade vide Diamond in piedi, accanto a una moto e con un grande sorriso stampato in volto.

Slade sentì il cuore balzargli in gola e abbassò lo sguardo sul gilet nella propria mano. *Porca miseria*, chissà se lei lo avrebbe ammazzato. La vide guardargli la mano in questione: Diamond stava continuando a sorridere. Era un buon segno.

Le si avvicinò e guardò il suo viso raggiante. "Ho qualcosa per te."

"Sì?"

Lui indugiò.

"Hai intenzione di stritolarlo tra le dita o me lo farai indossare?"

Lui sollevò le sopracciglia e le porse il regalo con mano tremante. "Sapevi già del gilet?"

Lei arricciò le labbra in un sorrisino furbo. "Forse."

"Quindi... lo volevi sul serio?"

Diamond gli strappò l'indumento dalle dita e se lo infilò. Le calzava a pennello. "Certo che sì. Jewelee l'ha fatto cucire su misura per me."

"Santo cielo, principessa," mormorò lui.

Lei rise e gli diede una pacca sul petto. "Va tutto bene."

"Pensavo che i fratelli mi stessero tendendo una trappola e che tu mi avresti sventrato."

Prima che lei potesse rispondere, Jag gli si avvicinò e agitò una mano verso la Harley davanti alla quale si trovava Diamond. Che diamine, Slade era talmente preoccupato per la reazione di Diamond che aveva completamente ignorato il bel gioiellino in mezzo al parcheggio.

Era davvero una bella moto, e Slade si chiese a chi appartenesse. "L'hai fatta tu?" chiese al fratello di Diamond.

Jag annuì. "Non è personalizzata al cento per cento, ma ha un motore potente, e poi posso sempre apportare delle migliorie più in là." Dopo aver pronunciato quelle parole, fece roteare un mazzo di chiavi tra le dita. "Sapevo che oggi avresti reclamato Diamond. Quale momento migliore per farti questo regalo. Non posso permettere che l'uomo di mia sorella non abbia una moto." Tese le chiavi a Slade.

Lui fissò la mano di Jag per un momento, poi lo guardò negli occhi. "Ma tu non hai ancora finito di costruire la moto dei tuoi sogni."

Da quando i Warriors gliel'avevano distrutta, Jag se n'era presa una temporanea in attesa di finire i lavori con quella nuova. Doveva aver messo in pausa il proprio progetto per lavorare al regalo di Slade.

Fu proprio in quel momento che Slade si rese conto di aver preso la decisione giusta quando era entrato a far parte definitivamente del DAMC. Finalmente si sentiva parte di un gruppo. Si sentiva a casa.

Santi numi. Nonostante fosse un uomo adulto, gli veniva da piangere.

Tuttavia si trattenne e riuscì a mantenere la calma, soprattutto dal momento che era circondato da tutti i membri del club e dalle loro donne. Di certo non voleva fare la parte della femminuccia.

"Non importa," continuò Jag. "Ce l'avevo già pronta. Il proprietario non poteva più permettersi di pagare la riparazione, così ha deciso di regalarmela visto che i danni erano ingenti. A ogni modo non credo abbia pagato troppo per la scocca. Non è stata una grande perdita per lui. Lo è stata più per noi, dato che abbiamo investito in tutte le parti personalizzate."

Slade si schiarì il nodo in gola e rispose a stento: "Non so cosa dire."

"Che ne dici di un *grazie*?" gli suggerì Hawk.

Slade sorrise, in difficoltà per l'evidente emozione. "Grazie. Non immaginate quanto lo apprezzi." Afferrò Diamond e le avvolse un braccio intorno alle spalle per tirarla a sé. "Più tardi ci faremo un giro, d'accordo?"

"Sì," rispose lei dolcemente mentre lo guardava con uno sguardo tenero che gli fece stringere il cuore nel petto.

"Sapevi anche della moto?"

Lei annuì, gli avvolse un braccio intorno alla vita e lo strinse. "Non posso essere una vera signora se non ho una sella su cui montare."

Slade la abbracciò ancor più forte. "Già," concordò lui in tono affettuoso.

Lei lo fissò, inclinò la testa verso sinistra e sussurrò: "Le sorprese non sono finite."

Lui si voltò nella stessa direzione, dove si trovava Diesel, intento a mandare messaggi; probabilmente stava sbrigando degli affari per la *In The Shadows Security*.

Poi, Slade notò Jewel che si avvicinava al suo uomo. Quando vide meglio ciò che lei indossava, sgranò gli occhi.

Un gilet come quello di Diamond ma, naturalmente, su quello della sorella c'era scritto: "Proprietà di Diesel".

Diamond lo strattonò e lo tirò più a sé mentre Jewel andava in punta di piedi dall'uomo grosso il doppio di lei e gli sfilava il telefono dalle enormi dita. Diesel sobbalzò e fissò la sua donna con un cipiglio.

"Che diavolo fai, donna?"

"Devo dirti una cosa."

"Non puoi aspettare?" grugnì lui, guardandola di traverso.

"No."

Quando finalmente notò cosa indossava, Diesel capì cosa stava succedendo. La fece voltare bruscamente di schiena e lesse la scritta.

"Quand'è che hai deciso di indossare il mio gilet?" le domandò quasi in cagnesco.

Slade non riusciva a capire se fosse felice o infuriato, il che lo fece sorridere, e Diamond ridacchiò allegramente accanto a lui. "Aspetta e vedrai," gli sussurrò.

"Da quando è successo questo." Jewel porse qualcosa a Diesel, il quale non ebbe altra scelta che accettare il misterioso oggetto.

Quando il *Sergeant at Arms* spostò l'attenzione sullo strano aggeggio, sgranò gli occhi e impallidì come un fantasma. "Ma che diavolo..."

Prima che potesse finire la frase, inciampò all'indietro e si inclinò precariamente in avanti fino a cadere in ginocchio sul marciapiede. Prima che qualcuno potesse soccorrerlo, rovinò a terra come un sacco di patate. Era svenuto.

"Santo cielo!" urlò Diamond mentre tutti si precipitavano preoccupati verso D.

Poi Slade vide ciò che l'uomo ancora teneva stretto nel pugno, tanto che le nocche gli erano diventate bianche...

Era un test di gravidanza con due lineette ben definite: era positivo.

Diamond gettò la testa all'indietro e scoppiò a ridere.

Slade pensò che anche i più potenti potevano cadere da un momento all'altro.

Chi sarebbe stato il prossimo?

Guardò Diamond e lei gli rivolse un ampio sorriso.

Merda.

Per rimanere aggiornati sul lavoro di Jeanne, iscrivetevi alla sua newsletter qui: (in inglese): http://www.jeannestjames.com/ newslettersignup

Down & Dirty: Dawg

Benvenuti a Shadow Valley, dove regna il Dirty Angels MC. Preparatevi ad affrontare quest'avventura a muso duro... Questa è la storia di Dawg.

Emma ha un segreto, ma non sa di non essere l'unica.

Segnato da un passato di cui non va fiero e da un segreto scoperto solo di recente, Dawg si sente completamente travolto da una maestra d'asilo, che un giorno entra per fare un provino nell'Heaven's Angels Gentlemen's Club, la storica attività che lui gestisce per conto del DAMC da ben quindici anni. Senza alcuna esperienza, Emma balla peggio di un palo, ma la determinazione che mostra nell'ottenere il lavoro è talmente forte che, contro ogni buon senso, Dawg decide di assumerla ugualmente. Nonostante lei abbia l'intrigante aria da ragazza della porta accanto, lui non è pronto ad accoglierla nella propria vita.

Emma è disperata. Ha bisogno di guadagnare molto denaro nel minor tempo possibile. Disoccupata da poco e rimasta sola, compie un tentativo estremo: chiede un provino al club di Dawg. Quando lui scopre perché è in difficoltà, fa di tutto per aiutarla. Tuttavia, Emma non ha idea di come un motociclista barbuto, tatuato e manager di uno strip club possa rivelarsi utile quando nemmeno le forze dell'ordine lo sono state. Nato e cresciuto in un ambiente diverso da quello di Emma, Dawg deve cambiare drasticamente per far funzionare le cose, ma è davvero disposto a rinunciare alla vita di sempre pur di conquistare Emma?

Girate la pagina per leggere il primo capitolo di: https://books2read.com/Dawg-IT

Down & Dirty: Dawg

Dirty Angels MC, Libro 7

CAPITOLO UNO

"Porca miseria," mormorò Dawg, lanciando l'ennesima occhiata all'orologio digitale nascosto dietro il bancone.

La stronza era in ritardo.

Nonostante il locale non avesse bisogno di altre spogliarelliste, la ragazza lo aveva implorato di concederle un provino.

Con quella vocina dolce e sensuale, alla fine, era riuscita a convincerlo. Contro la volontà di lui, ovviamente, perché quando le aveva chiesto se avesse esperienza, lei aveva tergiversato.

Il che significava che non ne aveva, così come Dawg non aveva pazienza per le dilettanti o le ragazzine inesperte.

Già, non ne aveva neanche un dannato briciolo.

Si passò una mano sulla barba e buttò l'occhio sull'ingresso principale, poi controllò di nuovo l'orario.

Stizzito, prese una birra fredda dal frigo dietro il bancone, tirò via la linguetta della lattina e se la portò alle labbra.

Era stufo.

Nessuna ragazza valeva tutta quell'attesa.

No che non la valeva, maledizione.

Gli aveva praticamente dato buca, quasi come succedeva a un brutto appuntamento romantico. Ma lui che ne sapeva? Alla fine, era passato molto tempo dall'ultima volta che era uscito con una ragazza.

Beh, a meno che scoparsi una sgualdrina fino a farla venire su di sé non potesse considerarsi un appuntamento. Molto probabilmente no. Di solito un vero appuntamento includeva dei fiori, un film e persino una cena.

O per lo meno un bicchierino di whisky e un po' di preliminari, prima di andare dritti all'orgasmo.

"Vaffanculo, stronza. Dawg non aspetta nessuno," mormorò alla lattina bagnata che teneva in mano, poi bevve un altro sorso della birra ghiacciata.

Ciononostante, restò ancora lì ad aspettare, accidenti a lui. Quella stessa voce dolce e sensuale che lo aveva convinto ad accettare gli faceva tenere il sedere inchiodato sullo sgabello. Decise che le avrebbe concesso solo un altro paio di minuti, giusto il tempo di finire la birra. Poi sarebbe tornato all'appartamento, si sarebbe fatto una bella sega e avrebbe schiacciato un bel pisolino.

Sbatté la lattina sul bancone così forte che ne uscirono delle gocce che gli bagnarono il pugno. Tra un'imprecazione e l'altra, si asciugò la mano sui jeans.

Poi sentì aprirsi la porta del corridoio anteriore e notò una striscia di luce crepuscolare proiettarsi sulla parete. All'improvviso, vide una donna in piedi in fondo al corridoio, pallida come un fantasma e con gli occhi spalancati. Sembrava una cerbiatta spaventata che stava per essere investita da un tir.

Dawg la scrutò dalla testa ai piedi e la prima cosa che

attirò la sua attenzione fu il seno stratosferico. Se quelle tette erano naturali, la ragazza sarebbe partita di certo con una marcia in più. Dawg, però, notò anche che...

Indossava una dannata camicetta a collo alto.

Chi avrebbe mai messo una noiosa camicia beige che le copriva l'intero décolleté per un'audizione da spogliarellista?

Aveva la vita stretta, i fianchi sinuosi e...

Una gonna lunga fino alle caviglie, dannazione.

E non indossava nemmeno i tacchi!

"Ma che diamine," mormorò lui.

Forse si era confusa e stava cercando una chiesa nelle vicinanze.

Certo, al club di Dawg spesso si imprecava facendo il nome di qualche santo, ma solo durante le lap dance private e per scopi decisamente diversi.

"Ciao, sei tu Dawson?"

Dawg strinse i denti e sentì un muscolo tenderglisi sopra la mascella. Dawson? Nessuno lo chiamava più così da tantissimi anni.

"Il mio nome è Dawg," grugnì.

La ragazza sbatté le palpebre, ma rimase in fondo al corridoio. Lui voleva vedere di che colore avesse gli occhi e se fossero suadenti come la sua voce.

"Dog? Come l'animale che abbaia?"

"Che diamine," mormorò lui ancora una volta. "No, si scrive D-A-W-G," precisò, facendole lo spelling.

Lei inclinò leggermente la testa e lo scrutò. C'era un'altra cosa che non lo convinceva in quella donna: portava i capelli legati in una coda alta e ben tirata. Ai suoi clienti, invece, piacevano i capelli lunghi e sciolti: le spogliarelliste dovevano scuoterli passionalmente, così che gli uomini potessero immaginare di impugnare le loro chiome mentre si facevano fare un bel pompino, o di tirarle come le redini di un pony mentre se le scopavano a novanta e le sculacciavano per bene.

Ma quelli erano sogni erotici che restavano tali, perché Dawg non avrebbe mai permesso atti del genere. Le sue ragazze non erano delle prostitute, erano "intrattenitrici esotiche". Non si concedevano a tal punto per soldi. Se l'avessero fatto, e se lui l'avesse scoperto, le avrebbe cacciate in un nanosecondo. Dawg gestiva un'attività rispettabile, e di certo non voleva problemi con la polizia di Shadow Valley.

Se qualcuna di loro se la faceva con i membri del DAMC, era per libera scelta e non per denaro. Nessuna era obbligata, doveva essere un accordo reciproco.

Un piccolo piacere vicendevole.

Mentre fissava la donna che ancora esitava ad allontanarsi dalla via di fuga più vicina, Dawg dubitò che quella l'avrebbe mai data a un motociclista. Sembrava troppo austera per un lavoro del genere.

"I-io... penso di aver commesso un errore."

Già, *errore* era un eufemismo. "Direi proprio di sì."

Dawg si scolò la birra, accartocciò la lattina in mano e la gettò nel cestino, poi fece il giro del bancone.

Quando le si avvicinò, la ragazza sgranò di nuovo gli occhi, il che in un certo senso lo infastidì.

Sapeva di poter essere un po' intimidatorio. Era grande e grosso, aveva la barba e un sacco di tatuaggi. Indossava grossi anelli d'argento alle dita e portava con fierezza un gilet del DAMC. Ciononostante, non avrebbe mai fatto del male a una donna.

Certo che no. Quando le faceva urlare era solo perché le leccava talmente bene che...

Maledizione. Quel pensiero glielo fece venire mezzo duro. Se lui se lo fosse toccato per sistemarselo, quella ragazza avrebbe potuto fraintendere e farsela sotto dalla paura...

magari rovinando il paio di mutandoni da nonna che senza dubbio indossava sotto quell'orribile gonna marrone.

"Non so cosa tu stia cercando, ma di sicuro non è questo il posto giusto."

Non gli sfuggì il modo in cui la donna deglutì prima di fare un timido passo avanti. "Ti ho chiamato per un'audizione."

Dawg la scrutò deliberatamente e lentamente da capo a piedi, in modo da rendere chiaro che quel luogo non faceva per lei. Quando la vide persino arrossire in volto, Dawg non poté che confermare le proprie ipotesi.

"Quale spogliarellista si presenta a un'audizione con una dannata camicetta accollata e una gonna..." La indicò con un dito inanellato. "...lunga fino alle caviglie, invece che corta e di pelle?"

La ragazza si guardò per un secondo, poi fissò di nuovo Dawg e scrollò leggermente le spalle. "Una maestra d'asilo."

Dawg inclinò la testa in uno scatto, perplesso. "Che cosa?"

Lei si schiarì la gola e raddrizzò le spalle. Cosa che, *guarda caso*, fece di nuovo notare a Dawg lo splendido seno. "Ho detto... una maestra d'asilo."

Lui sbatté le palpebre e si prese del tempo per metabolizzare l'informazione. "Intendi che vuoi fare un gioco di ruolo mentre ti spogli? La mia clientela potrebbe gradire. Un po' come una bibliotecaria sexy. O una professoressa hot che impugna bene un righello di legno, ma niente asilo. Potrebbe non piacere."

Lei scosse la testa e avanzò con coraggio. Quando fu a pochi metri da lui, Dawg avvertì il suo profumo e dilatò le narici. Floreale. Qualcosa di leggero. Niente di pesante e dolciastro come le altre ragazze del locale.

Nonostante fosse tanto vicina, Dawg non riuscì a notare nemmeno un filo di trucco.

"No. Sono davvero una maestra. Insegno all'asilo. Sai, ai bambini?"

Lui aggrottò la fronte. Se era un'insegnante, che diavolo ci faceva nel suo club? Dawg agitò la mano attorno a sé per indicarle l'*Heaven's Angels Gentlemen's Club*. "Questo ti sembra forse una cazzo di scuola materna?"

La donna sollevò leggermente il mento, poi rispose: "No."

Lui la scrutò per un altro istante e iniziò a squadrarla per farsi un'idea di lei. "Mettiti sotto la luce, così posso vederti più chiaramente," le ordinò. Era impossibile che quella ragazza fosse lì per un provino, a ogni modo le indicò la lampada incassata nel soffitto più vicina a lui.

Dopo una leggera esitazione, lei ubbidì. Si morse il labbro inferiore e se lo tenne tra i denti mentre lui la studiava ancora una volta. Quel movimento della bocca gli fece pompare il sangue nello scroto a un ritmo allarmante. L'effetto che aveva su di lui era sorprendente, dal momento che era vestita come una suora.

Dawg avanzò di un passo e lei barcollò per un momento, ma non indietreggiò, nonostante arrivasse a malapena al mento di lui.

"Guardami," le chiese. Quando lei alzò lo sguardo, Dawg le vide finalmente gli occhioni azzurri.

Sebbene fosse palesemente nervosa, continuava a fissarlo dritto negli occhi, e Dawg capì che era una donna determinata, con le palle. Gli piaceva. Quella ragazza era lì per un motivo e, di qualunque cosa si trattasse, Dawg immaginò che fosse importante.

Aveva i capelli biondi apparentemente naturali, non decolorati come alcune delle altre spogliarelliste. Dawg odiava quelle tinte finte e, sebbene fosse consapevole del fatto che era una battaglia persa, rimproverava sempre le ragazze che se le facevano. Lui voleva che avessero un aspetto il più naturale possibile.

Proprio come quella tipa. Si era legata la chioma in uno chignon, o come diavolo si chiamava. Era un'acconciatura simile a quella che si faceva Bella quando lavorava in pasticceria per evitare che i capelli le finissero negli impasti, nella glassa o nelle creme.

Come Dawg aveva già notato, lei aveva il viso completamente struccato, di una bellezza naturale e dall'aspetto sano. Un perfetto esempio di *ragazza della porta accanto*.

Eppure, se stava cercando un lavoro in quel posto, non poteva essere tanto innocente.

"Se fai la maestra, hai già un lavoro," mormorò lui, nel tentativo di mantenere il controllo e di non accarezzarle la morbida e impeccabile pelle d'avorio.

"Ho bisogno di soldi," sussurrò lei, senza mai distogliere lo sguardo. Dopo quella confessione, le si era accesa come una luce negli occhi.

Diventare una spogliarellista non era una sua aspirazione professionale. Certo che no. Probabilmente non era nemmeno un suo desiderio. Aveva solo bisogno di denaro. Era quella la vera ragione per cui si trovava lì, cercando disperatamente di nascondere la paura. Pensava che mostrare le tette sarebbe stato una manna dal cielo, un modo per tirarsi fuori da qualsiasi problema finanziario.

"Per cosa ti servono?"

Lei abbassò lo sguardo e scosse la testa. "Sono... affari miei."

Quella donna era lì per i motivi sbagliati.

Improvvisamente, Dawg si sentì generoso. "Ascolta, se hai bisogno di un aiutino... o di un prestito..."

Lei lo guardò di nuovo negli occhi. "No, niente prestiti. Sono già in debito per..."

"Per cosa?"

Lei deglutì sonoramente. "Niente."

"No, non può essere niente."

La donna fece un respiro profondo. "Va bene, lascia stare. Sono sicura che ci sono altri club nella zona che mi daranno una possibilità."

Per quanto lui avesse bisogno di volti nuovi e corpi giovani per attirare più clientela e mantenere quella abituale, in quel momento era a posto. Tuttavia, era sicuro che si sarebbe pentito di mandarla via.

Quando la donna si voltò per andarsene, lui le afferrò il polso. "Aspetta."

Lei fissò il punto in cui la stava stringendo: il suo polso sembrava minuscolo avvolto da quella manona. Dawg allentò leggermente la presa, per evitare di ferirla con gli anelli, ma non la lasciò andare.

"Come ti chiami?"

"Cosa?"

"Come ti chiami? Qual è il tuo nome?" abbaiò lui.

"E-Emma."

Lui sapeva già come si chiamava; lei glielo aveva detto al telefono. "No. Il tuo nome d'arte."

La confusione sul viso della donna era un altro segno eloquente del fatto che non aveva mai frequentato un club né era mai salita su un palcoscenico, e di sicuro non si era mai denudata davanti a una folla di uomini, porca miseria.

"Em..." esitò un momento. Poi, con sguardo riflessivo, ricominciò: "Em... Ember!"

Ember. In altre parole, *tizzone*. Ardente proprio come il suo animo, le si addiceva. "Molto bene. Non posso far salire sul mio palco una che si fa chiamare Emma, a maggior ragione se è una maestra per mocciosetti."

Lei sgranò gli occhi per la sorpresa. "Quindi hai intenzione di darmi una possibilità?"

Maledizione. Già sapeva che si sarebbe pentito di quella scelta idiota. "Ti concederò un'audizione. Niente di più finché non mi dimostri cosa sai fare."

Emma tirò un sospiro di sollievo, ma Dawg scosse la testa.

Si sentiva proprio un cretino.

Poi le lasciò il polso. "Hai qualche vestito da *striptease?*" Lui sollevò il mento verso la parte posteriore del club. "Il camerino è sul retro."

La ragazza abbassò *di nuovo* lo sguardo sui propri abiti, come se non ci fosse nulla di sbagliato in quell'orribile outfit che la copriva dalla testa ai piedi. Vestita in quel modo, sarebbe potuta andare porta a porta a predicare concetti religiosi e distribuire opuscoli.

"Sono già pronta."

Dawg fece una piccola smorfia. Certo, come no. "Oh, capisco, li indossi sotto."

Lei spalancò la bocca, poi la richiuse di scatto. *Sì, come no...*

"D-devo ballare per la mia audizione?"

Lui sollevò le sopracciglia e la fissò incredulo. "No, mi dai il tuo dannato curriculum e io lo leggo... ma certo che devi ballare, cazzo." Si voltò e si chinò dietro il bancone.

Di solito, durante le serate impegnative, Dawg chiamava un DJ. Durante il giorno e per le serate più tranquille, usava solo l'impianto audio ad alta tecnologia che intratteneva tutto il club. Ogni sala VIP aveva il proprio impianto più piccolo, in modo che le ragazze potessero scegliere la musica che volevano per i balli privati. Poi, fuori dall'area del palco principale, c'era anche una sala per le feste private, per i VIP e per le speciali compagnie di intrattenimento itineranti. Era una versione più piccola dell'area principale del club, con un proprio palco e un bar.

Dawg doveva ammettere che, modestamente, il suo club era il fiore all'occhiello dell'intrattenimento notturno di Pittsburgh.

Lanciò un'occhiata alla donna che era rimasta immobile vicino all'ingresso. "Che musica vuoi?"

"Come?"

"Che cosa vuoi ballare?"

Lei sbatté le palpebre, spaesata.

"Oh, santo cielo. Non hai preparato un pezzo per lo stacchetto?" Certo che no. Stavano per fumargli le orecchie.

"No... Avrei dovuto?"

Era tutto un gran disastro. Avrebbe dovuto solo cacciarla dal locale e smettere di perdere tempo.

Eppure, Dawg non ci riusciva. Moriva dalla voglia di vedere cosa nascondeva sotto quell'abito da verginella. Se la ragazza avesse avuto del potenziale, avrebbe potuto chiedere a una delle sue spogliarelliste esperte di darle qualche dritta.

O almeno era quello che continuava a ripetersi. Non perché fosse curioso di vedere il suo corpo. Certo che no. Non si sentiva per niente attratto...

"Musica rock? Country? R&B?" la incalzò.

Quando lei non rispose, lui sfogliò i vari album e trovò una canzone che di solito faceva scatenare le sue ragazze. Preparò la pista, afferrò il telecomando e si diresse verso il palco lungo e stretto che si trovava nel pieno centro dell'area principale del club. A ciascuna estremità del palco c'era un palo che da terra raggiungeva il soffitto, mentre il bar era adiacente al lato più vicino all'ingresso.

Dawg si sistemò su una delle basse sedie in plastica, proprio di fronte a uno dei pali. Voleva un'ottima posizione e una visuale chiara.

Poi le lanciò un'occhiata. "Hai bisogno di aiuto per salire sul palco?" Sollevò il mento verso i gradini. "Le scale sono da questa parte."

Lei si diede uno scossone, fece cenno di no con la testa e si diresse verso il retro del club, nel punto in cui i tre gradini conducevano al palco illuminato.

"Forse è il caso che ti togli quella roba dai piedi," le suggerì. Non era sicuro di come si chiamasse il modello, ma erano delle scarpe in finta pelle marrone, le meno seducenti che avesse mai visto su una donna. Se non si contavano le Crocs: quelle glielo facevano ammosciare all'istante. Le calzature di Emma, però, ci andavano vicinissime.

La ragazza arrivò alla fine del palco, si chinò per tirare la fascetta in velcro delle scarpe e poi le calciò via. Infine, si raddrizzò di nuovo, fece un respiro profondo e salì sul palco.

Dawg si mise comodo contro lo schienale della sedia, a braccia conserte. "Fammi sapere quando sei pronta, *Ember*, e faccio partire la musica."

Lei annuì e guardò il palo.

"I pali sono puliti," la rassicurò. "L'impresa di pulizie è passata circa un'ora fa."

Con un piccolo cenno del capo, Emma strinse la mano attorno al freddo acciaio. Dawg avrebbe tanto voluto che la avvolgesse attorno a un'altra asta...

Sospirò. "Sai cosa fare, vero?"

Lei lo fissò. "Sì. Devo spogliarmi."

Oh cielo. "Di solito la parte di sotto deve restare coperta. Non è legale tenervi completamente nude quando siamo aperti al pubblico. Comunque, dato che ora il club è chiuso, sei libera di scegliere. A volte organizzo feste private per i clienti VIP, e le mie ragazze si spogliano completamente. Quando è così, le mance fioccano."

"Lo terrò a mente."

"Già," le rispose Dawg e poi sbuffò, scuotendo la testa.

"D'accordo," mormorò lei dolcemente mentre fissava il palo.

Dawg inarcò un sopracciglio e la guardò. "*D'accordo* cosa?"

"Sono pronta."

Dawg strinse le labbra. "Sicura?"

Lei annuì, con un'espressione determinata sul viso.

Dawg scrollò le spalle e premette *play* sul telecomando. *Pony* di Ginuwine iniziò a rimbombare dagli altoparlanti nascosti.

Emma sussultò. "Che cos'è?"

"Della semplice musica. Lasciati andare."

Quando lei si morse di nuovo il labbro inferiore, gli provocò un'erezione istantanea.

Poi cominciò a muoversi...

Dawg sperava che magari, sotto sotto, quella ragazza era una sgualdrina che sapeva come muoversi in maniera sexy e far venire un uomo. Invece no, dannazione, non lo era affatto. Era rigida come un tronco e continuava a stringere il palo senza mai cambiare posizione.

Dawg grugnì. Era peggio di quanto pensasse. Emma, intanto, cercava di adattarsi al ritmo della canzone: gettò la testa all'indietro e chiuse gli occhi, lasciandosi travolgere dalla musica.

Dawg si sporse in avanti. Forse, in fin dei conti, non era tanto male...

Lei si portò una mano alla testa, si tolse la pinza dai

capelli e lasciò che la chioma dorata le scivolasse a cascata sulla schiena.

Porca miseria.

Tutti quei capelli biondi e il suo aspetto naturale...

Dawg prese a respirare in affanno mentre lei continuava a muoversi goffamente. Poi iniziò a sbottonarsi la camicetta. La situazione si faceva interessante...

Con le mani visibilmente tremanti, Emma tirò i bottoni fuori dall'asola, uno per uno, e mentre il tessuto si apriva pian piano, Dawg intravide un reggiseno nero.

Tentò di mandare giù il groppo in gola. Avrebbe tanto voluto che Emma muovesse le dita più velocemente.

Da quel poco che lui riusciva a vedere, lei non portava un paio di mutande della nonna. Santi numi, no. Tutto il contrario. Era sicuro di aver intravisto del pizzo.

Poi, quando raggiunse la vita, Emma smise di sbottonarsi e allungò la mano verso la parte posteriore della gonna. L'indumento si spostò leggermente quando lei allentò la cinta, poi guardò Dawg negli occhi e spinse la gonna giù per le cosce.

L'occhiolino "provocante" che gli fece assomigliava più a una strana contrazione oculare.

Benché quella tipa avesse le capacità di seduzione di una vergine ottantenne, Dawg si sentiva mancare il fiato.

Emma smise di muoversi sul palco per abbassarsi la gonna fino alle caviglie. Eppure Dawg non riusciva a vedere niente, dato che la camicetta le copriva l'inguine. Non si sarebbe stupito se, sotto gli slip, quella donna avesse avuto un enorme cespuglio incolto.

Finalmente, lei si spinse la gonna ai piedi e ne uscì, quasi inciampando. Lui scattò in avanti come per afferrarla prima che cadesse, ma lei trovò l'equilibrio e poi se ne restò lì incerta, con indosso quel camicione parzialmente sbottonato.

Dawg la squadrò dalla testa ai piedi. Ma che diamine...

Portava le autoreggenti!

Forse era vero che gli abiti da spogliarellista erano nascosti sotto quelli più morigerati.

A quel punto, Dawg si chiese perché lei rimanesse lì immobile a fissarlo.

"Hai finito?"

Emma scosse la testa e, nel farlo, si morse di nuovo il labbro inferiore. Quello doveva essere un suo gesto distintivo. Forse avrebbe potuto esibirsi in uno stacchetto da insegnante cattiva e mordersi il labbro mentre fissava i clienti con uno sguardo languido che invocava *scopatemi a sangue*.

Le avrebbero gettato dei bigliettoni da venti. Santo cielo, forse anche da cinquanta.

Quella tipa non aveva idea di quanto fosse sexy, con quei lunghi e folti capelli biondi, quelle gambe slanciate e quella camicetta mezza aperta. Come se fosse stata appena sbattuta e fosse in uno stato di *trance* post-sesso.

Santissimo cielo. Dawg aveva bisogno di vederla nuda, ma non su quel palco. Era un luogo troppo anonimo e lui, invece, la voleva tutta per sé.

"Forse il palco ti mette a disagio. Che ne dici di un ballo un po' più personale?"

Lei aggrottò la fronte. "In che senso?"

"Devi mostrarmi qualcosa di più. Una specie di abilità. Finora non ho visto granché."

O meglio, niente che volesse vedere in quanto manager di uno strip club, ma in quanto uomo... Sì, dannazione. In quanto uomo, quella era tutta un'altra storia.

Dawg si alzò in piedi, si avvicinò ai gradini e le tese la mano. Lei rimase dov'era, con la gonna ammucchiata vicino i piedi e la camicia ancora penzolante e mezza storta, poi gli fissò la mano come se fosse pericolosa.

"Tutte le mie ragazze devono fare balli privati... sai, le lap dance. Devono avvicinarsi ai clienti e dare loro attenzioni. Solo così guadagneremo bene, sia tu che io. Con le lap dance si fa un gruzzoletto molto più succoso delle mance che ti lanceranno sul palco, che alla fine serve solo per invogliarli a entrare nei salottini privati, capisci? È pura provocazione. Devi farli sbavare e farglielo venire duro come la roccia. Devi fargliela odorare, e vedrai che pagheranno profumatamente per vederti in privato. È lì che fai i soldoni. Devi fargli credere che per te sono speciali, non dei clienti qualunque, e sarà allora che diventeranno degli *habitué*. Quelli sono i clienti migliori. Ti chiederanno persino di uscire, ma tu di' sempre di no. Non dovrai mai accettare appuntamenti dai clienti e non dovrai mai, e dico mai, andarci a letto."

"Quindi sono assunta?" chiese lei, con una nota di sorpresa nella voce.

Assolutamente no. Era altrettanto stupito di aver perso tempo con quella donna che non aveva la minima idea del guaio in cui si stava cacciando.

"Nah, non ancora. Dovrai convincermi. Proprio come dovrai convincere i clienti a lanciare dei bigliettoni sul palco. In questo momento, ti vedo solo persa."

"Cosa intendi?"

"Che non appartieni a questo mondo. Questo lavoro non fa per te."

Lei annuì. "Hai ragione. È proprio così: sono persa."

Beh, dannazione. Non si aspettava che concordasse con lui.

Dawg si passò una mano tra i capelli: erano diventati troppo lunghi. Scosse la testa. "Donna, come diavolo ti è saltato in mente di venire qui? Sei matta? È chiaro come il sole che qui sei un pesce fuor d'acqua."

"No, non sono matta. Sono disperata. Ho bisogno di... questo lavoro."

"Fare la spogliarellista non è un lavoro qualunque: è una carriera." Una carriera persino redditizia per la donna giusta. Peccato che lei non lo fosse.

"Cosa devo fare per essere assunta?"

La disperazione nella sua voce e nei suoi occhi gli contorse lo stomaco e per poco non lo uccise.

"Te l'ho detto. Sta tutto nel saperti muovere sul palco e nel saperti vendere. In questo momento, stai dimostrando di essere solo una maestrina rigida come un pezzo di legno. Forza, scendi." Dawg le porse di nuovo la mano. Lei raccolse la gonna da terra e gli andò incontro, ma rifiutò il suo aiuto, poi scese due scalini fino a raggiungere l'altezza di lui e guardarlo dritto negli occhi.

"Questo lavoro mi serve," gli sussurrò.

Dawg avrebbe tanto voluto chiudere gli occhi e assaporare quella dolce voce melodiosa, ma non lo fece. Doveva tenere a mente che si trattava di affari. "Perché?"

"Ho b-bisogno di un sacco di soldi e devo farli in fretta." Quella donna era davvero disperata, il che lo preoccupava.

"Per quale motivo?"

Emma non gli rispose e si limitò a scuotere la testa.

"Non ci sono segreti tra me e le mie ragazze."

"Certo, è quello che ti fanno credere."

Accidenti. Probabilmente aveva ragione. Eppure, quando le sue dipendenti non se la passavano troppo bene e avevano bisogno del suo aiuto, Dawg c'era sempre. Si prendeva cura di loro e si assicurava che avessero tutto il necessario, e loro facevano lo stesso con lui. In altre parole, andavano a lavorare di buon umore e quello si rifletteva anche sul palco.

Erano le spogliarelliste felici a portare soldi nelle casse del club, non quelle con i problemi. Non era facile mettere da parte il broncio sotto i riflettori e contro un palo con un perizoma tra le natiche. Era impossibile nascondere il malumore con un mestiere del genere.

Dawg ne era certo e la clientela lo sapeva. Ecco perché ci teneva al benessere delle sue ragazze.

"Non te lo chiederò di nuovo. Cosa devo fare per ottenere questo lavoro?"

Acquistalo qui: https://books2read.com/Dawg-IT

Se ti è piaciuto questo libro

Grazie per aver aver letto il mio libro! Se questa storia ti ha appassionato, per favore fallo sapere ad altre lettrici e altri lettori scrivendo una recensione sul sito dove hai acquistato il libro e/o su Goodreads. Le recensioni sono sempre bene accette e anche solo un paio di righe possono dare un grande aiuto per una scrittrice indipendente come me!

Libri disponibili in italiano

Made Maleen: Una fiaba in chiave moderna
Cicatrici
Riaccendere Chase
Tutto di Te: Una storia d'amore gay di seconda possibilità

FRATELLI IN DIVISA:
Fratelli in divisa: Max (libro 1)
Fratelli in divisa: Marc (libro 2)
Fratelli in divisa: Matt (libro 3)
- Include Teddy: il capitolo finale (libro 3.5)
Fratelli in divisa: Natale dai Bryson (libro 4)

LA SERIE DI NOVELLE OSSESSIONATI:
Eternamente Lui
Solamente Lui
Necessariamente Lui
Pazzamente Lei
Segretamente Lui

<u>LA SERIE DIRTY ANGELS MC®</u>

Down & Dirty: Zak (Libro 1)
Down & Dirty: Jag (Libro 2)
Down & Dirty: Hawk (Libro 3)
Down & Dirty: Diesel (Libro 4)
Down & Dirty: Axel (Libro 5)
Down & Dirty: Slade (Libro 6)
Down & Dirty: Dawg (Libro 7)
Down & Dirty: Dex (Libro 8)
Down & Dirty: Linc (Libro 9)
Down & Dirty: Crow (Libro 10)

<u>LA SERIE DI IN THE SHADOWS SECURITY</u>

Guts & Glory: Mercy (Libro 1)
Guts & Glory: Ryder (Libro 2)
Guts & Glory: Hunter (Libro 3)
Guts & Glory: Walker (Libro 4)
Guts & Glory: Steel (Libro 5)
Guts & Glory: Brick (Libro 6)

<u>LA SERIE BLUE AVENGERS MC</u>

Beyond the Badge: Fletch (libro 1)
Beyond the Badge: Finn (libro 2)
Beyond the Badge: Decker (libro 3)
Beyond the Badge: Rez (libro 4)
Beyond the Badge: Crew (libro 5)
Beyond the Badge: Nox (libro 6)

PROSSIMAMENTE NE ARRIVERANNO ALTRI!

Informazioni sull'autore

Jeanne St. James ha pubblicato per USA Today e Amazon romanzi rosa che hanno avuto successo internazionale. Ama scrivere storie d'amore incentrate su donne dal carattere forte e uomini a cui piace dominare. Scrive da quando aveva tredici anni e ad oggi ha al suo attivo quasi sessanta romanzi di ambientazione contemporanea. Le trame dei suoi libri vertono su rapporti eterosessuali, rapporti omosessuali tra uomini e *ménages à trois* in cui sono coinvolti due uomini e una donna, e hanno per protagonisti personaggi di diverse provenienze. Sotto lo pseudonimo di J.J. Masters, Jeanne scrive anche storie d'amore omosessuali di ambientazione fantasy.

Per restare aggiornati sulle frequenti uscite dei suoi nuovi lavori, collegatevi al sito www.jeannestjames.com o iscrivetevi alla newsletter:
http://www.jeannestjames.com/newslettersignup (in inglese).

www.jeannestjames.com
jeanne@jeannestjames.com

Newsletter: http://www.jeannestjames.com/newslettersignup

Gruppo Facebook di lettrici e lettori: https://www.facebook.com/groups/JeannesReviewCrew/
TikTok: https://www.tiktok.com/@jeannestjames

facebook.com/JeanneStJamesAuthor
instagram.com/JeanneStJames
bookbub.com/authors/jeanne-st-james
goodreads.com/JeanneStJames
pinterest.com/JeanneStJames

Anche da Jeanne St. James (in inglese)

Trovate il mio ordine di lettura completo qui:

https://www.jeannestjames.com/reading-order

<u>LIBRI INDIVIDUALI</u>

<u>Made Maleen: A Modern Twist on a Fairy Tale</u>

<u>Damaged</u>

<u>Rip Cord: The Complete Trilogy</u>

Everything About You (A Second Chance Gay Romance)

Reigniting Chase (An M/M Standalone)

<u>Brothers in Blue Series</u>

<u>The Dare Ménage Series</u>

<u>The Obsessed Novellas</u>

<u>Down & Dirty: Dirty Angels MC Series®</u>

<u>Crossing the Line (A DAMC/Blue Avengers MC Crossover)</u>

<u>Magnum: A Dark Knights MC/Dirty AngelsCrossing the Line: A DAMC/Blue Avengers MC Crossover</u> Crossover

<u>In the Shadows Security Series</u>

<u>Blood & Bones: Blood Fury MC®</u>

<u>Beyond the Badge: Blue Avengers MC™</u>

Note

Capitolo cinque

1. In inglese, United States Marine Corps, spesso abbreviato in USMC [NdT].

Capitolo sei

1. Traduzione italiana scelta per "Down & Dirty 'til Dead" [NdT].